古诗词遇见中国地理

杨金志 编著

中国地图出版社

图书在版编目(CIP)数据

古诗词遇见中国地理 / 杨金志编著. -- 北京 : 中国地图出版社, 2022.1

ISBN 978-7-5204-2784-5

Ⅰ. ①古… Ⅱ. ①杨… Ⅲ. ①古典诗歌－中国－青少年读物 Ⅳ. ①I222

中国版本图书馆CIP数据核字(2022)第003224号

古诗词遇见中国地理

编　　著: 杨金志
策　　划: 池　涛
总体设计: 周　敏
责任编辑: 吴　琼　刘　鹏
装帧设计: 尹琳琳
审　　订: 张向阳

出版发行　中国地图出版社
社　　址　北京市西城区白纸坊西街3号
电　　话　010-83910979
印　　刷　衡阳市顺昌印务有限公司
成品规格　184mm × 260mm
版　　次　2022年1月第1版
印　　数　133 001—163 000
邮政编码　100054
网　　址　www.sinomaps.com
经　　销　新华书店
印　　张　14.5
印　　次　2024年2月湖南第11次印刷
定　　价　30.00元

书　　号　ISBN 978-7-5204-2784-5

推荐序

有了这本书，我想大众才能真正理解潜藏在古典诗词中的一些地理问题，如，王之涣《凉州词》中的“春风不度玉门关”，一直以来，读者只知道战士戍守边塞，边塞苦寒而又遥远，但是并不清楚诗中的玉门关到底在哪里，春风又为什么不度玉门关。只有把这些问题搞清楚，才能真正理解诗词的内涵，才能更深入地认知地大物博、历史悠久的中华文明。

这本《古诗词遇见中国地理》是将中华传统文化与祖国壮美山河两个维度融合，基于空间顺序精选古典诗词，深入挖掘古典诗词中蕴含丰富的地理特征及内涵，还原诗人当时的创作情境，阐释诗歌内涵。从地理空间的维度解读古典诗词，角度新颖，对读者而言，又很实用。

古典诗词作为优秀传统文化的一部分，与地理的联系非常紧密。诗词作者所在的地理位置、诗词作品创作的地理区域，以及与之相关的自然地理与人文地理知识，都应视为诗词本身重要的组成部分。本书图文并茂，将“诗和远方”进行了深度的文化关联，可以在欣赏祖国壮丽河山的精美画卷中，深深体会传统文化的神韵和魅力。

本书既是一部颇具特色的古典诗词赏析读物，又是一部实用的地理科普书。

2021年12月

序言

古典诗词里，
有中国人的“诗和远方”

近些年流行一句话：“生活不止眼前的苟且，还有诗和远方。”我时常在想，什么样的“诗和远方”，最能直抵中国人的精神家园？也许，就是古典诗词和中国地理。

事实上，在中国文化中，“诗和远方”从来都不是割裂的。没有“远方”的诗歌，往往苍白无力、空洞无物；没有诗歌的“远方”，则显得直白、冰冷，缺乏吸引力。当我们站在黄河壶口瀑布前，总会吟诵起诗仙李白的“黄河之水天上来，奔流到海不复回”；当我们来到长江三峡，也总会联想到诗圣杜甫的“无边落木萧萧下，不尽长江滚滚来”。

我是一个传统文化、古典诗词的爱好者，也是一个历史、地理知识的爱好者。这种爱好，从青少年时代延续至今，不曾改变。我又是一个文字工作者，是一个孩子的父亲。因为这些缘故，我一直有一个梦想：尽己所能，秉持真诚和热忱，把中国传统文化中的“诗和远方”，呈现给自己的孩子，也呈现给广大的读者。

从 2017 年起，我相继完成并出版了《一年好景君须记：古典诗词中的季节之美》《给孩子的节气古诗词（春、夏、秋、冬）》等书籍，力图从时间的维度来阐释古典诗词。与此同时，我也一直在探究文学与地理之间的关系，并着手进行“诗词地理”方面的阅读和写作，努力从空间的维度来阐释古典诗词。

写作的过程，也是不断结缘的过程。在热心朋友的引荐下，我得以结识中国地图出版社的周敏、池涛、刘鹏、吴琼老师。说起“诗词地理”书籍的写作、编辑和出版事宜，大家都有一种相见恨晚的感觉。

我是一个“地图控”，喜欢收集和观赏各种地图。第一次登门拜访中国地图出版社时，各位老师引导我参观社内的中国地图文化馆，各种地图藏品，真是令我大开眼界，感觉就像“刘姥姥进了大观园”，在每一幅图前都舍不得挪动脚步。兴趣爱好是最好的老师，也是最强劲持久的动力。而这次参观，就把我的内在动力彻底激发了出来。

接下来，就是策划、写作和编辑。这个过程是甜蜜的，也是“烦恼”的。中国的古典诗词浩如瀚海，我们不过是在海边玩耍的孩子；中国的壮丽山河不可胜数，我们所领略的不及万一。何况，一本书的内容也不可能包罗万象。“切口”在哪里？角度怎么选？经过一次次的“头脑风暴”，一遍遍地“推倒重来”，我们最终确定了这本书的框架结构：

全书共分七章：第一章，黄河，从源头开始，顺流而下，讲述黄河。第二章，长江，依然从源头开始，顺流而下，话说长江。第三章，大地，从东北大地出发，漫游塞上草原、河西走廊、天山南北，直到青藏高原。第四章，大海，自北向南，尽观沧海，遍历宝岛。第五章，名山，从三山五岳到秦岭峨眉，从巍巍太行到岭南大地。第六章，名城，长安、洛阳、燕京、金陵，观古都之壮丽雄伟；苏州、杭州、扬州、成都，览天堂之人间盛境。第七章，名楼，从长安出发，过华清宫、登鹳雀楼、赏超然台；再顺江而下，上游看杜甫草堂，中游见岳阳楼、黄鹤楼、滕王阁，下游赏谢朓楼、凤凰台、赏心亭、芙蓉楼、北固亭、望湖楼……

全书共选取 100 篇（组）古典诗词，内容涵盖诗经、乐府、唐诗、宋词。每篇诗词的阐释，包括原诗、注释、诗人卡片、地理卡片和大诗兄说几个部分，将地理知识与诗词赏析融会贯通。

杨金志／大诗兄
2021 年 12 月

第一章 黄河

第二章 长江

第三章 大地

第六章 名城

长安 洛阳 燕京 金陵 苏州 杭州 扬州 成都

名城

第七章 名楼

从长安出发，顺江而下

名楼

第一章　黄河

黄河，干流全长5464千米，中国的第二长河。黄河九曲，在中国大地写出了一个巨大的“几”字。黄河与长江，都是中华民族的母亲河；黄河与长江，都发源于“世界屋脊”青藏高原；黄河与长江，一北一南，穿越广袤大地，滋养芸芸众生；黄河与长江，它们西来万里，一同奔向东方的大海！

华夏始祖黄帝，厚积千万年的黄土高原，波涛滚滚的黄河水，它们是“三位一体”般的存在。根据考古发现和文献记载，华夏文明的主要源头在黄河流域，华夏文明的核心与重心也长期在黄河流域。

“黄河之水天上来”“黄河远上白云间”“九曲黄河万里沙”……古典诗词中的黄河，如同大地上的黄河一般，蕴含着蓬勃伟力，迸发出万丈豪情。

将进酒

唐　李白

君不见，黄河之水天上来，
奔流到海不复回。
君不见，高堂明镜悲白发，
朝如青丝暮成雪。
人生得意须尽欢，莫使金樽空对月。
天生我材必有用，千金散尽还复来。
烹羊宰牛且为乐，会须一饮三百杯。
岑夫子，丹丘生，将进酒，杯莫停。
与君歌一曲，请君为我倾耳听。
钟鼓馔玉不足贵，但愿长醉不复醒。
古来圣贤皆寂寞，惟有饮者留其名。
陈王昔时宴平乐，斗酒十千恣欢谑。
主人何为言少钱，径须沽取对君酌。
五花马，千金裘，
呼儿将出换美酒，与尔同销万古愁。

注释

将进酒：劝酒歌，属乐府旧题。将（qiāng）：请。

金樽（zūn）：贵重的盛酒器具。

岑夫子：岑勋。丹丘生：元丹丘。二人均为李白的好友。

馔（zhuàn）玉：形容食物如玉一样精美。

陈王：指三国时魏国的陈思王曹植，著名文学家，与父亲曹操、兄长曹丕并称“三曹”。

平乐：观名。在洛阳西门外，为富豪显贵的娱乐场所。

恣（zì）：纵情任意。

谑（xuè）：戏。

沽（gū）：买。

千金裘（qiú）：名贵的皮衣。

诗人卡片

姓　名：李白
生卒年：701—762 年
字　号：字太白，号青莲居士，贺知章称其“谪仙人”
代表作：
《望庐山瀑布》《早发白帝城》《行路难》《蜀道难》《将进酒》等
主要成就：
唐代伟大的浪漫主义诗人，被后人誉为“诗仙”

地理卡片

黄河

“黄河之水天上来”，黄河之水真是天上来的吗？黄河的源头到底在哪里？

黄河发源于青藏高原上的巴颜喀拉山北麓约古宗列盆地，蜿蜒东流，穿越黄土高原及黄淮海大平原，注入渤海。黄河源头有一片沼泽地，平静而纯净的水面星星点点，这片地方叫作“星宿海”。星宿海有三条河作为上源，分别是卡日曲、约古宗列曲和扎曲。1985 年，黄河水利委员会结合历史传统和各家意见，认定约古宗列曲（又称玛曲）为黄河正源，后在玛曲曲果处竖立了河源标志。黄河源与长江源、澜沧江源一起，并称“三江源”，号称“中华水塔”。

中国古代的地理典籍，如《尚书·禹贡》《山海经》《水经注》等，记载了人们对于黄河源头的早期探寻。例如，《山海经》中提到，“昆仑之虚（墟），方八百里，高万仞”“河水出东北隅，以行其北，西南又入渤海，又出海外，即西而北，入禹所导积石山”。其中，“昆仑”不是特指今天的昆仑山脉，而是泛指中国西部的高大雪山；“渤海”也不是今天的渤海，而是指黄河上游的大湖，很有可能是扎陵湖、鄂陵湖这对“双子湖”；而“积石山”，就是今天的黄河上游积石峡所在地。

中国古人对于河源的探索，大体是正确的。这很不容易，因为寻找一条大河的源头，困难之大难以想象。愈往上游，干流与支流的分别愈小，往往差之毫厘、谬以千里。直到近现代，科学界确定“河源唯长”“流量唯大”“与主流方向一致”等原则，同时依靠长期以来的实地探索，并借助现代科技的力量，才渐渐拨开很多大河源头的迷雾。

大诗兄说

很早以前，中国人就开始了对于黄河源头的探究。黄河的源头在哪里？对于这个问题，诗仙李白用瑰丽奇绝的想象力，给出了最为天马行空的答案。

“黄河之水天上来，奔流到海不复回”，一句话，就把黄河的源头和归宿都交代得明明白白——虽然，这关于源头的表述属于文学范畴，不属于科学范畴。但是，这个夸张的说法包含了一条朴素的原理——河流的上游源头应当是高海拔地区。

这首如黄河般奔放不羁的《将进酒》，是李白与岑夫子（岑勋）、丹丘生（元丹丘）等好友一起宴饮时所作的诗。“君不见，黄河之水天上来，奔流到海不复回。君不见，高堂明镜

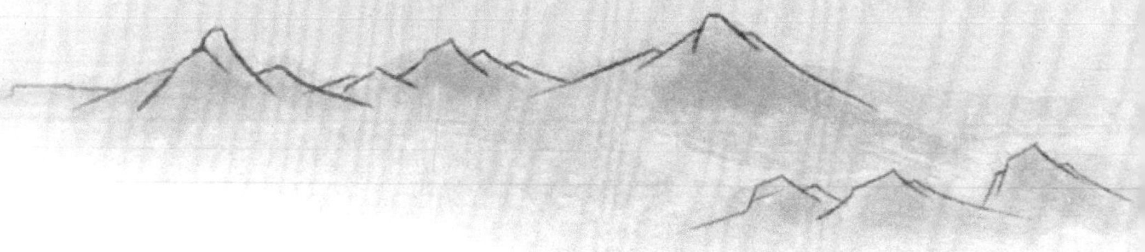

悲白发，朝如青丝暮成雪。”黄河水的奔流，是空间的转换；青丝变白发，是时间的流逝。空间与时间的变化，无法逆转重来，在自然伟力、宇宙规律面前，人类显得那么渺小和无能。既然如此，又能做些什么？“人生得意须尽欢，莫使金樽空对月”“烹羊宰牛且为乐，会须一饮三百杯”“钟鼓馔玉不足贵，但愿长醉不愿醒”……不如及时行乐，不如大醉一场。

但是，李白果真是耽于及时行乐吗？果真是甘于庸庸碌碌吗？“天生我材必有用，千金散尽还复来”“古来圣贤皆寂寞，惟有饮者留其名”，他总是在高举酒杯之后，念念不忘大济苍生的梦想，对自己的才能充满自信。自古以来，圣贤无不经历寂寞困厄，他们就是鼓劲励志的榜样。

“陈王昔时宴平乐，斗酒十千恣欢谑。”每当高朋满座、众人欢谑的时候，李白总会想到相隔数百年、郁郁不得志的陈王曹植。其实，跟“才高八斗”的陈王一样，李白也常常是哀愁的、彷徨的，他的抱负在当时是难以施展的。但是，他的哀愁与彷徨不是小溪小河式的低吟浅唱，而是大江大河式的咆哮奔涌。“五花马、千金裘，呼儿将出换美酒，与尔同销万古愁。”千金如同粪土，只有雄视天下的黄河，才配得上他的万古愁情。

浪淘沙

唐 刘禹锡

九曲黄河万里沙，
浪淘风簸自天涯。
如今直上银河去，
同到牵牛织女家。

注释

浪淘沙：唐教坊曲名。创自刘禹锡、白居易，其形式为七言绝句。后又用为词牌名。

浪淘风簸（bǒ）：黄河卷着泥沙，风浪滚动的样子。簸：掀翻，上下簸动。

牵牛、织女：银河系的两个星座名。中国民间有牛郎（牵牛）、织女的传说故事。

地理卡片

黄河

“九曲黄河万里沙”，黄河的泥沙情况是怎样的呢？

黄河是一条以泥沙多而著称的河流，黄河泥沙大部分来自中游。黄河中游流经黄土高原，这里土层疏松，历史上植被破坏严重，一遇暴雨，大量泥沙与雨水一起汇入黄河。与此同时，黄河中游的渭河、泾河、北洛河等支流也带来了大量泥沙。“一碗水，半碗泥”形象地反映了当时的黄河中下游河段含沙量之大。中华人民共和国成立以来，黄土高原水土流失的综合治理不断推进。据《中国河流泥沙公报》统计显示，近十年（2009年起）来，黄河平均输沙量为1.66亿吨，昔日的“黄”河正在逐渐变清。

姓　名：刘禹锡
生卒年：772—842 年
字　号：字梦得
代表作：
《陋室铭》《竹枝词》《杨柳枝词》《乌衣巷》等
主要成就：
唐朝时期著名的文学家、哲学家，有“诗豪”之称

大诗兄说

刘禹锡人称“诗豪”，这首《浪淘沙》尽显他的“诗豪”本色：寥寥几十个字，把黄河蜿蜒曲折、泥沙俱下、桀骜不驯、纵横天地的气象全部呈现了出来。

“九曲黄河万里沙”，黄河在中国大地上写出了一个巨大的“几”字，几乎每一处大转折都是直角，这种曲折程度，在诸多世界长河中也十分罕见。打开一张黄河流域的大比例尺地图，你就会发现：黄河何止有“九曲”，九百九十九道曲都不为多。黄河在陕西省延安市东北部的延川县河段有一个“乾坤湾”，转弯角度达到 320 度，堪称天下黄河第一湾。

“九曲黄河万里沙”，黄河之“黄”，在于它的“泥沙俱下”。黄河泥沙，大部分来源于中游地区，特别是河口镇到潼关这一河段。黄河穿过晋陕峡谷，急流直下，切割黄土就像快刀切豆腐一样，而后冲出峡谷，一路向南。这种气象，如狂飙，如奔马，正是“浪淘风簸自天涯”。在这一河段，不仅是黄河干流，渭河、沁河等一级支流（直接流入的支流），还有泾河、北洛河等二级支流，都“贡献”了巨量的黄土泥沙，其中大量还是粗泥沙。

据科学推算，在上古时期，黄土高原的气候比现在温暖湿润，植被保持得比较好，受人类干预破坏也比较少，黄河还是比较清澈的。而今，我们要想恢复黄河本来的面貌，就要尊重自然、敬畏自然，做好黄河流域的生态环境治理工作。

“九曲黄河万里沙”，黄河就是这样令人印象深刻。在中国语言文字中，“河水”最早就专指这条河流。后来，“河”才渐渐被用来泛指所有流水。甚至，古人看到横亘夜空的巨大星系，也首先想到用“河”来给它命名，这就是“银河”的由来。“如今直上银河去，同到牵牛织女家。”黄河远去，也许是直上白云，与银河融为一体、不分彼此……

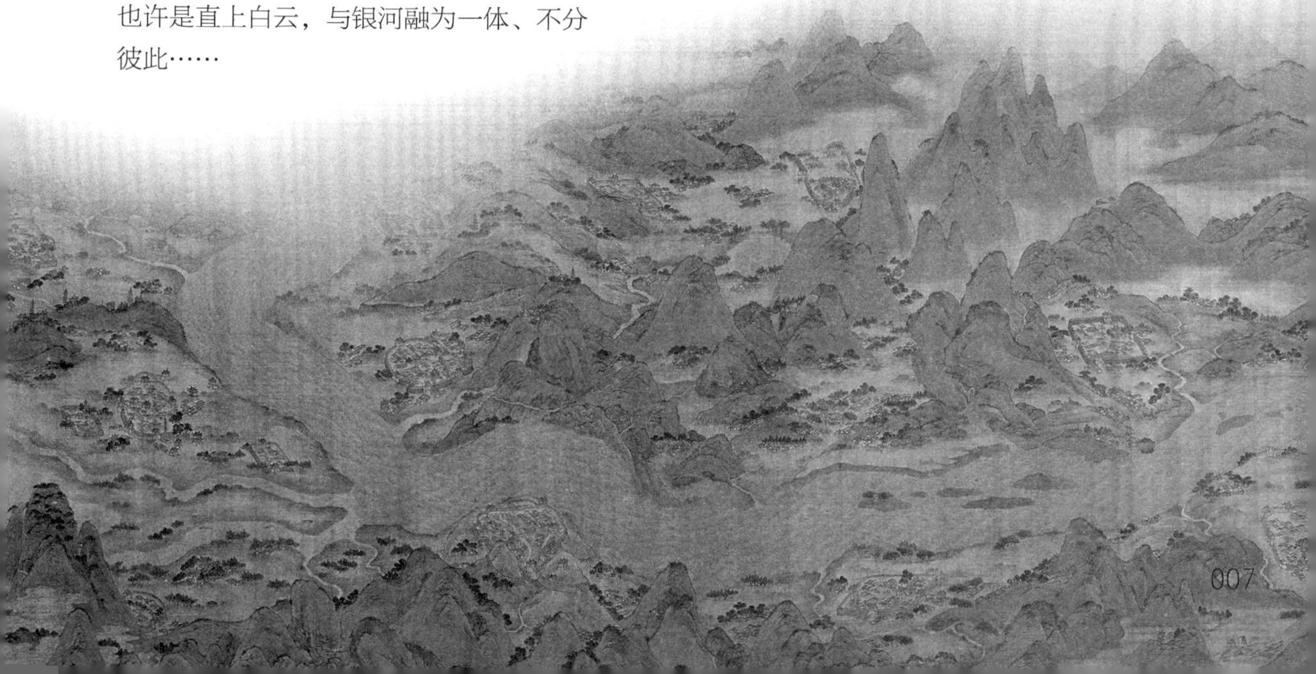

凉州词

唐　王之涣

黄河远上白云间，
一片孤城万仞山。
羌笛何须怨杨柳，
春风不度玉门关。

注释

凉州词：唐乐府名，又名《出塞》。为当时流行的曲子《凉州》配的唱词。

仞（rèn）：古代的长度单位。

羌笛：属横吹式管乐，是唐代边塞一种常见的乐器。

杨柳：此处指旧题乐府《折杨柳》。

诗人卡片

姓　名：王之涣
生卒年：688—742 年
字　号：字季凌
代表作：
《登鹳雀楼》《凉州词》等
主要成就：
唐代著名诗人，尤善五言诗，以描写边塞风光为胜

地理卡片

黄河

黄河、凉州和玉门关，它们之间有什么关联？为什么说“春风不度玉门关”呢？

这首诗所描述的，是河西走廊一带的情景。河西走廊，顾名思义，位于黄河以西。具体来说，它在今甘肃省乌鞘岭和黄河以西，祁连山以北，龙首山、合黎山、马鬃山以南，西端到甘肃、新疆交界附近。走廊东西长约 1200 千米，南北宽度由几千米至二、三百千米不等。走廊底部海拔多在1200 ~ 1500 米之间，地面起伏，有一些丘陵、山地分布其间。多砂碛、戈壁，绿洲断续相连，依赖雪水、河水灌溉，农牧业较为兴盛。这条走廊自古是中原同西域（玉门关、阳关以西地区）的交通要道。

凉州和玉门关，都位于河西走廊上。汉武帝时期分天下为十三州，凉州为其中一州，凉州治所在武威（今甘肃省武威市）。玉门关也是汉武帝所置，因西域输入玉石取道于此而得名，故址在今甘肃省敦煌市西北的小方盘城，而后又多次迁址。凉州和玉门关，正好位于河西走廊的东西两侧。

“羌笛何须怨杨柳，春风不度玉门关。”春风为什么不度玉门关？因为这里四周被群山环绕，分别从不同的方向阻挡了来自大西洋、印度洋、太平洋的暖湿气流，导致气候干燥，降水稀少。这里的暖湿气流，就是夏季风，即诗中的春风。在我国的北方，夏季风控制的时间比较短。每年 4—5 月，夏季风到达我国的东南沿海；7 月推进到华北和东北；而到了 9 月份，受到冬季风的逼迫，不得不退回到南方，因此有了“春风不度玉门关”这句著名的诗句。

大诗兄说

诗人王之涣传世的诗作不多，只有六首，但几乎首首是名篇。关于这首《凉州词》，有几个有趣的典故：

其一，据说王之涣原作的第一句是“黄沙直上白云间”，后来渐渐流传成“黄河远上白云间”。其实，两个版本各有千秋，都很精彩。“黄沙”更加写实，因为河西走廊位于中国的西北部，沙漠戈壁相连，“直上白云间”，这是遮天蔽日、气势逼人的沙尘暴！而“黄河”更有意境，从河西走廊的方位眺望黄河，只见大河悠远绵长，一直流往天边，给人无穷的想象空间。

其二，传说有人传抄这首《凉州词》时，写丢了一个“间”字。中国古代书写不用标点符号，由阅读者自行断句。此人灵机一动，把这首“残诗”变成了一首妙词：“黄河远上，白云一片，孤城万仞山。羌笛何须怨，杨柳春风，不度玉门关。”能够如此“无痕切换”，这是汉语独有的魅力。

第三个典故，叫“旗亭画壁”。传说王之涣和王昌龄、高适等诗人一起去酒楼（旗亭）小酌，听到歌女在传唱当时的名篇佳作。他们一起离席，围着火炉，打赌唱到谁的诗，就在墙壁画上一道，看谁的诗编入歌词多，谁就最优秀。歌女连唱王昌龄、高适的几首诗，还没有王之涣的诗。但是王之涣淡定自若。果然，压轴曲目就是王之涣的这首《凉州词》。

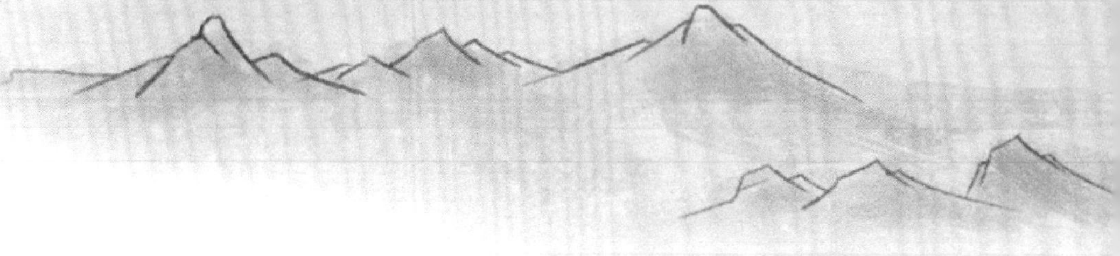

一首诗能衍生出这么多典故，足以说明它的经典程度。

《凉州词》描述的是河西走廊。河西走廊是中原沟通西域的交通要道。西汉时期，张骞经行这条走廊，实现“凿空西域”的伟大创举。霍去病在河西走廊大败匈奴后，汉武帝得以设立武威（凉州）、张掖（甘州）、酒泉（肃州）、敦煌（沙州）等“河西四郡”。四郡之中，凉州为首。凉州也好，武威也好，都透露着这个地方的独特气质：苍凉而刚健。

“黄河远上白云间，一片孤城万仞山。”这是河西走廊的真实写照。万仞祁连山的山顶，永远白雪皑皑。正是这雪山上的融雪，汇成汩汩溪流，在山脚下形成一座座绿洲。“孤城”断续相连，如同一条珍珠链。河西走廊的西端，将要进入西域的地方，有两座雄关——北边的玉门关和南边的阳关。“春风不度玉门关”也好，“西出阳关无故人”也好，当它们出现在诗歌里，总是意味着分离与艰辛。凉州城头，玉门关上，羌笛声声，这是当年离乡戍边时的送别曲《折杨柳》啊，守城将士听此曲无不垂泪思乡……

征人怨

唐　柳中庸

岁岁金河复玉关，
朝朝马策与刀环。
三春白雪归青冢，
万里黄河绕黑山。

注释

马策：马鞭。
刀环：刀柄上的铜环，喻征战事。
三春：暮春时节。

地理卡片

金河、青冢和黑山，它们都在什么地方？跟黄河有什么关系呢？

它们都在河套平原上。河套平原位于今内蒙古自治区中西部，北依狼山、大青山，南界鄂尔多斯高原，西起磴口（巴彦高勒），东至呼和浩特以东。东西长300多千米，南北宽一般为30～40千米，海拔多在900～1100千米。平原的主体是由黄河冲积形成的平原。河套平原习惯上分为前套和后套两部分。前套平原在乌拉山西南端的一个小山咀（西山咀）以东，包括包头、呼和浩特一带。后套平原在西山咀以西。河套平原沟渠纵横，灌溉发达，有“塞上江南”的美称。

金河即大黑河，发源于今内蒙古自治区乌兰察布市卓资县境内。青冢是王昭君墓，西汉时王昭君出塞和亲，死后葬在草原上。黑山指大青山，属阴山山脉。黄河在“黑山”拐弯，由向东改为向南。所以称“万里黄河绕黑山”。

至于“玉关”，本意指河西走廊上的玉门关，这里用来指代边关。

诗人卡片

姓　名：柳中庸
生卒年：？—约775年
字　号：名淡，字中庸
代表作：
《征人怨》《听筝》
主要成就：
唐代边塞诗人

大诗兄说

黄河在大地上画出一个巨大的“几”字，“几”字最上面的一横，就是河套平原区域。有句老话，“黄河百害，唯利一套”，黄河经常泛滥成灾，只有河套地区受益。事实上，河套之富足不仅在于天时地利，更在于人类的改造利用。中国人善用水利，为了充分利用黄河，人们在这里开挖了密布的河渠，形成广大的灌区。这些河渠，就像一顶小帽子“套”在黄河头上。

河套是一片丰腴的土地，是各个部族、政权争相不让的地方。于是，就有了柳中庸的这首《征人怨》。

《征人怨》是一首边塞诗，记录描绘了戍边战士年年岁岁不停征战的生活状态，以及边地荒凉苦寒的景象。汉王朝与匈奴，唐王朝与突厥、回鹘……千百年来，这里上演过一幕幕“战争与和平”的历史大剧，这就是“岁岁金河复玉关，朝朝马策与刀环”。

“三春白雪归青冢，万里黄河绕黑山。”这里说的是王昭君。唐朝人作诗，喜欢讲述“大汉往事”。西汉王朝曾与匈奴和亲，昭君出塞的故事最为著名。昭君的出生地，在长江三峡边的秭归城；昭君的出发地，是大汉长安的巍巍宫城；昭君的归宿地，是草原上的一座青冢。一个弱女子，承担着家国使命，千里万里远赴塞外，真是令人感慨万千。

传说，塞外草木枯黄之时，哪怕大雪纷飞，唯独昭君“青冢”青草茂盛。这个温暖的传说，传递着人们对昭君的敬爱和疼惜。昭君已逝，青冢依旧；黄河万里，黑山不语。

秋望

明　李梦阳

黄河水绕汉边墙，
河上秋风雁几行。
客子过壕追野马，
将军韬箭射天狼。
黄尘古渡迷飞挽，
白月横空冷战场。
闻道朔方多勇略，
只今谁是郭汾阳？

注释

汉边墙：指明朝当时在大同府西北所修的长城，它是明王朝与鞑靼部族的边界。

韬（tāo）箭：将箭装入袋中，整装待发之意。韬，装箭的袋子。

天狼：指天狼星，古人以为此星出现预示有外敌入侵。

飞挽：快速运送粮草的船只，是“飞刍挽粟”的省说，指迅速运送粮草。

朔方：唐代方镇名，治所在灵州（今宁夏回族自治区银川市灵武市），这里用来指北方边塞。

郭汾阳：即郭子仪，唐代名将，曾任朔方节度使，以功封汾阳郡王。

诗人卡片

姓　名：李梦阳
生卒年：1473—1530 年
字　号：字献吉，号空同子
代表作：
《秋望》《石将军战场歌》《汴京元夕》等
主要成就：
复古派“前七子”的领袖人物（前七子是明弘治、正德年间的文学流派。成员包括李梦阳、何景明、徐祯卿、边贡、康海、王九思和王廷相七人，以李梦阳、何景明为代表）

地理卡片

黄河

“黄河水绕汉边墙”是作者在诗中的描写，而黄河干流“几”字形上面这个弯，究竟把谁绕在里面了？答案是鄂尔多斯高原。黄河“几”字形的最上一横，上面是河套平原，下面就是鄂尔多斯高原。鄂尔多斯高原是内蒙古高原的一部分，在内蒙古自治区的中南部，鄂尔多斯市境内，黄河在西、北、东三面环绕，南界长城，海拔1500米左右。多沙丘，河流稀少，盐湖广布。在秦、汉、唐、明等朝代，北方前线一般都在这一带游移。

有趣的是，虽然有黄河三面环绕，但鄂尔多斯高原没有河流与黄河连通，属于内流区。在中国外流区、内流区分界地图上可见，黄河“几”字形的腹地有一块内流区域，就是鄂尔多斯高原。

大诗兄说

黄河“几”字形最上面一横的东侧，也就是今天的内蒙古中南部、山西北侧一带，包括鄂尔多斯高原，在古代往往是中原王朝与北方游牧政权对峙的前线。这首诗写作的地理背景，也在这里。

明朝时期，朝廷在北方设立九边重镇，山西大同就是其中之一。“黄河水绕汉边墙，河上秋风雁几行。”此地曾有汉长城，而在当时则有雄伟的明长城，城楼峨峨，黄河滔滔。“客子过壕追野马，将军韬箭射天狼。”边关霜冷长河，将士踌躇满志，不畏苦寒。

兵马未动，粮草先行，这是边塞生活的常态。在交通条件有限的古代，粮草辎重的运输尤为困难。“黄尘古渡迷飞挽”，这一句仿佛把我们拉到几百年前的现场：黄河渡口上烟尘沸腾，从遥远中原和南方运来的粮草在此卸船，牛马大车接上货物，吱吱呀呀，翻山越岭，长途跋涉，舟车劳顿。这么苦，这么累，为的是什么？正是为了保卫家园，保卫黄河呀！

边塞，是中国诗歌中一个永恒的话题。唐朝人的边塞诗，往往旁征博引汉朝典故，汉武帝、飞将军、苏武、霍去病，都是唐诗中常见的主角；而到了明朝李梦阳的这首诗里，唐朝名将郭子仪，则成了典故的主角。“闻道朔方多勇略，只今谁是郭汾阳？”任何一个时代，都在呼唤有勇有谋的真英雄啊！

黄河

行路难

唐 李白

金樽清酒斗十千，玉盘珍羞直万钱。
停杯投箸不能食，拔剑四顾心茫然。
欲渡黄河冰塞川，将登太行雪满山。
闲来垂钓碧溪上，忽复乘舟梦日边。
行路难！行路难！多歧路，今安在？
长风破浪会有时，直挂云帆济沧海。

注释

金樽（zūn）：盛酒的器具，以金为饰。
斗十千：一斗值十千钱（即万钱），形容酒美价高。
珍羞（xiū）：珍贵的菜肴。
直：通“值”，价值。
投箸（zhù）：丢下筷子。箸，筷子。
歧路：岔道，不正确的路。
安：哪里。

地理卡片

黄河

“欲渡黄河冰塞川”，冬天的黄河是这番景象吗？

没错，这就是黄河的冰情。据说，每年黄河结冰之后，古人看到狐狸走过冰面，就知道可以行人了。其实，黄河冰层最厚之时，足以在上面走人、走马、走车。

而在黄河冰情中，凌汛又是一个很值得关注的现象。每年初春开河时，黄河在上游宁夏回族自治区石嘴山市到内蒙古自治区呼和浩特市托克托县河口镇，以及下游河南省郑州市花园口到山东省东营市入海口两个河段出现凌汛。其原因在于黄河的这些河段解冻开河时，上游已经解冻，下游仍有坚冰。巨大的冰块漂流翻腾，很容易堵塞河道，形成泛滥甚至决口。黄河凌汛，对古人来说就是洪水猛兽。直到今天，人们依然不敢小觑，经常要用飞机、大炮来轰炸坚冰。

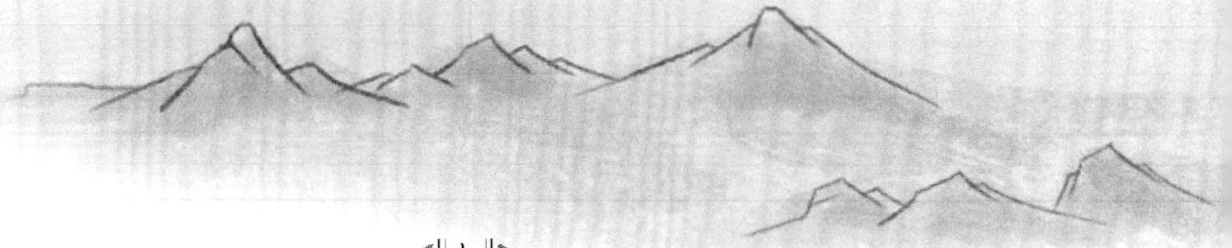

大诗兄说

李白的这首《行路难》，同《将进酒》一样，是借用黄河来表达自己无比的苦闷与彷徨。冬日黄河，坚冰堵塞，令人生畏；而刚刚结冰之时，或者解冻凌汛之际，湍急的水流与巨大的冰块一起翻滚，人们渡河更是千难万险！

“欲渡黄河冰塞川，将登太行雪满山。”黄河与太行，这是北方的河与北方的山，它们何其雄伟壮丽。巍巍太行，纵贯南北约八百里，也曾春花烂漫，也曾夏木繁阴，也曾层林尽染，而到了严冬时节，层峦叠嶂一夜白头。冰塞黄河、雪拥太行，这简直是无路可走的感觉！怪不得李白要一唱三叹：“行路难！行路难！多歧路，今安在？”

联想到这些，最爱喝酒宴饮的李白不禁感到，金樽清酒也不美了，玉盘珍羞也不香了。他将酒杯一放，筷子一丢；抽出匣中宝剑，只见寒光闪闪；待欲舞剑，又不免一声长叹，真是内心茫然！

“闲来垂钓碧溪上”，这是一个典故，传说姜太公曾在磻溪钓鱼，得遇周文王，助周灭商；“忽复乘舟梦日边”，这又是一个典故，古人伊尹曾梦见自己乘船从日月旁边经过，后被商汤起用，助商灭夏。

倔强而又自信的李白联想到上古先贤的人生际遇，又增添了对未来的信心。坚冰塞川又如何？凌流滚滚又如何？待到春暖花开，自然是“长风破浪会有时，直挂云帆济沧海”！

黄河

赠裴十四

唐　李白

朝见裴叔则，
朗如行玉山。
黄河落天走东海，
万里写入胸怀间。
身骑白鼋不敢度，
金高南山买君顾。
徘徊六合无相知，
飘若浮云且西去。

注释

裴十四：唐朝人裴政，李白好友，著名隐士。

裴叔则：晋朝人裴楷，仪容俊朗，人称“玉人”。这里用来形容裴政。

身骑白鼋（yuán）不敢度：源自《楚辞 · 九歌 · 河伯》诗句“乘白鼋兮逐文鱼，与女游兮河之渚”。鼋，一种大龟。度，同“渡”。

金高南山买君顾：源自《列女传 · 节义传》中的一个故事，楚成王夫人子瞀（mào）不因成王封赏千金而顾看，以示自重。

六合：天地之间，上下和东西南北四方谓之六合。

地理卡片

“黄河落天走东海，万里写入胸怀间。”在唐朝，人们如果要观赏“黄河落天走东海”的景象，一般会去哪里呢?

唐朝时期关中和黄河以东一带是政治、经济、文化核心区域，所以，人们一般会去晋陕峡谷观赏黄河。黄河东流到今内蒙古自治区呼和浩特市托克托县河口镇，前方被高大的吕梁山阻拦，它拐弯向南，在黄土高原上切割出著名的晋陕峡谷。河东为“晋”，即今天的山西省；河西为“陕”，即今天的陕西省。这也是黄河“几”字形的右边一竖。晋陕峡谷沿线及周边有很多著名景观，包括壶口瀑布、龙门峡谷、鹳雀楼、潼关等。

这是一首赠别诗。李白赠别的对象，大多是高士和隐者，这也是他自己向往的一种生活方式。而李白对赠别友人的最高褒奖，就是用山水江河来比兴。对于裴十四（裴政），李白更是联想到了黄河，这是无以复加的“顶级配置”啊。

黄河是什么样的?“黄河落天走东海，万里写入胸怀间。”如同《将进酒》中的“黄河之水天上来，奔流到海不复回。”同样是寥寥两句，就把它的源头与去向说得明明白白。黄河，天上来，向海去，穿越晋陕峡谷，营造出壶口瀑布、龙门峡谷这样的天下奇观。万里黄河，入君胸怀；君之胸怀，如河万里!

“朝见裴叔则，朗如行玉山。”裴叔则，是裴十四的本家前辈，晋朝名士，《世说新语》中说“见裴叔则如玉山上行，光映照人”。“金高南山买君顾”是《列女传·节义传》中的一个故事，楚成王为了博得子瞀一顾，承诺封赏千金给她，子瞀不为所动。种种典故，用在裴十四身上都恰如其分，足见他的风神俊朗与洁身自好!

磊落隐士，天地之间，曲高和寡；不如骑鹤而去，直上青天。这就是“徘徊六合无相知，飘若浮云且西去”。天上一瞥，也许更见“黄河落天走东海，万里写入胸怀间”的气魄!

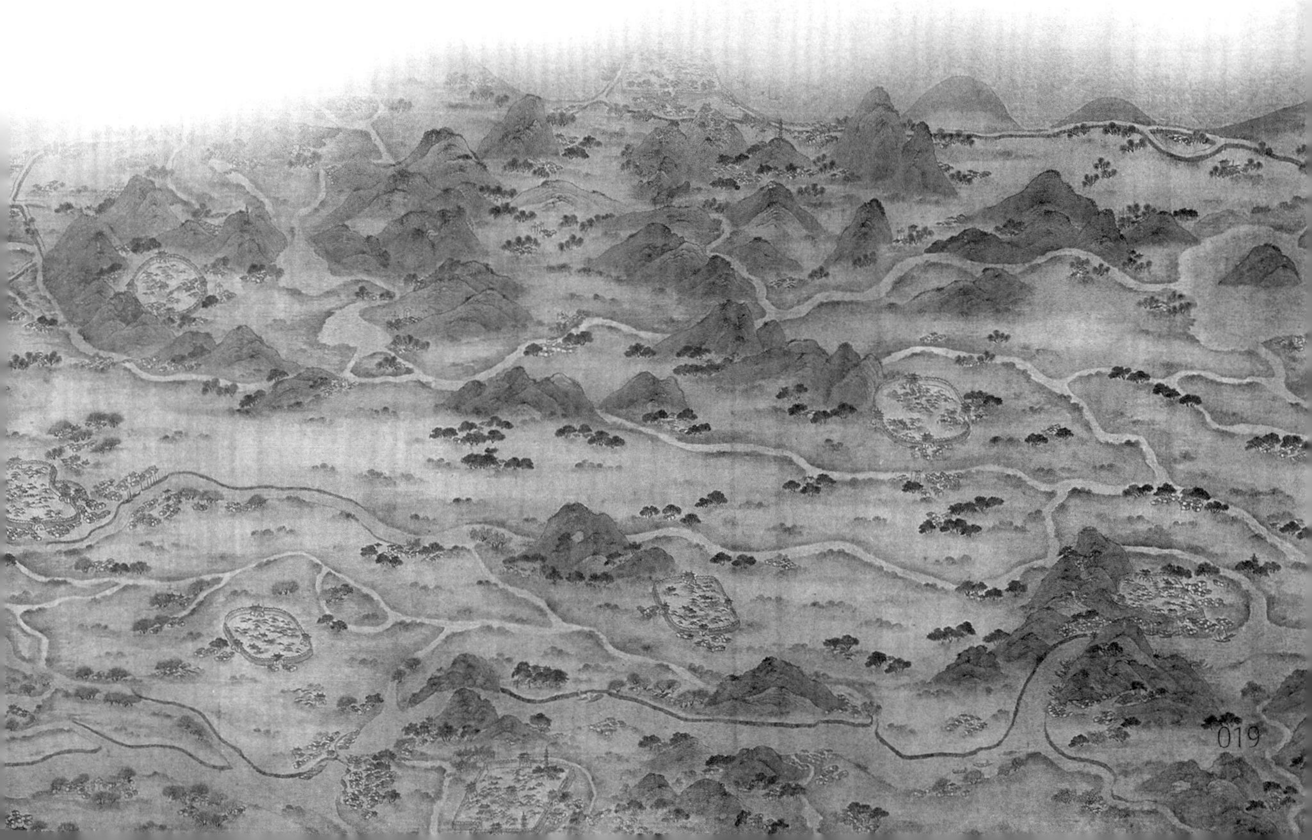

秋日赴阙题潼关驿楼

唐　许浑

红叶晚萧萧，
长亭酒一瓢。
残云归太华，
疏雨过中条。
树色随关迥，
河声入海遥。
帝乡明日到，
犹自梦渔樵。

注释

阙（què）：本指古代皇宫大门前两边供瞭望的楼，这里指唐都城长安。
驿（yì）楼：驿站的楼台。
迥（jiǒng）：远。
帝乡：京都，指长安。
渔樵（qiáo）：打鱼和砍柴，这里指隐逸的生活。

地理卡片　黄河

潼关、太华、中条，它们跟黄河有什么关系呢？它们都位于黄河中游从南向东大拐弯的地方，互为衬托映照。潼关是古关隘名，在今陕西省渭南市潼关县境内。潼关为东汉末年所置，唐时移动关址，北临黄河，当陕西、山西、河南三地要冲，历来为军事要地。太华是西岳华山的别称，在今陕西省渭南市，位于潼关西侧。中条就是中条山，在今山西省运城市，位于潼关东侧，黄河对岸。

诗人卡片

姓　名：许浑
生卒年：约 791—约 858 年
字　号：字用晦，一作字仲晦
代表作：
《故洛城》《咸阳城东楼》《姑苏怀古》等
主要成就：
晚唐最具影响力的诗人之一

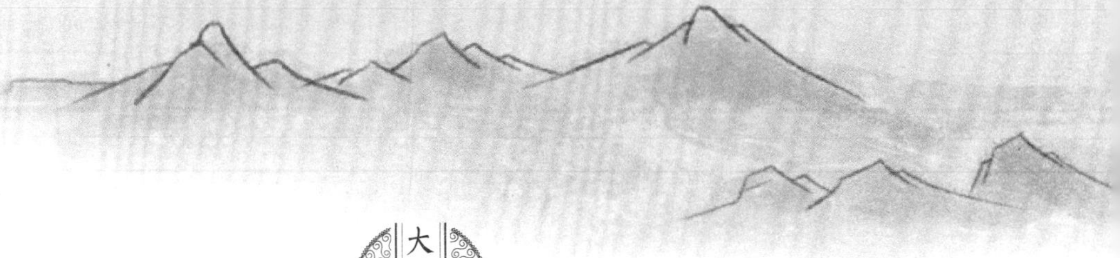

大诗兄说

黄河自北向南穿越黄土高原的晋陕峡谷，在潼关这个地方一头撞上华山山脉，流向转为自西向东。此地是今天的陕西、山西、河南三省交界处，具有非常厚重的历史和人文底蕴。

在中国的文史典籍中，你会经常看到“关中”“关东”这样的字眼。“关”，就指这一带的潼关、崤关、函谷关等一系列关隘。这些雄伟的关隘，依傍黄河、背靠大山，一夫当关、万夫莫开，自古以来，就是兵家必争之地，文人骚客凭吊之所。

潼关，位于黄河南岸，它的面前是滚滚河水，身后是巍峨的西岳华山，斜对岸是雄伟的中条山。这座关隘，是唐朝西京长安与东都洛阳之间的必经之地。许浑，当时是第一次从家乡江南赴京城长安，途经潼关，深感气象宏大、迥异江南，生发出无限感慨。

深秋日暮的潼关，尤有韵味。潇潇雨后，残阳如血，红叶愈加鲜艳。长亭之上，何不饮薄酒一杯？抬眼望去，只见淡灰色的残云，兀自漂移，笼在华山之巅；大河对岸，中条山影影绰绰、巍巍峨峨。

“树色随关迥，河声入海遥。”潼关关城之上，极目眺望黄河奔到眼前，又怒吼远去。它已经穿越了壶口与龙门，激荡跳跃；它向大海奔去，前方还有三门峡和桃花峪，还有孟津渡和汴梁城。

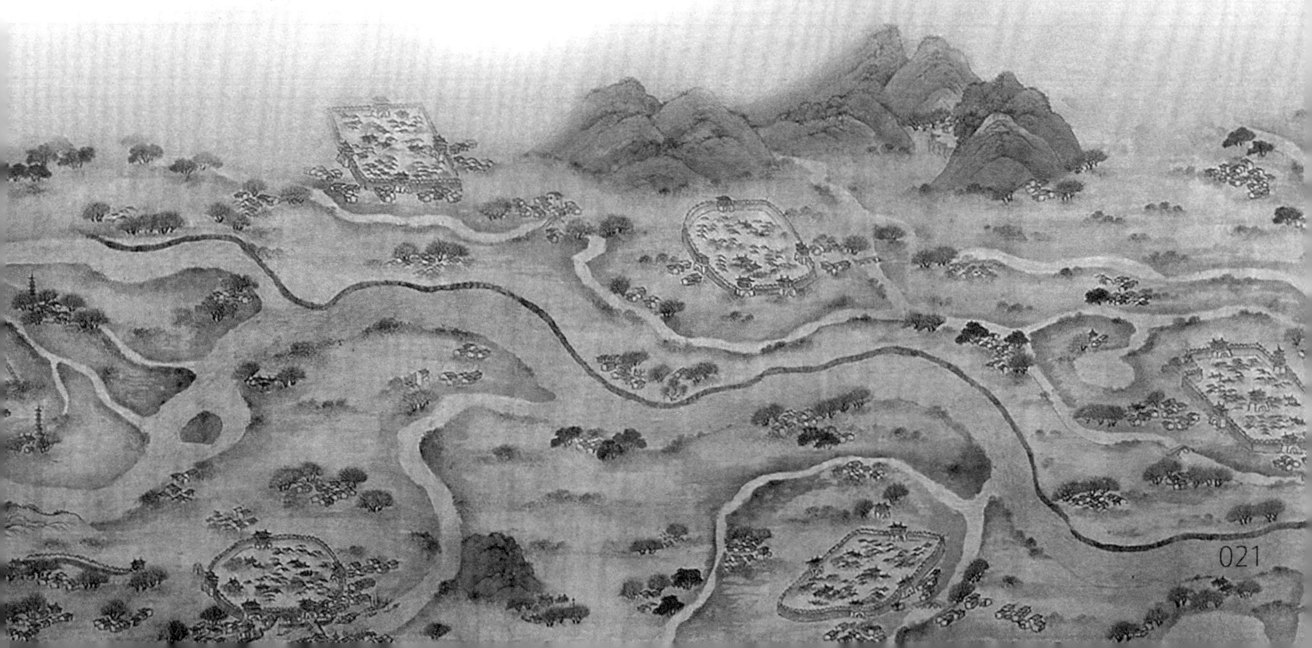

杂诗

唐　王维

家住孟津河，
门对孟津口。
常有江南船，
寄书家中否？

诗人卡片

姓　名：王维
生卒年：701—761年，一说699—761年
字　号：字摩诘，号摩诘居士
代表作：
《山居秋暝》《竹里馆》《鹿柴》《渭川田家》等
主要成就：
唐朝著名诗人，与孟浩然合称“王孟”，有“诗佛”之称。苏轼评价其：“味摩诘之诗，诗中有画；观摩诘之画，画中有诗。”

地理卡片

黄河

“家住孟津河，门对孟津口。”“津”是渡口的意思，孟津是黄河上的一个渡口吗？孟津，今河南省洛阳市所辖县，是一个古老的县邑。《尚书·禹贡》中有注解：“孟为地名，在孟置津，谓之孟津。”孟津河，指黄河流经河南省洛阳市孟津县的一段，是黄河孟津段的别称。孟津口为这一带黄河上的渡口，这里的古渡口有孟津渡、云水渡等。孟津一带相传是“武王伐纣，与八百诸侯会盟”之地，为古代交通要道。

大诗兄说

王维有一首著名的《杂诗》:“君自故乡来，应知故乡事。来日绮窗前，寒梅著花未？”事实上，王维的《杂诗》是一组三篇，《君自故乡来》是第二篇，而《家住孟津河》则是第一篇。这三首诗的主题，都是思念故乡或者亲人。

《家住孟津河》，是用一位留守家中的少妇口吻，表达对漂泊在外的夫君思念之情。他们家住在黄河南岸的孟津河边，正对着孟津渡口。渡口边上每日船来船往，舟楫相连。小女子登阁观望，不知道哪一艘靠岸的船上会有信使，带来身处江南的夫君的书信。甚或，不知哪一艘靠岸的船上，会出现夫君的身影？

古时，男人外出“打拼”，或做官，或打仗，或经商，而妻子留守家中闺阁，这是一种常态。思念夫君、盼君音信的诗歌，也是一种常见的题材。这类诗歌，往往婉约生动、一唱三叹，充溢着期待又带有丝丝惆怅的情怀。

这首《杂诗》，很像是一部微小说。而王维给这个故事选定的发生地，也很有讲究。孟津，是一处水陆交通要地。相传上古时期周武王伐纣，就是在这个地方会盟诸侯并且渡过黄河，此地得名“盟津”，后来又演化成“孟津”。

唐朝时期，孟津繁华依旧。这是因为，孟津靠近洛阳，是长安与洛阳两大都会之间的必经之地。同时，隋唐大运河沟通江南与中原，而孟津就处在从江南到两京的交通线上，自然会有很多“江南船”来来往往，也自然会有很多悲欢离合的故事在这里上演。

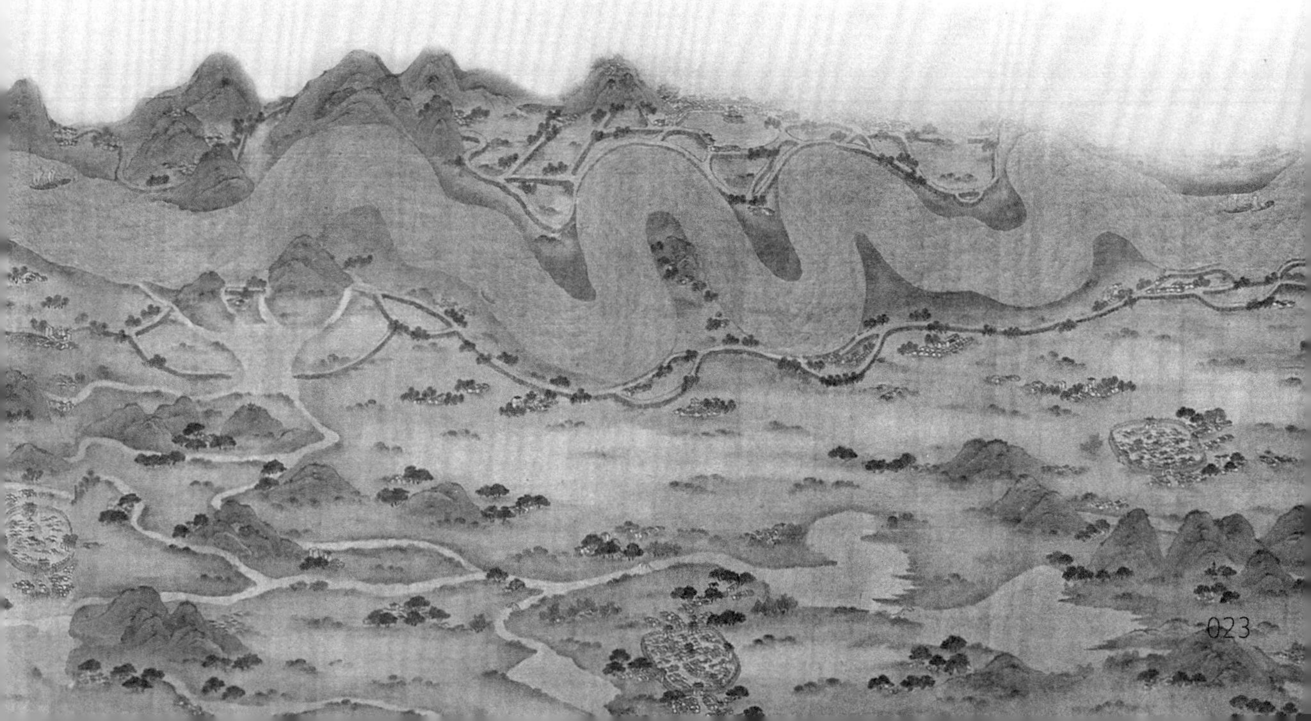

书河上亭壁

宋　寇准

岸阔樯稀波渺茫，
独凭危槛思何长。
萧萧远树疏林外，
一半秋山带夕阳。

注释

樯（qiáng）：船的桅杆，这里指代船只。
危槛（jiàn）：高高的栏杆。
萧萧：风声。

地理卡片　黄河

“书河上亭壁”，这座黄河边上的亭子，在什么地方呢？

河亭位于当时的军事重镇河阳，即今河南省焦作市孟州市。古代以山之南、水之北为阳，顾名思义，河阳位于黄河的北岸。有河阳，也有河阴，河阴县城位于黄河南岸，在今河南省洛阳市孟津县。

河阳、河阴外，古时还有不少以黄河为“坐标”的地名。唐时期曾分天下为十道，其中有以河南、河北、河东命名的行政区。河南、河北以黄河为界，与今天的河南省、河北省划分大体一致。河东则指黄河晋陕峡谷以东地区，主体是今天的山西省。至于河西，一般指河西走廊，主体位于今甘肃省境内。

姓　名：寇准
生卒年：961—1023 年
字　号：字平仲
代表作：
《春日登楼怀归》《书河上亭壁》《咏华山》《阳关引·塞草烟光阔》等
主要成就：
北宋著名政治家、诗人

大诗兄说

在中国历史上，寇准首先是一位政治家，其次才是一位文学家。他最有名的事迹，是在北方辽军大兵压境之时坚决主张抵抗，并且主导订立了“澶渊之盟”，保障了宋朝长达百年的边境安宁。

所以，读寇准的诗，我们可以强烈地体会到一个政治家的思想和抱负。《书河上亭壁》其实是一组诗，分为春夏秋冬四篇，这里选取的是第三篇，也是最著名的一篇，它描写的是秋日黄河景象。

当时，寇准镇守位于黄河北岸的军事重镇河阳。这个地方很重要，因为它守卫的是黄河以南开封、洛阳等重要都市。古代的中原王朝，外敌主要来自北方，河阳首当其冲；如果内部发生叛乱，军队也会争相去占领河阳。

唐朝诗人杜甫著名的“三吏”“三别”，其中就多次提到河阳：《石壕吏》中有“急应河阳役，犹得备晨炊”；《新婚别》中有“君行虽不远，守边赴河阳”。可见，在安史之乱中，官军和叛军就曾激烈争夺河阳。

寇准在河阳亭上，静观秋日的黄河。黄河地处北方，北方的降雨集中在夏、秋两季，此时黄河水势最大。人们很早就观察到这种现象，《庄子・秋水》篇中描述道：“秋水时至，百川灌河。泾流之大，两涘渚崖之间，不辩牛马。”寇准所看到的，依然如此。“岸阔樯稀波渺茫”，水势浩大、两岸开阔，烟波浩渺，舟船稀少。

“萧萧远树疏林外，一半秋山带夕阳。”目睹这样壮丽的黄河落日，河亭之上的寇准，“独凭危槛思何长”，陷入了沉思。他在想什么呢？想着如何才能国富兵强，想着河山怎样固若金汤。

河亭一日，倏忽而过，转眼已是傍晚。倦鸟归林，喊喊喳喳。夕阳晚照，暮光洒在河面上，日头渐渐沉入了远山……

河 广

《诗经·卫风》

谁谓河广？一苇杭之。
谁谓宋远？跂予望之。

谁谓河广？曾不容刀。
谁谓宋远？曾不崇朝。

注释

苇：用芦苇编的筏子。
杭：通“航”。
跂（qǐ）：通“企”，踮起脚尖。
曾：乃，竟。
刀：通“舠（dāo）”，小船。
崇朝（zhāo）：终朝，形容时间之短。

地理卡片

黄河

这首诗中出现的卫、宋在什么地方？它们跟黄河是什么关系？

卫和宋，都是西周、春秋时期的诸侯国。它们均位于黄河下游。卫国的主体先在黄河北岸，都城在朝歌，即今天的河南省鹤壁市；后迁都到当时黄河南岸的楚丘，而后又迁都到帝丘，均在今天的河南省濮阳市。宋国的主体在黄河南岸，都城在商丘，即今天的河南省商丘市。卫、宋都是西周建国初分封的诸侯国，其国土多为殷商旧土，其国民很多是商的遗民。历史上黄河曾多次改道，今天的河南省濮阳市仍在黄河北岸。历史的车轮和自然的变迁，依旧将古老的卫国和宋国分置黄河两岸。

诗人卡片

《诗经》是中国最早的诗歌总集。编成于春秋时代，共305篇，又称“诗三百”，相传由孔子编辑整理。《诗经》分为《风》《雅》《颂》三个部分。《风》有十五国风，《雅》有《小雅》《大雅》，《颂》有《周颂》《鲁颂》《商颂》。《诗经》大抵是周初到春秋中叶的作品，产生于今陕西、山西、河南、山东及湖北等地。《诗经》的诗篇形式以四言为主，擅长运用赋、比、兴的手法，其语言朴素优美，声调自然和谐，富有艺术感染力。

大诗兄说

《诗经》中的十五国风，是先秦时期多个诸侯国的民歌。这些诸侯国，大多分布在黄河中下游地区。其中，卫、郑、宋、陈等诸侯国大体在今天的河南省境内，是当时经济文化最为发达的地区。作为“流行文化”的“郑卫之音”，风格大胆奔放、富有浪漫气息。

这首《河广》涉及卫、宋两个诸侯国。研究者大多认为，此诗是春秋时代侨居卫国的宋人表达自己还乡心情急迫的思归诗。当时，卫国主体位于黄河北岸，宋国主体位于黄河南岸，两国之间隔着黄河。

“谁谓河广？一苇杭之”“谁谓河广？曾不容刀”,黄河真的凭一个小筏子就可以渡过去吗？黄河真的可以踮踮脚就能看清对岸吗？这是一种夸张的说法。一条万里之长的河流，哪怕是上游、中游，要想渡河也是千难万难，何况是在汇聚千百支流、裹挟无数泥沙的下游？但正是这种石破天惊的夸张手法，表达出了这位游子思乡心切的强烈情感。而正是这种超乎寻常的强烈情感，使这首诗于千载之下，令无数读者为之动容。

透过这种奇特的夸张，我们可能会产生一个疑问：宋国既然“这么近”，那么，这位游子为什么不回去呢？这首诗中没有明确给出说明和解答。这是本诗的“留白”，也是一种无声胜有声的艺术效果。

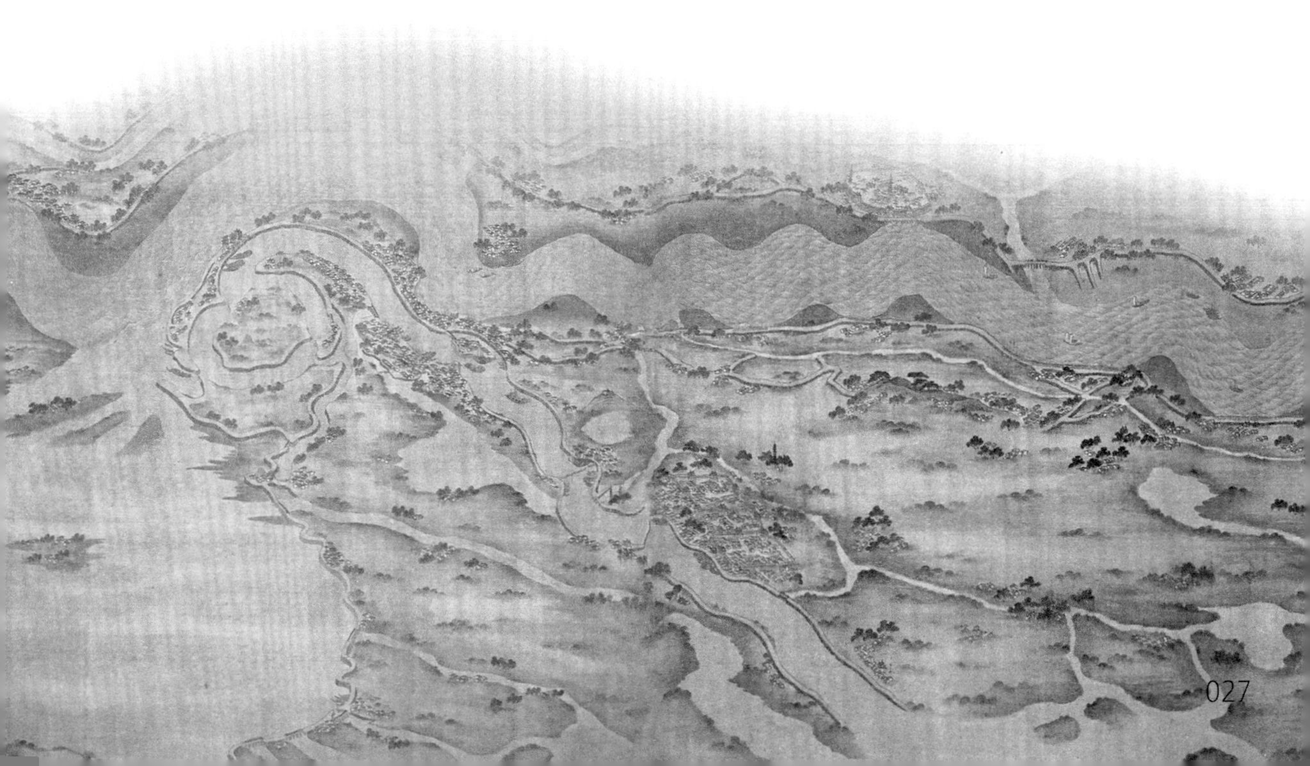

渡河到清河作

唐　王维

泛舟大河里，
积水穷天涯。
天波忽开拆，
郡邑千万家。
行复见城市，
宛然有桑麻。
回瞻旧乡国，
淼漫连云霞。

注释

天波：指天空的云气，形容极为高远。
拆：裂，开。
郡邑：城市。
宛然：真切、清晰的样子。
桑麻：桑树与苎麻，这里指农作物。
回瞻：回望。
淼（miǎo）漫：水流广远的样子。

地理卡片

“渡河到清河”，清河在哪里？王维又是从哪里渡河过去的？

据考证，清河县为唐贝州治所，在今河北省邢台市清河县，地处隋唐大运河边。王维当时在济州（今山东省聊城市茌平区）。唐济州属河南道，贝州属河北道，由济州治所渡大运河向西北，即可至清河。清河、济州，都位于黄河下游地区。

大诗兄说

王维不只是“诗佛”，他在年轻的时候曾经壮游各地，写下不少描写大山大河、边塞风光的诗篇，气象雄浑壮阔。这首《渡河到清河作》，就是王维早年居住在济州时创作的。

这首诗，描写的是当时黄河下游的景象。黄河中下游地区是中华文明的重要源头，长期以来也是高度发达的地区。黄河从中游黄土高原冲刷携带了大量泥沙，这是一把“双刃剑”：下游经常因此发生淤塞、泛滥、决堤、改道等灾害，但富含营养的泥沙也给下游的农业生产带来便利。幸运的是，唐朝时期，黄河下游基本没有发生过大的灾害，所以，王维看到的，是一派泱泱繁荣的景象。

“泛舟大河里，积水穷天涯。”人在河中，两岸茫茫，人、马、牛、羊如蚂蚁、如草芥。西望上游之水，滔滔不尽、滚滚而来；东看逝去河水，直往天边尽头，遥想大海无涯。

“天波忽开拆，郡邑千万家。行复见城市，宛然有桑麻。”渡船渐渐接近对岸，渺渺茫茫的水面渐渐退出视野，突然看见地平线上星罗棋布的城郭、村舍，来往行走的人们。在肥沃坦荡、一望无垠的黄河下游平原上，人们生产劳作，采桑、耘田、播种、渔猎，人人安适愉快，自得其乐。一路行舟，只见便利的交通，勤劳的民众，繁荣的城市，繁华的景象。

此情此景，令人心驰神往。“回瞻旧乡国，淼漫连云霞。”此时身处黄河下游的王维，也许想起了他的故乡河东道，想起了他的精神家园长安、洛阳。而黄河与运河就像“动脉”把这些地方连接起来，成为息息相通的一体。

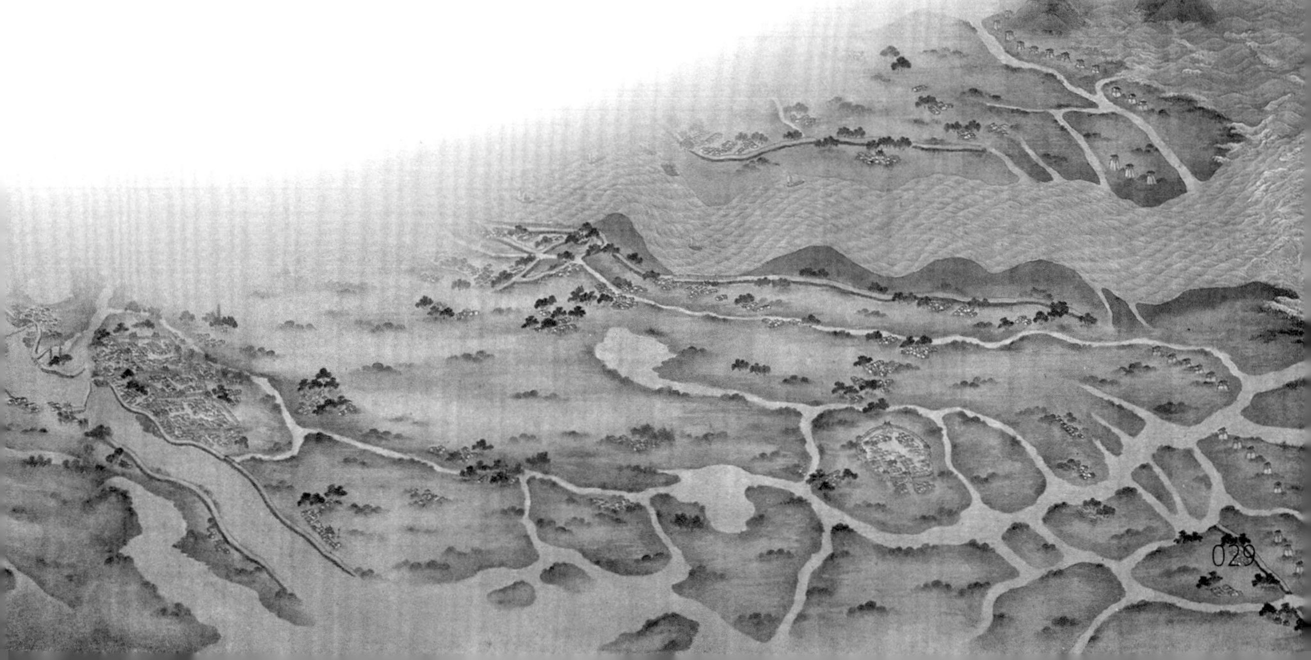

秋夜将晓出篱门迎凉有感

宋 陆游

三万里河东入海，
五千仞岳上摩天。
遗民泪尽胡尘里，
南望王师又一年。

五千仞（rèn）：形容高。仞，古代计算长度的一种单位，为周尺八尺或七尺。周尺一尺约合二十三厘米。

遗民：指在金占领区生活的汉族人民，却认同南宋王朝统治的人民。

胡尘：指金人入侵中原，也指胡人骑兵的铁蹄践踏扬起的尘土和金朝的暴政。

王师：指宋朝的军队。

地理卡片 黄河

"三万里河东入海"，黄河是在哪里入海的？

这个问题没有固定的答案。在历史上，黄河下游曾多次改道，入海口也多次变化。黄河向北最远摆动到今海河入海口，向南最远曾侵夺淮河河道，在今江苏北部入海。1855 年，黄河再次改道，入海口由黄海北移至渤海，在今山东省东营市。黄河携带大量泥沙入海，在渤海凹陷处沉积形成的冲积平原叫黄河三角洲。

诗人卡片

姓　名：陆游
生卒年：1125—1210 年
字　号：字务观，号放翁
代表作：
诗作《十一月四日风雨大作》《游山西村》《临安春雨初霁》《示儿》，词作《钗头凤·红酥手》《卜算子·咏梅》等
主要成就：
南宋著名爱国主义诗人，中兴四大诗人之一（中兴四大诗人是南宋前期尤袤、杨万里、范成大、陆游四位诗人的合称，又称南宋四大家）

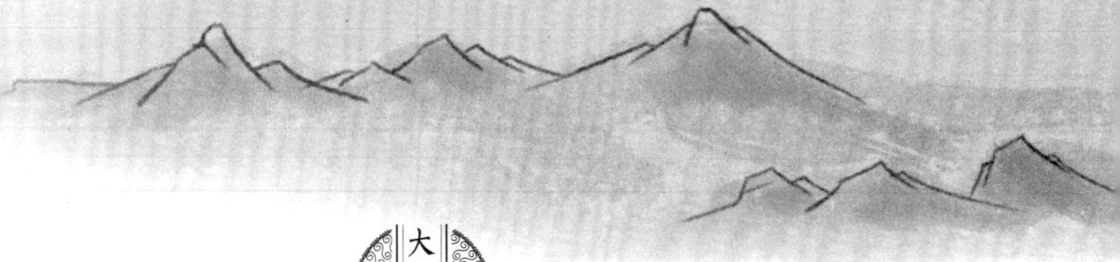

大诗兄说

黄河与五岳，不仅是中华大地上的壮丽景观，也是华夏民族的精神家园。“三万里河东入海，五千仞岳上摩天。”这里的“三万里河”就是指黄河，而“五千仞岳”，有学者认为是东岳泰山，也有学者认为指西岳华山。但无论指的是泰山还是华山，都代表着中原的大好河山。

大好河山陷于敌手，当时的南宋统治者却麻木不仁，实在令人愤懑！“遗民泪尽胡尘里，南望王师又一年。”遥想中原，遗民该有多么无奈和失望。内观朝政，南宋小朝廷并没有收复中原的决心和谋划，陆游、辛弃疾这样的抗战派、爱国者，始终被轻视、打压。

陆游活了八十多岁，在古人中是难得的高寿。终其一生，不论壮年仕宦还是暮年归乡，陆游一刻都没有忘却家国与使命。《秋夜将晓出篱门迎凉有感》，他感慨“遗民泪尽胡尘里，南望王师又一年”；《十一月四日风雨大作》，他自忖“僵卧孤村不自哀，尚思为国戍轮台”；直到临终《示儿》，他仍不忘告诫子孙：“王师北定中原日，家祭无忘告乃翁。”

终其漫长的一生，陆游见过黄河吗？见过中原吗？未必，因为他刚出生的时候北宋就已经灭亡，黄河泰山都陷入敌手。但是，终生不忘家国事，河山永在我梦里。有此心志，一生无憾。

回望黄河，“黄河之水天上来”，它从雪域高原走来，流淌过绿草茵茵的“星宿海”，流经高原大湖扎陵湖与鄂陵湖；“九曲黄河万里沙”，“万里黄河绕黑山”，它营造了“塞上江南”，哺育了众多古都；它穿越无数的峡谷和险滩，从黄土高原上冲刷下无数泥沙，滔天河水令壶口、龙门、潼关天下雄奇；终于，“三万里河东入海”，它汹涌咆哮着奔向大海，入海口芦苇丛生、水鸟翔集，大河与大海交汇融通……

读行与思考

1. 学完本章内容后，请你运用综合思维，分析黄河下游水患多发的原因。

2. 搜集关于黄河的故事、传说和黄河治理的艰苦历程，用自己的语言写出来与大家分享交流。

3. 结合现代技术，请你为治理黄土高原水土流失提出几个建议。

4. 查阅资料，任选一个黄土高原上的小流域，说说目前存在的问题及治理措施。

第二章　长江

在我们生活的这个星球上，完整拥有两条世界级大河的国度，屈指可数。中国，就是其中之一。长江与黄河，是中华民族的母亲河，它们共同塑造了世界上最为广阔的“两河流域”。

长江，发源于“世界屋脊”青藏高原，穿越中国三大地理阶梯，浩浩荡荡汇入东海。长江的干流长达 6300 千米，沿途接纳了众多支流与湖泊。不同的河段，有不同的名字：沱沱河、通天河、金沙江、川江、荆江、扬子江……中国人给长江起了这么多名字，足见我们对它的亲近和仰赖。

不尽长江滚滚来。从远古时代起，中国人就在长江两岸生生不息。在历史的长河之中，无数中国诗人看见长江、感悟长江、歌咏长江，他们的诗作与江河一起万古奔流。

峨眉山月歌

唐 李白

峨眉山月半轮秋，
影入平羌江水流。
夜发清溪向三峡，
思君不见下渝州。

注释

影：月光的影子。
发：出发。

地理卡片 长江

峨眉山、平羌江、清溪、三峡、渝州，诗中出现的这些地名，它们都在哪里？

它们都位于长江上游巴蜀地区，即今天的四川省、重庆市一带。峨眉山在今四川省境内，地势陡峭、风景秀丽。

平羌（qiāng）江即青衣江，流经峨眉山东北，是岷江的支流，而岷江是长江的支流。清溪指清溪驿，唐朝时期的一座驿站，在峨眉山附近。古人曾长期认为，长江的正源是岷江。以金沙江及其以上的河段为正源，还是后来的事情。三峡，即长江瞿塘峡、巫峡、西陵峡。

唐朝时期的渝（yú）州治所在巴县，即今天的重庆市区。长江水量充沛、航运便利，它的干流与支流或湖泊的交汇处，往往会有大码头和大都会。比如，它与嘉陵江交汇处的渝州，与汉江交汇处的鄂州（今湖北省武汉市），与洞庭湖交汇处的岳州（今湖南省岳阳市），与鄱阳湖交汇处的江州（今江西省九江市）。

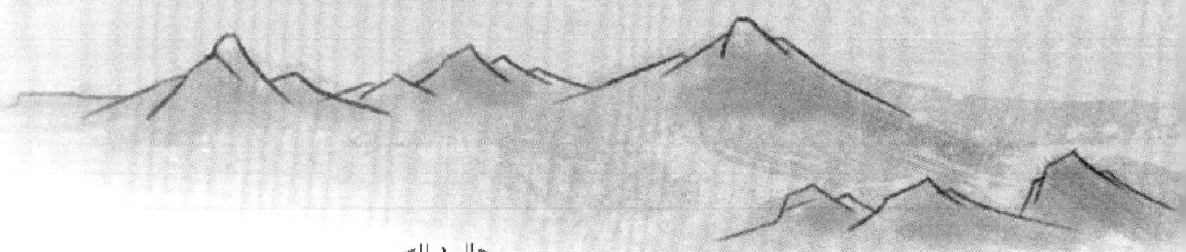

大诗兄说

长江，中国长度最长、年径流量最大的河流；李白，中国历史上最有创造力、最具想象力的诗人之一。李白与长江，密不可分。李白在长江上游的川蜀度过了青少年时代，他一生中的很多时光也都在长江流域度过。李白熟悉长江两岸的每一片土地，滔滔江水涵养了他的浪漫气质。

《峨眉山月歌》是李白年轻时出蜀所作。这是对故乡的告别，也是对新世界的憧憬；这是写给友人的诗函，也是为世人设计的一条经典巴蜀旅行线路：

先去峨眉山，与猴子为伍，登上峨眉山金顶，白天观赏佛光与云海，晚上月下静听松涛；然后泛舟平羌江（青衣江），一路漂流到岷江。恰在盛唐时期，人们在平羌江、岷江和大渡河三江汇流处，依山开凿了雄伟的乐山大佛。历经千年，大佛依旧俯瞰江水与人间。

经过岷江清溪驿，顺流而下到长江。滚滚长江东逝水，日夜奔流到渝州（今重庆市区），这里是长江与嘉陵江交汇处。早在千年之前，人们顺江出川，已经习惯在渝州集结与转运。渝州往东，水流更加湍急，长江渐渐进入三峡。

《峨眉山月歌》是徜徉长江上游的旅行，是少年李白的壮游，是独特而绚烂的盛唐气象。什么是盛唐气象？就是每一个人，尤其是每一个年轻人，都满怀读万卷书、行万里路的豪情壮志，对外面的世界充满好奇，对自己的未来充满信心。让我们也跟着李白的步伐，去畅游长江！

长江

早发白帝城

唐　李白

朝辞白帝彩云间，
千里江陵一日还。
两岸猿声啼不住，
轻舟已过万重山。

注释

发：启程。
朝：早晨。
辞：告别。

地理卡片　长江

“朝辞白帝彩云间，千里江陵一日还。”白帝城和江陵在哪里呢？

这两个地方分别位于长江上游和中游，被长江三峡分隔开。白帝城位于上游，在今重庆市奉节县东部的白帝山上，下临长江三峡。东汉初年，公孙述筑城于此。公孙述自号白帝，故以此为名。城居高山，地势险要，三国时期为蜀汉防御重镇。吴蜀在夷陵大战中，蜀帝刘备为东吴大将陆逊所败，退居此城，后死于城西永安宫，临终前向诸葛亮托孤。江陵即今湖北省荆州市，位于长江中游。

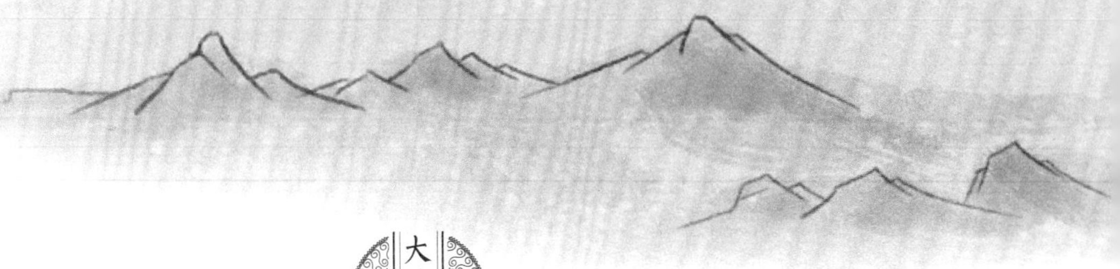

大诗兄说

唐朝安史之乱期间，已经年过五旬的李白报国心切，一度投奔唐玄宗的儿子永王李璘。后来永王在政治斗争中失败，李白也受到牵连。唐肃宗乾元二年（公元759年），李白被朝廷流放夜郎（今贵州省遵义市桐梓县一带）。

忧心忡忡的李白行到白帝城的时候，忽然收到被朝廷赦免的消息，惊喜交加，如释重负。他随即乘舟东下，准备穿越三峡前往江陵。于是，就有了这首轻松明快的诗作。

清晨，李白乘上一叶扁舟，回望高耸入云的白帝城。此时的白帝城笼罩在朝霞之中。舟子解缆，三峡浪奔，小舟如梭似箭，穿越崇山峻岭、重重险滩。两岸猿啼不断，李白掐指一算：看来，今天晚上就能到达江陵城。

“千里江陵一日还”，也许稍有夸张，但因为三峡水流湍急，船速确实很快。在李白之前，北魏郦道元就曾在地理名著《水经注》中写道：“有时朝发白帝，暮到江陵，其间千二百里，虽乘奔御风，不以疾也。”

“两岸猿声啼不住，轻舟已过万重山。”自古以来，就有三峡多猿的说法。有一首古老的民歌唱道：“巴东三峡巫峡长，猿鸣三声泪沾裳！”当李白乘舟顺江而下，这些猿猴或许很好奇，甚至在两岸呼朋引伴，跟小船“赛跑”呢。

事实上，三峡急流险滩众多，航船向来不易。顺流而下固然迅疾，但也蕴含着很多凶险，稍有不慎就会连船带人粉身碎骨。然而，李白当时心情轻松，感到一切皆是“轻舟已过万重山”——这既是对旅程的写照，更是对心境的写照。

长江

旅夜书怀

唐　杜甫

细草微风岸，
危樯独夜舟。
星垂平野阔，
月涌大江流。
名岂文章著，
官应老病休。
飘飘何所似，
天地一沙鸥。

注释

危樯（qiáng）：高竖的桅杆。危，高。樯，船上挂风帆的桅杆。

地理卡片　长江

“星垂平野阔，月涌大江流。”你知道这是哪一段的大江吗?

这是长江的三峡河段。长江三峡是世界知名峡谷，河段自西向东依次是瞿塘峡、巫峡和西陵峡，西起重庆奉节的白帝城，东至湖北宜昌的南津关。三峡是由地壳抬升、河流下切而形成的河流地貌，全长 193 千米，滩峡相间。三峡两岸悬崖绝壁，江流湍急，是世界最大的峡谷之一。沿途名胜古迹有白帝城、巫山十二峰等。峡谷东部的西陵峡峡段今建有三峡水利枢纽。

诗人卡片

姓　名：杜甫
生卒年：712—770 年
字　号：字子美，号少陵野老
代表作：
《望岳》《登高》《春望》《茅屋为秋风所破歌》“三吏”“三别”等
主要成就：
唐代伟大的现实主义诗人，与李白合称“李杜”，被后人称为“诗圣”，他的诗被称为“诗史”

唐朝“安史之乱”发生后，杜甫和家人流离失所、奔走四方。他曾在成都过了几年安稳日子，后来又顺长江而下，在三峡、荆楚一带漂泊。身为百姓，杜甫是不幸的；而身为诗人，遇见长江是他的幸运。

唐永泰元年（公元765年），杜甫和家人来到渝州（今重庆市）、忠州（今重庆市忠县）一带。夜黑风高的夜晚，在三峡江面的一艘孤舟上，杜甫写下了这首《旅夜书怀》。

深秋的冷风，吹动江岸的野草，带着江水的寒意，不断灌入船舱。“爸爸，我们这是在哪儿？”儿子瑟缩着问道。杜甫苦笑，长叹口气。他无心睡眠，走出船舱，抬头仰望，只见月明星稀。冷白的月光洒在江面上，依稀可见大江的涌动；北极星悬于天顶之上，那么高、那么远，星光之下是草木茂盛、村落稀少的荒野。

江面愈大，愈显得孤舟的渺小与旅人的孤单。天空飘来一只沙鸥，降落在摇摆不定的江面上。它一会儿凫水觅食，一会儿在江心沙洲上假寐。

“名岂文章著，官应老病休。”这两句是反语，含蓄地表达了杜甫远大政治抱负被压抑的辛酸和无奈！那时候杜甫的声名却是因为文章而显著，这实在不是他的心愿。

此时的杜甫，既老且病，然而，再苦再难，他关注的始终不是小我，而是大济苍生、胸怀山河。家国情怀，这是杜甫诗歌的底色。

秋兴八首（其一）

唐　杜甫

玉露凋伤枫树林，
巫山巫峡气萧森。
江间波浪兼天涌，
塞上风云接地阴。
丛菊两开他日泪，
孤舟一系故园心。
寒衣处处催刀尺，
白帝城高急暮砧。

注释

凋伤：使草木凋落衰败。
萧森：萧瑟阴森。
寒衣：冬衣。
刀尺：制作衣服的器具。
砧（zhēn）：古代捣衣的石板。

地理卡片

“巫山巫峡气萧森”，这幅迷人的景象在哪里？

巫山巫峡，位于今重庆、湖北两省市交界处，是长江三峡的一部分。巫山山脉的山势曲折盘错，形如“巫”字，故名。它北与大巴山相连，呈东北－西南走向，主要由石灰岩、砂岩、页岩等沉积岩构成。平均海拔 1000 米以上，主峰乌云顶海拔 2441 米。长江穿流巫山，形成长江三峡之一的巫峡，为水路交通的天然孔道。著名的巫山十二峰并列两岸，以神女峰最为神奇、著名。

大诗兄说

唐永泰元年（公元 765 年），杜甫乘船顺长江而下，经过渝州、忠州，在当地写下了《旅夜书怀》。此后，他继续前行，来到夔（kuí）州（今重庆市奉节县），并在这里定居了几年。夔州，地跨瞿塘峡和巫峡。巫山巫峡，山高水急；巫山云雨，风景奇绝。神女峰绝壁千尺，白帝城雄踞高台。自古以来，这里就以雄奇壮丽的自然景观著称于世。

唐永泰二年（公元 766 年），又是一个深秋，杜甫登高远望。遍山红叶，枫林尽染，秋日的霜露仿佛给它们笼上了一层缥缈的白纱。云蒸雾绕，高山深峡显得萧瑟而阴森。巫峡之中，长江波涛汹涌，风高浪急，青灰色的江水似乎与青灰色的天空融为一体。

杜甫一边观赏巫山巫峡的秋色，一边思念自己的北方故园。杜甫成长于黄河流域，西京长安、东都洛阳始终是他的心灵家园。又是一个秋天，丛丛簇簇的菊花开遍山野；一艘孤舟系泊在岸边，起伏飘荡。它，什么时候能够载着我回到故乡？

“寒衣处处催刀尺，白帝城高急暮砧。”一阵冷风吹过，身上的单衣已经难以御寒。眼看冬天就要到来，老妻眯着昏花老眼，拿起剪刀和衣尺，缝制全家的寒衣。暮色降临，白帝城内外处处响起乒乒乓乓的捣衣声。杜甫的诗从来不缺人间烟火气，杜甫的诗从来不只人间烟火气。

那段日子里，杜甫在巫山巫峡触景生情，一气呵成地创作出一组八首《秋兴》，这是其中的第一首。“玉露凋伤枫树林，巫山巫峡气萧森。”雄奇的巫山巫峡，不朽的千古诗圣，仿佛在互相唱和。

登高

唐　杜甫

风急天高猿啸哀，
渚清沙白鸟飞回。
无边落木萧萧下，
不尽长江滚滚来。
万里悲秋常作客，
百年多病独登台。
艰难苦恨繁霜鬓，
潦倒新停浊酒杯。

注释

啸哀：指猿的叫声凄厉。
渚（zhǔ）：水中的小洲。
萧萧：模拟草木飘落的声音。
繁霜鬓（bìn）：增多了白发，如同鬓边着霜雪。
潦倒：衰颓，失意。

地理卡片

长江

“无边落木萧萧下，不尽长江滚滚来。”杜甫这次又是在长江的什么河段？

答案是夔（kuí）州夔峡。夔州是古地名，唐武德二年（公元 619 年），改信州为夔州，治所在今重庆市奉节县境内，辖境相当于今奉节、巫溪、巫山、云阳等县地。夔州地跨三峡中的瞿塘峡和巫峡。其中，瞿塘峡又称夔峡，是长江三峡的第一峡，西起重庆市奉节县白帝城，东至重庆市巫山县大溪，长约 8 千米，为三峡中最短、最窄而又最雄伟的峡谷，有“瞿塘天下雄”之称。

大诗兄说

杜甫的这首诗，被后人誉为“古今七言律第一”。其实，谁是“第一”并没有绝对的答案，但这首《登高》被公认为达到了唐律的巅峰。

唐大历二年（公元 767 年），杜甫依旧滞留在三峡夔州。深秋重阳，55 岁的他又来登高。听！风在吼，猿在啸；看！江鸟在飘摇。巍巍高山、漫漫原野，无边无际生长着亿万棵树木，秋冬朔风扫尽黄叶，亘古以来，这种景象从未改变；万里长江大荒奔流，用千万年的时光切断大山，造成深峡，滚滚而来又滔滔东去。

当年，李白被朝廷赦免后从这里经过，他说：“两岸猿声啼不住，轻舟已过万重山。”如今，杜甫看到听到的，则是“风急天高猿啸哀，渚清沙白鸟飞回”。三峡的猿猴，仿佛总与最伟大的诗人心灵相通。同样是人到晚年，杜甫没有轻舟，也没有李白那种否极泰来的轻快；他只有自己的两只脚板和一根破旧的手杖，他当时和后来的命运，没有最糟、只有更糟。

诗中能够看出杜甫当时的艰难，但更多的是“悲”和“壮”，合起来就是悲壮。“无边落木萧萧下，不尽长江滚滚来。”这是杜甫的命运交响曲，由广阔无边的大自然来演奏。

“万里悲秋常作客，百年多病独登台。”在旁观者的眼里，这江岸高峡上独坐的，不过是一个糟老头子：两鬓斑白，头发稀疏，满脸褶子，一脸愁容，浑身是病，吃药戒酒。他自己恐怕都没有意识到，这一次稀松平常、无人见证的“登台”，正是千古诗圣的“加冕礼”。

竹枝词（选三首）

唐 刘禹锡

其二

山桃红花满上头，蜀江春水拍山流。
花红易衰似郎意，水流无限似侬愁。

其五

两岸山花似雪开，家家春酒满银杯。
昭君坊中多女伴，永安宫外踏青来。

其九

山上层层桃李花，云间烟火是人家。
银钏金钗来负水，长刀短笠去烧畲。

注释

银钏（chuàn）金钗（chāi）：妇女们的装饰。钏，镯子；钗，头上的簪子。

长刀短笠：男子劳动的装备。

烧畲（shē）：烧荒种田。

地理卡片

“昭君坊中多女伴，永安宫外踏青来。”这里描述的是当时的热门景点吗？

没错。昭君故里和永安宫，都位于长江三峡一带。昭君坊是纪念王昭君的场所。王昭君是西汉美女，昭君出塞的故事千古流传。她的故乡在秭归（今湖北省宜昌市秭归县），位于三峡的西陵峡一带。永安宫的故址在今重庆市奉节县。公元 222 年，蜀主刘备自猇亭战败后，驻军白帝城，以此地为行宫，后卒于此。

大诗兄说

刘禹锡曾经被贬官到巴蜀（今四川省、重庆市）、荆楚（今湖北省、湖南省）一带长达二十多年。虽然“官运”不济，但作为诗人，刘禹锡有着意外的大收获。

在夔州任地方官时，刘禹锡接触到“竹枝词”这种民歌，它清新质朴、生动活泼、朗朗上口、令人着迷。刘禹锡虚心向民间艺术学习，把“竹枝词”融入自己的诗歌创作中，开创了一种新体裁。此后，人们常把描述风土人情的诗歌冠以“竹枝词”的名字。

夔州，又是一年春天。几场春雨过后，三峡两岸的崇山峻岭，好像变魔术一般，一夜之间山花烂漫、雪白粉红，密密匝匝、层层叠叠，有桃花、李花、杏花、梨花、棠棣花、毛樱桃……看到这些景象，刘禹锡诗如泉涌，“山桃红花满上头”“两岸山花似雪开”“山上层层桃李花”……

二月二、三月三、寒食与清明，人们涌出家门，相约看花踏青，“昭君坊中多女伴，永安宫外踏青来。”三峡是个有故事的地方：秭归城里，有王昭君的“娘娘庙”；白帝城中，有刘玄德的永安宫。庙里宫外，男女老少，香火旺盛，民间艺人在说唱，小吃美食惹人馋。

年轻姑娘们结伴踏青，青春正年少，放声唱歌谣：“花红易衰似郎意，水流无限似侬愁。”别看歌词这么忧伤，她们唱起来其实很欢快，清亮的歌声在山谷间久久回荡。高峡之下，江水滚滚东流。

春到人间，乡村春社隆重热烈。“两岸山花似雪开，家家春酒满银杯。”春社就是狂欢节，让我们干了这一杯。“银钏金钗来负水，长刀短笠去烧畬。”春耕春种开始啦，穿金戴银的女人们并不娇贵，她们撸起袖子挑水做饭、采桑养蚕；男人们则卷起裤脚，戴上斗笠、拿起镰刀、烧田开荒、驾牛耕地。刘禹锡的《竹枝词》，好似一幅春耕农忙的风俗画！

渡荆门送别

唐 李白

渡远荆门外，
来从楚国游。
山随平野尽，
江入大荒流。
月下飞天镜，
云生结海楼。
仍怜故乡水，
万里送行舟。

注释

海楼：海市蜃楼，这里形容江上云霞的美丽景象。
故乡水：指从长江上游、李白故乡蜀地流来的长江水。
怜：怜爱，心爱。

地理卡片 | 长江

“渡远荆门外，来从楚国游。”荆门在哪里，它跟“楚国”是什么关系？

荆门是山名，取“荆楚门户”的意思。荆门山位于今湖北省宜昌市宜都市西北，长江南岸，隔江与虎牙山对峙。从荆门逆流而上，就是三峡、巴蜀。

事实上，“荆楚”一词经常连用，用来指称古楚国之地，因楚国最早建国于荆山（在今湖北省西部）。楚国是春秋战国时期的古国，主体位于长江中游地区，今湖北省、湖南省一带，后扩张到长江下游地区。

大诗兄说

李白二十多岁时，从他的故乡蜀地出发，顺长江而下，开始壮游。一路行舟，一路作诗，对于远大前程憧憬满怀。他经过渝州（今重庆市），进入三峡；再冲出三峡，来到江汉平原。就这样，李白从长江上游进入中游，也从中国地理的第二阶梯进入第三阶梯，视野豁然开朗，大江气象一新。年轻的李白，对于看到的一切都感到新奇，于是写下这首《渡荆门送别》。

荆门山，是古代荆楚地区的门户，是连接长江上游与中游的枢纽。“山随平野尽，江入大荒流。”从小见惯高山峻岭的李白，只见大山随着船尾渐渐消逝。

长江中游从今湖北省宜昌市宜都市枝城镇到湖南省岳阳市城陵矶，又叫荆江。因为“山随平野尽”，没有了大山的阻隔，于是“江入大荒流”，荆江在无边无际的原野上肆意流淌、任意东西，河道蜿蜒曲折，仿如九曲回肠。江水平缓，上游裹挟来的泥沙渐渐沉淀，于是形成了沙洲、芦荡、湖泊。

荆江串起江汉平原和洞庭湖平原，两岸是物产丰富的鱼米之乡。与此同时，因为地势低平、水量浩大、河道弯曲、支流众多，加上夏季常有暴雨，长江之险也在荆江。自古以来，人们想了很多办法来对付水患，比如修建堤坝，建设分洪蓄洪工程，还裁弯取直了不少河道。

夜色降临，月光洒在宽阔的江面上，江水缓缓流淌。水中映照着一轮明月，仿佛天上的明镜落入江中。水雾氤氲，缥缥缈缈，虚实之间，似有海市蜃楼，又如天上宫阙。这便是“月下飞天镜，云生结海楼”的意境。

“仍怜故乡水，万里送行舟。”这时候的青年诗人，对不断远去的故乡仍有眷念，对未来有着大大的期待和小小的忐忑。不尽长江滚滚来，一叶扁舟轻帆卷。

念奴娇·赤壁怀古

宋 苏轼

大江东去，浪淘尽，千古风流人物。
故垒西边，人道是，三国周郎赤壁。
乱石穿空，惊涛拍岸，卷起千堆雪。
江山如画，一时多少豪杰。

遥想公瑾当年，小乔初嫁了，雄姿英发。
羽扇纶巾，谈笑间，樯橹灰飞烟灭。
故国神游，多情应笑我，早生华发。
人生如梦，一尊还酹江月。

注释

周郎：指三国时吴国名将周瑜，字公瑾，少年得志，赤壁之战中孙刘联军的主帅。

小乔：周瑜的夫人。

羽扇纶（guān）巾：古代儒将的便装打扮。羽扇，羽毛制成的扇子。纶巾，青丝制成的头巾。

樯（qiáng）橹（lǔ）：这里代指曹操的水军战船。樯，挂帆的桅杆。橹，一种摇船的桨。

一尊还（huán）酹（lèi）江月：古人祭奠时，以酒浇在地上进行祭奠。这里指洒酒酬月，寄托自己的感情。尊：通“樽”，酒杯。

地理卡片

长江

苏轼这首词中提到的赤壁，是三国时期赤壁大战的地方吗？

三国赤壁，指东汉末年孙刘联军大败曹军之处，有学者认为位于今湖北省赤壁市境内长江岸边，又称“武赤壁”。而苏轼这首词中所提到的赤壁，位于今湖北省黄冈市西北的长江江滨，又名赤鼻矶、“文赤壁”。此地山形截然如壁，而有赤色，故名。北宋时苏轼游此，误以为是赤壁大战所在地，作有前后《赤壁赋》和词作《念奴娇·赤壁怀古》等。两处赤壁都是著名的风景名胜地。

诗人卡片

姓　名：苏轼

生卒年：1037—1101 年

字　号：字子瞻、和仲，号铁冠道人、东坡居士，世称苏东坡、苏仙

代表作：

《水调歌头·明月几时有》《题西林壁》《和子由渑池怀旧》《饮湖上初晴后雨》《赤壁赋》《后赤壁赋》《记承天寺夜游》等

主要成就：

文为“唐宋八大家”之一；词为豪放派主要代表；书法为“宋四家”之一。宋代文学最高成就的代表。与父亲苏洵、弟弟苏辙并称“三苏”

大诗兄说

长江中游荆楚一带，自古就是兵家必争之地。这里西可遏巴蜀，东可控吴越，北可通中原，南可辖潇湘。东汉末年的赤壁大战，就发生在这里。曹操、刘备、孙权、周瑜、鲁肃、诸葛亮，多少英雄豪杰在此纵横捭阖、交锋碰撞！

北宋时期，苏轼被贬到黄州，当地人告诉他，长江边有处地方，也许是赤壁古战场，这就是“故垒西边，人道是，三国周郎赤壁”。苏东坡兴致勃勃前往游览，并未加以严格考证，就已经诗兴大发，一首流传千古的《念奴娇·赤壁怀古》于是诞生。

在“赤壁”，苏东坡看到了很多：大江东去，浩浩汤汤。江岸有巨大的石块，被江流冲刷了千万年，已经是千疮百孔，这就是时间的力量。水激乱石，溅起一人多高的大浪，层层叠叠，永无止歇，如大雪纷飞，又如万鏊惊雷。这正是：“乱石穿空，惊涛拍岸，卷起千堆雪！”

水边有很多光滑的鹅卵石，如果仔细寻找，人们会在石头缝隙中间，发现一些生锈的折戟和矛头。唐朝时，杜牧在《赤壁》一诗中就曾写道：“折戟沉沙铁未销，自将磨洗认前朝。”

在看到了很多的同时，苏东坡也想到了很多。“遥想公瑾当年”——周瑜当年只有三十来岁，就已经指挥千军万马，把曹操的军队打得灰飞烟灭。这还不算，年轻潇洒的周公瑾，家里还有美貌如花的夫人小乔。

再看看自己：年岁不小、一事无成，头发花白、牙齿松动，除了没人疼，浑身哪儿都疼。苏东坡大发感慨：“故国神游，多情应笑我，早生华发。”奈何奈何，不如饮酒赏月！

苏轼搞错了赤壁大战的确切地点，也许是因为马马虎虎、将错就错。不过，这有什么关系呢？在黄州赤壁，他不仅写了这首《念奴娇·赤壁怀古》，还写出了前、后两首《赤壁赋》，篇篇精彩绝伦、流传千古。没有“武赤壁”，流传千古的三国故事将何处安放？没有“文赤壁”，东坡居士的旷古天才将何处安放？

临江仙

明　杨慎

滚滚长江东逝水，浪花淘尽英雄。
是非成败转头空。
青山依旧在，几度夕阳红。

白发渔樵江渚上，惯看秋月春风。
一壶浊酒喜相逢。
古今多少事，都付笑谈中。

注释

几度：虚指，几次、好几次。
渚（zhǔ）：水中的小块陆地，沙洲。
秋月春风：指良辰美景，也指美好的岁月。

地理卡片　长江

“滚滚长江东逝水”，长江到底有多少水？

长江不仅是中国最长的河流，也是中国水量最丰富的河流。长江流域年平均水资源量约在一万亿立方米，约占全国总量的 37%，是黄河的十几倍。在世界上，长江流域的年平均水资源量也仅次于地处热带雨林带的南美洲亚马孙河和非洲刚果河，位居第三位。因为水量丰沛，长江的生态、灌溉、航运、发电等功能都非常强大。

姓　名：杨慎
生卒年：1488—1559 年
字　号：字用修，号升庵
代表作：
《宿金沙江》《海风行》《夜宿泸山》等
主要成就：
明代著名文学家，明代三才子（杨慎、解缙、徐渭）之首

大诗兄说

这首《临江仙》，中国人应该都不陌生。翻开古典名著《三国演义》，篇首就是这首词。《三国演义》初成于元末明初，而《临江仙》的作者杨慎生活在明朝中后期。所以，这首词是后来的版本给加进去的。不得不说，加得浑然天成、画龙点睛：区区几十个字，足以统帅几十万字的巨著。

“滚滚长江东逝水，浪花淘尽英雄。”有没有似曾相识的感觉？你仿佛能看到杜甫的“不尽长江滚滚来”，能看到苏轼的“大江东去，浪淘尽，千古风流人物”。站在巨人的肩膀上但又自成一体，这就是一个创作者的过人之处。

不到百年的三国时期，是中国历史上十分精彩绚烂的篇章。赤壁大战奠定鼎立基础，关羽水淹七军威震曹营，吕蒙溯江而上袭取荆州，孙刘夷陵大战绵延百里，刘备白帝城托孤于诸葛亮，这些故事，都是发生在长江之上。回顾历史，“是非成败转头空”，人世沧桑、变化无常，不变的只有大地山河。青山依旧在，几度夕阳红。

为什么这么多三国故事，都发生在长江之上？“滚滚长江东逝水”是关键词。长江水量丰沛，水能载舟、亦能覆舟，只有在长江上，曹操的艨艟巨舰才能铁索相连，诸葛亮的借箭草船才能来去自如，周瑜的引火小船才有用武之地。其他江河，无法成为这样纵横捭阖的历史舞台。

长江是一条长河，历史也是一条长河。在历史长河的奔腾激荡中，什么才是生命永恒的价值？也许，摆脱是非成败的纠缠，保持一份高洁与旷达的情操，寄情山水，与秋月春风为伴，才能获得真正的自在。来来来，摆上一壶酒，摆起“龙门阵”，把历史的传奇一说再说。说到会心处，也许拊掌大笑，也许噙几滴泪。

西塞山怀古

唐 刘禹锡

王濬楼船下益州，
金陵王气黯然收。
千寻铁锁沉江底，
一片降幡出石头。
人世几回伤往事，
山形依旧枕寒流。
今逢四海为家日，
故垒萧萧芦荻秋。

注释

王濬（jùn）：西晋初年的益州刺史。
寻：古代的长度单位，八尺为一寻。
降幡（fān），投降的旗帜。
芦荻（dí）：芦苇，又叫蒹葭。

地理卡片 长江

益州、西塞山、金陵，它们都在什么地方，跟长江有什么关系？

说来也巧，它们分布得很“均匀”，分别位于长江上游、中游和下游。益州位于长江上游，即今四川省一带，治所在今四川省成都市；西塞山位于长江中游，在今湖北省黄石市境内，山体突出到长江中，因而形成长江弯道，站在山顶犹如身临江中；金陵，又叫“石头城”，就是今天的江苏省南京市，地处长江下游，为东吴等六朝的古都。

大诗兄说

长江是一条有故事的大江，刘禹锡的这首咏史诗，讲述了三国末年西晋灭东吴的故事，充满了历史的苍凉感。

西晋太康元年（公元280年），晋武帝司马炎派大将军王濬，率领浩浩荡荡的战船，顺江而下，直取东吴都城建业。建业，就是诗中的“金陵”“石头”，今天的江苏省南京市。吴国自忖招架不住，想了个昏着儿：在大江上布置大铁链，权当设个路障。谁知，王濬的军队三下五除二凿沉铁链。吴主孙皓只好在金陵城头乖乖打出白旗。这就是：

王濬楼船下益州，

金陵王气黯然收。

千寻铁锁沉江底，

一片降幡出石头。

深秋时节的一个黄昏，刘禹锡来到长江岸边的西塞山古迹。这里曾是一处江防要塞，当年王濬的船队就曾经过此地。大江两岸的荒滩湿地，只见无边无际、高出人头的芦苇荡。斜阳之下，芦苇金黄、芦花雪白。江风吹来，芦苇飒飒作响。

遥想当年，王濬船队遮天蔽日而下，帝王将相无不在棋局之中。大江还是那样奔涌，西塞山依然冷峻，古往今来多少人与事，在大自然的眼里，也许就像《庄子》中所记载的“蛮触相争”，不过是在两只蜗牛角里争斗。想到这里，刘禹锡不禁感叹：“人世几回伤往事，山形依旧枕寒流！”

长江

望天门山

唐 李白

天门中断楚江开，
碧水东流至此回。
两岸青山相对出，
孤帆一片日边来。

注释

中断：江水从中间隔断两山。
回：回旋，回转。
出：突出，出现。

地理卡片 长江

“天门中断楚江开”，天门在什么地方，它跟“楚”有什么关系呢？

天门山位于长江下游，在今安徽省马鞍山市的当涂县与和县之间。天门山耸立于长江两岸，为东梁山和西梁山的合称。两山相对如门，故名。天门山峭壁悬崖，自古为江防要地。长江下游地区在古代曾属楚国，所以这一带的长江又称“楚江”。

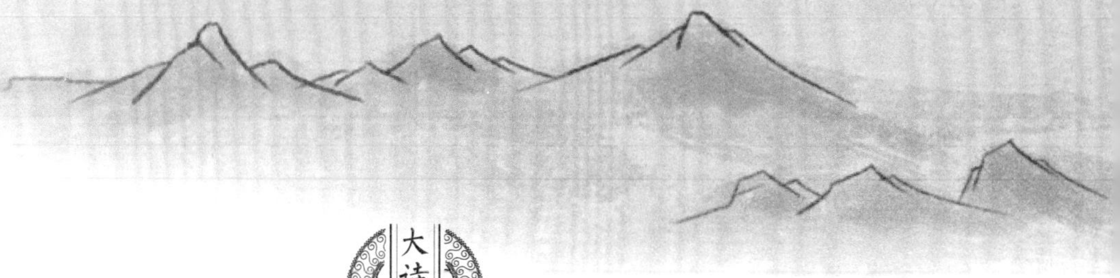

大诗兄说

长江接纳鄱阳湖后，从今江西湖口开始，就进入下游。下游地区基本都是平原，长江几乎毫无遮拦。然而，到了天门山这一带，长江“杠”上了两座隔江对峙的山峰——东梁山、西梁山。两山合称天门山，好像两扇天造地设的大门。天门山夹江耸立，又似两扇巨大的船闸。

“天门中断楚江开，碧水东流至此回。”碧绿的江水从此流过，因为山石的约束，卷起巨大的漩涡，驶过的船只颠簸摇晃，甚至打着旋旋，让人惊出一身冷汗。

天门山不仅约束了江流，还折弯了长江的流向，江流从东去转而北上，过了金陵（南京）才再次折向东南。于是，古人把这段江面的东岸，称作“江东”。李清照在《夏日绝句》中写道：“至今思项羽，不肯过江东。”当年项羽自刎的乌江渡，就在天门山附近。

“两岸青山相对出，孤帆一片日边来。”这一句，令人联想到李白在长江中游黄鹤楼上曾写下的那一句：“孤帆远影碧空尽，惟见长江天际流。”他是多么喜欢“孤帆”的感觉啊！也只有淼淼浩荡的长江，能够营造出“孤帆”的意境。日头在东，一叶孤舟逆流而上，目光所及，就是摄影中逆光的效果，只见帆船的轮廓，还有日光透过白帆的斑驳光影。

天门山一带的江面，古时叫作“横江浦”。横江之上有时风平浪静，有时风高浪急。在这里，李白不仅写过《望天门山》，还曾写过一组《横江词》，其中有“一风三日吹倒山，白浪高于瓦官阁”之语。这被大风“吹倒”的山，就是天门山。大风、大浪与大山时时刻刻碰撞搏击，这就是大自然的洪荒伟力！

长干曲

唐　崔颢

君家何处住，妾住在横塘。
停船暂借问，或恐是同乡。

家临九江水，来去九江侧。
同是长干人，生小不相识。

注释

长干曲：乐府曲名。
君：古代对男子的尊称。
妾：古代女子自称的谦辞。
九江：此处泛指长江下游。

地理卡片　长江

长干、横塘，它们在什么地方？

它们都是古建康（今江苏省南京市）的地名。长干是六朝时期的建康里巷。当时建康南五里秦淮河两岸有山冈，其间平地，为吏民杂居之地。江东称山陇之间为“干”，长干因此得名。大长干巷在今南京中华门外，小长干巷在今南京凤凰台，巷西通长江。横塘是古堤塘名。三国时期，吴国筑于建业（今南京）城南秦淮河南岸。

诗人卡片

姓　名：崔颢
生卒年：？—754 年
字　号：不详
代表作：
《黄鹤楼》《辽西作》等
主要成就：
唐朝时期著名诗人

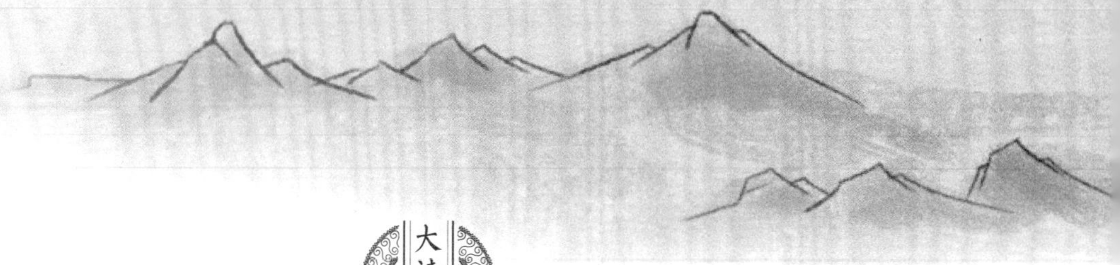

大诗兄说

《长干曲》，又叫《长干行》，本是南朝乐府民歌，多是男女青年对唱的情歌。后人根据这些民歌曲调，创作了很多脍炙人口、清新质朴的诗歌。崔颢的《长干曲》一共有四首，这里选取的是流传尤为广泛的前两首。

南朝的都城在建康。建康位于长江南岸，秦淮河穿城而过，周边山峦起伏。南朝定都于此，使得这里的生产生活和商业活动迅速走向繁荣。其中，位于建康城南的长干、横塘一带临河通江，居民众多，尤为繁盛。

靠江吃江，人们在江上打鱼、采莲、摆渡，终日驾着船儿来往穿梭。风和日丽的一天，两条小船擦肩而过，为了互相避让，摇船的人都停下了桨。

摇着船儿的姑娘头裹巾帼、身穿襦裙，面色红润、身姿矫捷。姑娘爱笑爱说话。她大大方方地行了一个礼，向着对面船儿问道:“大哥你家住哪里？我家就住在这附近的横塘。我们呀，说不定是同乡呢！”

另一艘船儿上，摇船的小伙子面色有些黝黑，身材结实、动作矫健。他的耳根略微红了红，直起了身子，作揖回礼。船儿晃荡，他却能纹丝不动。小伙子朗声答道：“我家就住在这大江岸边，我每天就在这大江上下来来往往。我们虽然都是长干人，打小却不认识呢。不过没关系，我们今天就算认识啦！”

长干横塘，舟楫往来，大江上下，浪奔浪涌，这样的场景几乎每天都在发生。姑娘与少年，也许今后没有再遇见，相忘于江湖之上；也许他们之间有一段奇缘，延续着长干与横塘的人间喜剧。

卜算子

宋　李之仪

我住长江头，君住长江尾。
日日思君不见君，共饮长江水。

此水几时休，此恨何时已。
只愿君心似我心，定不负相思意。

注释

已：完结，停止。

地理卡片

长江

“我住长江头，君住长江尾。”长江头和长江尾分别在哪里？长江的上中下游又是怎么划分的？

现代科考和研究一般认为，长江发源于青藏高原唐古拉山脉各拉丹冬峰。从源头到今湖北省宜昌市以上为长江上游段，长 4529 千米，海拔高落差大，水急滩多，有著名的长江三峡。从宜昌至江西省九江市湖口县为中游段，长 927 千米，曲流发达，流域内多湖泊，如洞庭湖、鄱阳湖等。湖口以下至入海口（上海市崇明区）为下游段，长 844 千米，江宽水深，入海口多冲积岛屿。

你发现了吗？河流上中下游的划分，并不是简单地将它的长度三等分，而是根据各个河段的水文特征和流经地区的地理特征来划分的。

诗人卡片

姓　名：李之仪
生卒年：不详
字　号：字端叔，号姑溪居士
代表作：
《卜算子》《姑溪居士前集》《姑溪词》等
主要成就：
以尺牍擅名，亦能诗

大诗兄说

北宋李之仪是苏轼的门下弟子。这首词是李之仪被贬谪到太平州、遭遇亲人亡故后所作，情真意切、哀婉缠绵。太平州位于长江下游南岸，治所在今安徽省马鞍山市当涂县境内。前面讲到的天门山、横江浦等地，都在太平州境内或附近。

一首《卜算子》，道出分离的苦楚与无尽的思念：我住在大江之上、巴山蜀水，我思念的人儿住在大江之下、吴头楚尾。两人为何相隔千里万里？也许郎君是一个在大江上下跑生意的商贾，也许是一个宦游万里的读书人。他们之间是什么关系？也许是青梅竹马的意中人，也许是新婚宴尔的小夫妻。

天天想念你，却终日见不到你。唯一可以慰藉的是我们依然同饮一江水。江水悠悠，没有一刻可以停歇，我的思念也像这江水奔涌向前、无法停歇。但愿郎君你平安，努力加餐饭；但愿郎君你跟我，永结同心不改变。

古代有很多优美的诗词，都是借用小女子的口吻或身世，来讲述长江上悲欢离合的故事。南朝乐府《西洲曲》，李白的《长干行》，白居易的《琵琶行》，还有李之仪的这首《卜算子》，皆是如此。万里长江，千百年来，发生过多少催人泪下的故事，赋予了中国人多少艺术灵感啊！

长江

泊船瓜洲

宋　王安石

京口瓜洲一水间，
钟山只隔数重山。
春风又绿江南岸，
明月何时照我还？

注释

泊（bó）船：停船。泊：停泊，指停泊靠岸。
绿：形容词作动词，吹绿，拂绿。
还：回。

地理卡片 长江

京口、瓜洲、钟山、江南……王安石这位“语文老师”是在考我们地理吗？这些地方又在哪里呢？

他提到的这些地方，都位于长江下游。京口是古城名，在今江苏省镇江市，位于长江南岸。东汉末、三国吴时期称京城；东晋、南朝时期，因城凭山临江，通称京口城。京口是长江下游军事重镇和通往北方的门户。瓜洲又名瓜州、瓜埠洲，为古渡口，在长江北岸、扬州市南郊，大运河入长江处，与京口隔江斜对，为水运交通要冲。瓜洲原为江中沙洲，因形似瓜而得名。钟山在今江苏省南京市东部，多紫红色砂页岩、石英砾岩、石英岩。阳光照映下，此山远望呈紫金色，所以又叫紫金山。山势险峻，蜿蜒如龙，海拔 448.2 米，是宁镇山脉的最高峰。

诗人卡片

姓　名：王安石
生卒年：1021—1086 年
字　号：字介甫，号半山
代表作：
《读孟尝君传》《桂枝香·金陵怀古》《元日》《登飞来峰》等
主要成就：
北宋著名思想家、政治家、文学家、改革家，“唐宋八大家”之一

大诗兄说

“春风又绿江南岸”这一句的第四个字，据说王安石改了很多遍，“吹”啊，“拂”啊，“过”啊，统统不满意。最后，他灵光乍现，定了一个“绿”字。这个“绿”字，实在用得好，好就好在形象生动，画面感油然而生。从语法角度看，这叫形容词作动词用。

写作这首诗的时候，王安石住在江宁（今江苏省南京市）。当时，他接到朝廷旨令，要北上东京开封府领受新的官职和任务。古人的长距离交通，主要依靠水路。于是，王安石从江宁登舟，顺长江而下东行。大江南岸，是绵延不断的宁镇山脉，主峰钟山龙盘虎踞。春日阳光下，山岩闪耀出紫金色；山上树木葱茏，一抹绿意笼在枝头。正是早春，王安石一路观景，一路感慨：春风又绿江南岸！

来到京口金陵渡，这是一个大渡口，地处长江南岸。长江对面，则是另一个著名的大渡口瓜洲。王安石在京口渡过长江，泊船瓜洲稍做歇息。此后，船儿将沿着大运河一路北上，途径邗沟、淮水和汴河，直达东京开封府。

今天，“京口瓜洲一水间”不再是天堑，大江南北已经架起了雄伟的长江大桥。今天，从重庆、武汉、南京到上海，长江上下更是架起了上百座雄伟的大桥。大桥飞架，赶时间的人们不再需要渡口。从前慢，现在快。慢的时候，人们有时间、有感觉写诗；快的年代，你能体会到“春风又绿江南岸”的意境吗？

题金陵渡

唐　张祜

金陵津渡小山楼，
一宿行人自可愁。
潮落夜江斜月里，
两三星火是瓜州。

注释

津：渡口。
宿：过夜。
斜月：下半夜偏西的月亮。

地理卡片　长江

读了这首诗，你也许会有好几个问题。第一个问题，金陵渡跟金陵（南京）有关系吗？事实上，金陵渡位于长江南岸，在今江苏省镇江市附近。这个渡口距离金陵比较近，但并不在金陵。

第二个问题，“瓜州”跟《泊船瓜洲》里的“瓜洲”是同一个地方吗？在唐宋时期，曾有不止一个地方叫瓜州。比较有名的有两处：一处在河西走廊，今甘肃敦煌境内；一处是本诗中的瓜州，跟瓜洲是同一个地方。瓜州（瓜洲）是长江北岸的大渡口，与金陵渡隔江相对，当时是南北水运的交通要冲。

诗人卡片

姓　名：张祜（hù）
生卒年：不详
字　号：字承吉
代表作：
《题金陵渡》《送苏绍之归岭南》等
主要成就：
以宫词著名

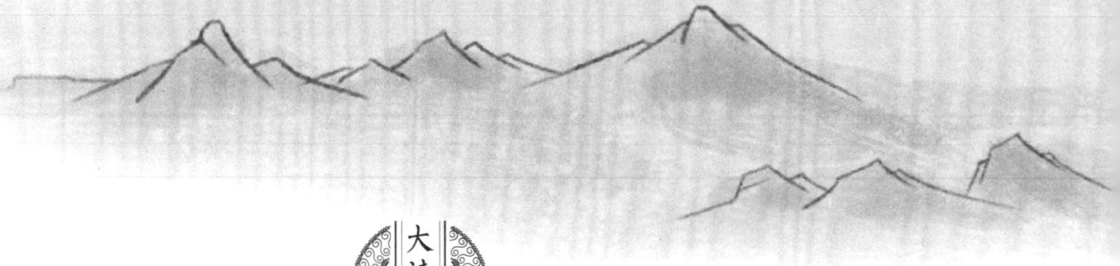

大诗兄说

长江从雪域高原走来，到了金陵渡、瓜州（瓜洲）一带，已经走了一万多里。这里的江面宽阔得令人难以想象，如果天气好，从这一边望向那一边，可以隐隐约约看到一条细线，那是对面的江岸。很多时候，由于水汽过于丰沛，你并不能看到对岸。在全世界范围内，也没有几条河流，能有如此宽阔的水面。即使有，像亚马孙河、密西西比河，千年之前它们基本还是蛮荒之地，不会有川流不息的行船。

金陵渡，是一座异常繁忙的水陆大码头。在长江上来往的船只，从巴蜀、荆楚到东吴；在运河上来往的船只，从江南到中原、河北；还有长江、运河转运的船只，都要经过金陵渡。因为地处水运交通的十字路口，这里人来人往，港湾里桅杆鳞次栉比，市集上酒楼客栈林立。商旅、官员、学子、僧道经过此地，大多要打尖住宿一晚。

夜幕降临，诗人打开小山楼客房的窗户，一阵冷风猛地灌进来，江海大潮仿佛就在耳边涌动。唐宋时期，金陵渡距离长江入海口并不远，加之江面广阔，大海的潮汐可直上此处，江海同频共振，真是一派壮观的景致。空中一弯斜月，月光也在江面上跃动；江面几点星火，对面影影绰绰是瓜州。

“金陵津渡小山楼，一宿行人自可愁。”渡口往往寓意着天涯孤旅，意味着风雨兼程。难怪诗人们到了这个地方，总会有很多的离愁别绪。除了张祜的这首《题金陵渡》，你还可以读到白居易的“汴水流、泗水流，流到瓜州古渡头”，王湾的“海日生残夜，江春入旧年。乡书何处达？归雁洛阳边”，王安石的“春风又绿江南岸，明月何时照我还”……

忆江南（其一）

唐　白居易

江南好，风景旧曾谙。
日出江花红胜火，
春来江水绿如蓝。
能不忆江南？

注释

忆江南：唐教坊曲名。
谙（ān）：熟悉。
蓝：蓝草，可制青绿染料。

地理卡片

长江

江南，就是指长江以南吗？

答案可没有那么简单。在不同时期，“江南”的含义各有不同。春秋、战国和秦汉时期，江南指今湖北省的长江以南地区和湖南、江西一带，主要在长江中游。唐朝设江南道，管辖今长江中下游的长江以南地区，后分为东、西二道并增设黔中道。后来，江南渐渐专指长江三角洲、太湖平原，即今苏南、浙北一带。

诗人卡片

姓　名：白居易
生卒年：772—846 年
字　号：字乐天，号香山居士，又号醉吟先生
代表作：
《长恨歌》《卖炭翁》《琵琶行》等
主要成就：
新乐府运动主要倡导者，唐代伟大的现实主义诗人

大诗兄说

在中国人的心目中，江南始终是个令人魂牵梦绕的地方。是什么塑造了江南？是长江。长江进入下游地区，带来了丰沛的水量、巨量的泥沙，泥沙冲积形成了肥沃的长江三角洲。江南四季分明、风光秀丽，稻花飘香、鱼虾满塘。

江南是水乡，而放眼全球，与中国江南同纬度的其他地区，很多是沙漠地带，你说神奇不神奇？这又要说到长江的发源地——青藏高原，因为有它作为屏障，中国东部地区的大气环流等都发生了变化，东南季风盛行。种种因素叠加，塑造了美好的江南。

白居易年轻时曾在江南求学生活，进入仕途后也曾先后在号称“天堂”的杭州、苏州担任刺史。晚年退居洛阳之后，回忆起江南，满满的都是美好回忆，于是一口气作了三首《忆江南》，这是其中第一首。另外两首，分别描绘的是杭州和苏州，它们是江南“天堂”的代表。

春日的江南，尤其令人心醉。“日出江花红胜火，春来江水绿如蓝”，看到这一句，你会感觉自己就站在船头，于大江之上顺流而下，正逢朝日喷薄。江岸花草，尽染朝晖。此时，你也会不禁感慨：如此壮阔的一条大江，居然能够澄净如斯！

江水绿如蓝！“蓝”，是一种青绿色的植物染料，江南的蓝印花布，正是用它染印而成。诗人眼中笔下的江南春景，春意盎然，鲜艳夺目。

江南，是天赐中国的一块宝地；江南，是中国人心目中一切美好的代名词。江南好，能不忆江南？

读行与思考

1. 读完本章内容，你知道长江流经哪些省份吗？

2. 除本章提到的诗歌外，请你再找两首描写长江的诗歌。

3. 由于古代技术的局限，诗人很难用双脚丈量长江，俯瞰长江全貌。他们通常只是借助游历的几个地点作诗。请你说一说，为什么诗人大多选择这些地点作诗，有何渊源？

4. 古人笔下的长江，带有一定的局限性，往往以局部感官体验为主。结合你学过的地理知识，说说认识一条河流，可以从哪些方面入手。

大地

第三章　大地

中国，地大物博。中国地理元素的多样性，在世界上也是罕见的。若论地形，中国有高原、山地、丘陵、盆地和平原；若论地表覆盖，中国有林地、灌丛、草地、湿地、农田、冰雪、裸地和水体等众多类型。中国南北跨度很大，主要位于北温带，但也不乏千里冰封和骄阳似火的地带；中国东西相隔遥远，当乌苏里江畔迎来一抹朝阳，帕米尔高原上依旧满天星斗。

在千万年的历史长河中，人们在这片大地上生生不息、来往纵横，有人汗滴禾下土，有人逐水草而居。他们用眼睛见识最壮美的风景，他们用心灵写下不可磨灭的诗篇。

营州歌

唐　高适

营州少年厌原野，
狐裘蒙茸猎城下。
虏酒千钟不醉人，
胡儿十岁能骑马。

注释

厌（yàn）：同“餍”，饱。这里作饱经、习惯于之意。
狐裘（qiú）：用狐狸皮毛制作的珍贵大衣，毛向外。
蒙茸（róng）：裘毛纷乱的样子。
虏（lǔ）酒：指营州当地出产的酒。
胡儿：指居住在营州一带的奚、契丹少年。

地理卡片

大地

“营州少年厌原野”，这营州的原野在什么地方？

营州是东北地区的古地名。北魏时期设立营州，治所在今辽宁省朝阳市，其辖境相当于今天的辽宁大凌河和小凌河流域、六股河流域和女儿河流域一带。营州历来为东北重镇。唐时期为边塞，汉人与奚人、契丹人长期杂居于此。

隋唐时期，营州是北方草原丝绸之路和辽西走廊的交会之所。辽西走廊是位于辽宁省西南部渤海辽东湾沿岸的一条狭长平原，东临辽东湾，西依辽西丘陵，将东北平原和华北平原两大平原联系起来，自古就是我国东北地区与黄河中下游地区交通往来的捷径。

诗人卡片

姓　名：高适
生卒年：704—765 年
字　号：字达夫
代表作：
《燕歌行》《蓟门行五首》《自蓟北归》《蓟中作》等
主要成就：
唐代著名边塞诗人，与岑参、王昌龄、王之涣合称“边塞四诗人”

大诗兄说

在中国的东北方向，有一条辽西走廊，位于山海之间；在中国的西北方向，有一条河西走廊，位于雪山大漠之间。这两条走廊，就像一个人伸开的两只臂膀。在历史上，凡是把这两条走廊经营好的朝代，运势都不会太差；凡是没有经营好的，就像胳膊被捆绑住，憋屈得很。

这首《营州歌》，描写的是辽西走廊与东北地区。在很长一段时间里，这里是汉民族与各个游牧、渔猎民族的杂居之地。在古代，人们常用“辽海”“辽东”“辽西”等字眼来指称这片土地。比如，李贺《南园十三首·其六》中的“不见年年辽海上，文章何处哭秋风”，金昌绪《春怨》（伊州歌）中的“打起黄莺儿，莫教枝上啼。啼时惊妾梦，不得到辽西。”

不过，上面这些诗作的作者，未必真的去过“辽海”，往往把“辽海”想象得遥远而凄凉。边塞诗人高适跟他们不一样。高适早年曾在东北生活和战斗过，他很熟悉这片土地，对这片土地上的人们也更加了解和亲近。说起他们，就像说起身边人、老朋友。

营州是一座军事重镇。因为尚武环境的影响，营州“胡儿”们个个都是“战斗民族”。他们平时不读书、只练武，整天骑马撒鹰撵兔子。

作为中国纬度较高的地区，东北的冷，自古以来就令人印象深刻。冬日，气温在零下几十摄氏度，营州胡儿不怕。任你漫天飞雪，我有裘皮大衣！衣领子、皮帽子、耳捂子、皮靴子上翻出白白细细柔柔的绒毛，摸上去肯定很舒服。天气太冷，必须喝酒取暖。“胡儿”们有一样本事，就是千杯不醉。在历朝历代边塞诗中，这样热情描摹各族人民生活习尚的作品，着实不多。这些营州的少年和“胡儿”，今后或许会成为唐人战场上的对手。但是在这首诗里，他们的形象并不猥琐可憎，而是活泼可爱的。这，就是盛唐的气度和胸襟。

敕勒歌

南北朝

敕勒川，阴山下，
天似穹庐，笼盖四野。
天苍苍，野茫茫，
风吹草低见牛羊。

注释

穹（qióng）庐（lú）：用毡布搭成的帐篷，即蒙古包。
四野：草原的四面八方。
苍苍：青色。
茫茫：辽阔无边的样子。
见（xiàn）：同“现”，显露。

地理卡片 大地

“敕（chì）勒（lè）川，阴山下”，敕勒川和阴山在什么地方？敕勒是南北朝时期北方游牧部族名，他们居住的敕勒川大致位于今内蒙古河套平原一带。阴山山脉在今内蒙古自治区中部，呈东西走向，地质上属古老断块山。山脉长约 1200 千米，海拔 1500 ~ 2000 米。南侧断层陷落为河套平原，南坡陡峻高耸，北坡较为平缓。山南为农业区，山北为牧业区，山区则为农牧林交错地区。

大诗兄说

在广袤的亚洲大陆中部，今天中国的正北方，有一片辽阔的草原。草原上盛产一样东西，就是牧草；丰美的牧草养育了无数的牛羊；肥壮的牛羊养育了健硕的草原儿女。自古以来，这里就是游牧民族的家园。千百年来，这里诞生了匈奴、鲜卑、柔然、突厥、回鹘、蒙古等诸多马背民族。

《敕勒歌》是中国南北朝时期的北方民歌。当时统治中国北方黄河流域的是北魏，它是鲜卑民族从草原南下中原建立的王朝。而此时的草原之上，生活着一个叫作“敕勒”的部族。敕勒人擅长打造大车，所以这个部族也叫“高车”。大车载着拆卸的帐篷，由一排大牛牵动着，在草原上逐水草而动。阴山之下、草原之上，敕勒人唱着那个时代的《草原之夜》和《敖包相会》。

苍天，永远是那么湛蓝、澄净。自古以来，草原民族就崇拜苍天，把它叫作“腾格里”“长生天”。四周茫茫，这圆圆的天就像圆圆的毡布帐篷顶。牛羊是那么温顺，低头大口大口地啃吃牧草，耳朵不时扑扇两下。

《敕勒歌》，传唱千年的草原民歌，语言浑朴自然，气象苍莽辽阔，它描绘的草原风貌图充满勃勃生机。学者们认为，这首民歌的价值不仅仅限于文学层面，它还是南北诗风以及民族文化融合的典型案例。

雁门太守行

唐　李贺

黑云压城城欲摧，
甲光向日金鳞开。
角声满天秋色里，
塞上燕脂凝夜紫。
半卷红旗临易水，
霜重鼓寒声不起。
报君黄金台上意，
提携玉龙为君死！

注释

金鳞：此处指铠甲闪耀光芒，好像金色的鱼鳞。

角：古代军中一种吹奏乐器，多用兽角制成，也是古代军中的号角。

塞上燕脂凝夜紫：燕脂，即胭脂，这里指暮色中边塞泥土有如胭脂凝成。凝夜紫，在暮色中呈现出暗紫色，暗指战场血迹。

玉龙：宝剑的代称。

地理卡片

大地

“黑云压城城欲摧，甲光向日金鳞开。”雁门的战斗如此惊心动魄，它是在什么地方呢？

雁门是古地名，在今山西省北部。雁门山在今山西省忻州市代县西北，古代以两山对峙、雁南飞时必经此间得名。战国时期赵武灵王设雁门郡。雁门关为唐朝时所置，位于雁门山山顶，是军事要塞和南北交通要冲。

这首诗中提到的“易水”是河名，源出今河北省保定市易县，向东南流入大清河。此处是借用战国荆轲的典故。“黄金台”相传为战国燕昭王所筑。

诗人卡片

姓　名：李贺
生卒年：790—816 年
字　号：字长吉
代表作：
《李凭箜篌引》《雁门太守行》《金铜仙人辞汉歌》等
主要成就：
唐代著名浪漫主义诗人，被称为“诗鬼”

大诗兄说

在中国诗歌史上，李贺是一个风格鲜明、个性独特的诗人。他善于运用各种描绘形象、色彩、声音的词汇，营造出瑰丽奇绝的景象。李贺只活了 27 岁，在短短一生中，他几乎只为一件事着魔，那就是作诗。《雁门太守行》是一则乐府曲调名，很多诗人曾用这个题目作诗，李贺的这一首最为著名。雁门位于中国北方，在今山西省北部，著名的五台山、恒山就在附近。早在战国、秦汉时期，这里就是中原王朝与匈奴对峙的第一线。一直以来，征战杀伐、刀光剑影都是守关将士们的生活日常。

李贺创作这首诗的背景，是当时朝廷官军平定北方藩镇叛乱的时事。他所颂扬的，是官军的英勇善战和坚忍不拔。“黑云压城城欲摧，甲光向日金鳞开。”你看，那敌军来势汹汹，如同漫天黑云一般向城头压过来，如同电影中“丧尸围城”“魔兵攻城”的场景。突然，黑云缝隙中透出几缕金黄的阳光，照射在威风凛凛的守城将士铠甲上，折射出去，“亮瞎”了敌军的眼睛。

攻守大战终于打响，悲壮惨烈的场景令人不忍直视。秋风萧瑟，鸣镝如雨，官军吹响冲锋的号角，浑厚悠长，又带着一丝呜咽。大战几个回合之后，鲜血缓缓渗入沙场黄尘和城塞墙角，暮色之下，凝成紫色。

“半卷红旗临易水”“报君黄金台上意”，都是历史上的著名典故。易水，是战国时期荆轲刺秦之前，辞别燕太子丹的地方，“风萧萧兮易水寒，壮士一去兮不复还”，这个典故表现出将士们壮怀激烈的英勇豪情。黄金台相传是战国时期燕昭王筑台拜将之地，表达的是不惜千金、礼贤下士之意。易水和黄金台的往事，都是上下同心、共赴国难的象征。唯有如此，前方将士方有“提携玉龙为君死”的勇气和决心！

送元二使安西（渭城曲）

唐　王维

渭城朝雨浥轻尘，
客舍青青柳色新。
劝君更尽一杯酒，
西出阳关无故人。

注释

元二：王维的朋友，姓元，在家族同辈中排行第二。
使：出使，赴任。
浥（yì）：润湿。
客舍：旅馆。
柳色：柳树象征离别。

地理卡片 大地

渭城、阳关与安西，它们之间有什么关联？

这些地方，正是中原到西域交通线路的起点、中点和终点。渭城在今陕西省咸阳市渭城区，地处关中平原、渭河以北，在唐朝都城长安附近，即古咸阳城。阳关在今甘肃省敦煌市西南，地处河西走廊西部，自古以来就是中原赴西北边疆的要道。安西即唐朝的安西都护府，在今新疆维吾尔自治区天山南麓一带。唐贞观时期设置，治所先后在西州（今新疆维吾尔自治区吐鲁番市）、龟兹（今新疆维吾尔自治区阿克苏地区库车市），统辖龟兹、疏勒、于阗、焉耆四镇。安史之乱后，安西四镇相继陷落。

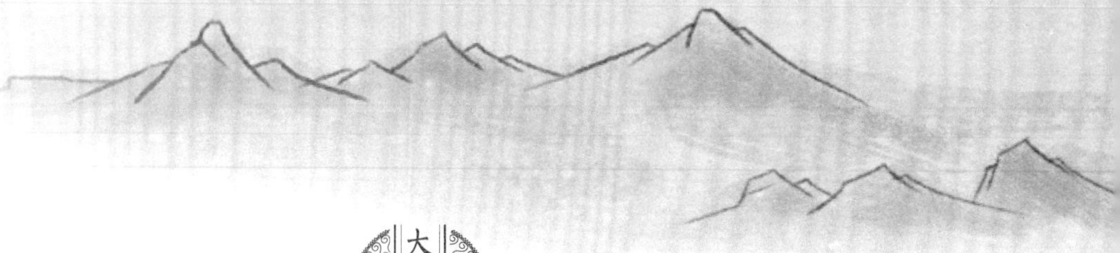

大诗兄说

早春，清晨。细雨打在官道的尘土上，出现一个个斑斑驳驳的小圆点，扬起了轻轻细细的烟尘。渭城在渭河北岸，与长安隔水相望。渭河水已经涨了起来，哗哗地流淌。渭城郊外的客栈，王维和一众好友，在这里送别元二。元二将要西行，目的地是千里之外的安西。

客栈的黑瓦，泛出青苔的颜色；用来系马的柳树，年轮增长了一圈，再次发出黄绿色的新芽。送君千里，美酒千杯，千言万语，终有一别。折下杨柳枝，赠给元二君，因为这“柳”，寄托着老朋友们的“留”别情。

盛唐时期，中原、河西与西域都在唐王朝的统辖之下。那个时候，人们在中原和西域之间来往是一种常态。像王维送别元二的场景，也许每天都会在长安、渭城的各大酒肆中上演。不过，也许只有诗人王维，把元二将要前往西域的“路线图”，用一首诗凝练地概括了出来。

从地处关中平原的渭城启程，沿着渭河向河流的源头进发；翻越陇山、渡过黄河，行走千里河西走廊；走廊尽头是阳关，出了关城，你会看到漫天黄沙，听到驼铃声声，那就是安西都护府的地界。

这是一首“长诗”，不是诗歌的字句有多长，而是元二要走的路，很长很长。一千多年来，我们也一直读着这首诗，跟着元二在这条路上行走，只见朝雨淅淅沥沥，轻尘飞腾又落下。

夜上受降城闻笛

唐　李益

回乐烽前沙似雪，
受降城外月如霜。
不知何处吹芦管，
一夜征人尽望乡。

注释

回乐烽：一作“回乐峰”。
征人：戍边的将士。

地理卡片

大地

“回乐烽前沙似雪，受降城外月如霜”，说的是战士戍边的沙地在月色的映衬下带有寒意，表现了边塞的荒凉。中国的沙漠都分布在哪里呢？

我国的沙漠主要分布在新疆维吾尔自治区、内蒙古自治区、宁夏回族自治区、陕西省、青海省和甘肃省。位于新疆维吾尔自治区的塔克拉玛干沙漠是我国最大的沙漠。沙漠地区主要位于我国的内流区和非季风区，以温带大陆性气候为主，属干旱区和半干旱区。

诗人卡片

姓　名：李益
生卒年：750？—830？
字　号：字君虞
代表作：
《塞下曲三首》《夜上受降城闻笛》等
主要成就：
唐代著名边塞诗人，尤擅长七言绝句

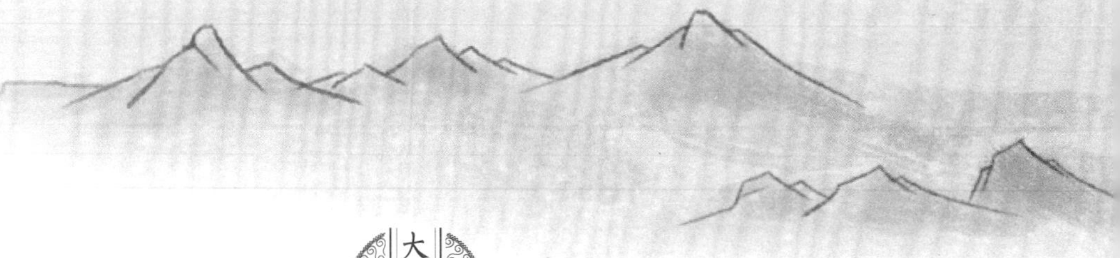

大诗兄说

“受降城”，是接受敌人投降的地方。不过，“受降城”和“回乐烽 / 峰”在哪儿，甚至这个“烽 / 峰”是哪一个字，却有两种不同的版本。

一种版本认为，“受降城”和“回乐烽”位于今宁夏回族自治区的银川平原上。唐贞观二十年（公元 646 年），唐太宗亲临灵州（今宁夏回族自治区银川市灵武市）接受突厥一部的投降，“受降城”之名即由此而来。回乐烽是烽火台名，位于唐回乐县（今灵武市西南）境内。

另一种版本则认为，“受降城”和“回乐峰”位于今内蒙古自治区的河套平原上。唐初名将张仁愿为了抵御突厥侵扰，在黄河以北筑受降城，分东、中、西三城。“回乐峰”为山峰名，在受降城一带。

两种不同的版本，其实有着相同的“底色”。银川平原和河套平原都位于黄河上游地区，因为有了黄河的滋养，它们是中国北方干旱、半干旱地区少有的农耕沃壤，自古以来就有“塞上江南”的美誉。从地图上看，它们真像一大片黄土、荒漠、戈壁中的两块绿洲。正因如此，在古代，中原王朝和北方游牧部族，谁能掌握这些地方，谁就能掌握战争的主动权。

“回乐烽前沙似雪，受降城外月如霜”，北方边关，无垠沙地如同千里素雪；冷月当空，受降城头月光如霜。此地虽说是“塞上江南”，但本质依然是艰难苦寒的“塞上”。夜深人静，值更的士兵吹起芦管，笛声悠扬凄凉，如泣如诉。将士们身处这边塞绝域而无法入梦，听闻这曲《折杨柳》，无不暗暗思念故乡。他们的故乡，也许在河西、在关中，也许在巴蜀、在荆楚，也许在淮南、在江南。

“受降城”，这是一个有英雄气的名字。这些驻守“受降城”的将士，也许见证过历史性的受降时刻，拥有杀敌报国、建功立业的人生志向。但是，在更多的平凡岁月里，他们也是普通人，也经历过生离死别，也有恐惧和悲伤，也有对家乡和亲人的无尽思念……

陇头歌辞（三首）

南北朝

陇头流水，流离山下。
念吾一身，飘然旷野。

朝发欣城，暮宿陇头。
寒不能语，舌卷入喉。

陇头流水，鸣声呜咽。
遥望秦川，心肝断绝。

注释

宿：投宿，住宿。
语：说话。
呜咽（yè）：本意是伤心哽泣的声音，这里形容水声凄切。

地理卡片 大地

《陇头歌辞》中的“陇头”在哪里呢？诗歌中提到的“欣城”和“秦川”，又在什么地方？

陇头就是陇山山顶。陇山即六盘山，位于今宁夏回族自治区南部和甘肃省东部，近南北走向，长约 240 千米。主峰海拔 2942 米。由于山路曲折盘转六次才能到达山顶，故名。

秦川，即秦岭北麓的渭河冲积平原，又称关中平原，为古秦地，在今陕西省中部，有“八百里秦川”之称。

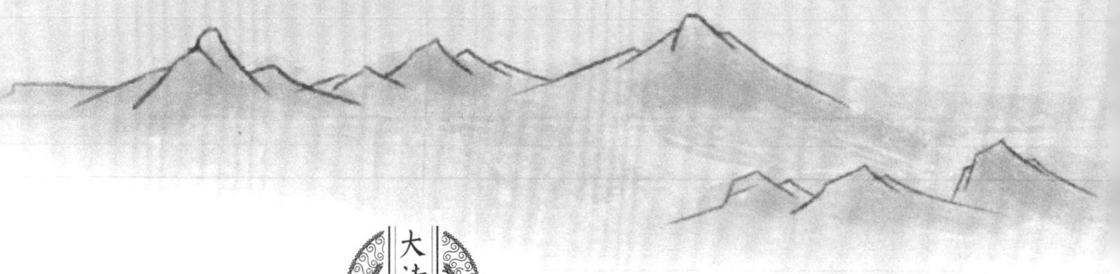

大诗兄说

陇头就是陇山山顶，此地纬度高、海拔高，向来是苦寒之地。“陇头流水”，高大巍峨的陇山，孕育了众多山泉、溪流、河水。周人的祖先，曾在这里生活，并沿着泾河、渭河不断向下游迁徙，寻找更适合生活的家园。后来，他们发现了关中平原，就是“秦川”，这也是中国最早的“天府之国”。

这首民歌的作者，是一位行者。他来自繁荣富庶的秦川，他要翻越这寒冷而人烟稀少的陇头。他的目的地，也许是陇西高原，也许是河西走廊，也许是更加遥远的西域。自古以来，总有人或为了生计，或为了使命，或为了信仰，行走在艰难的旅程上。

陇头在西北，这里的冬天很冷。冷到什么程度？“寒不能语，舌卷入喉。”冷得嘴都张不开，好像一张嘴就呵气成冰，舌头就被冻住了。艰苦严酷的自然环境，衬托着行者内心的苦楚。

陇头流水，流离山下。陇头流水，鸣声呜咽。深冬里的孤单行者，听此水声，如泣如诉。六盘山、羊肠道，走走停停。陇山山顶艰危苦寒，行者来到视野开阔处，远眺山下茫茫原野、千里平原，遥望家乡秦川富丽繁华，真是凄凉悲壮，肝肠寸断！

这一组《陇头歌辞》，言短意深，令人回味不尽。今天，当我们哼起《赶牲灵》《走西口》这些近现代西北民歌，总会感到，它们延续着古代西北民歌《陇头歌辞》的基因，悠扬中带着幽怨，幽怨中饱含倔强。

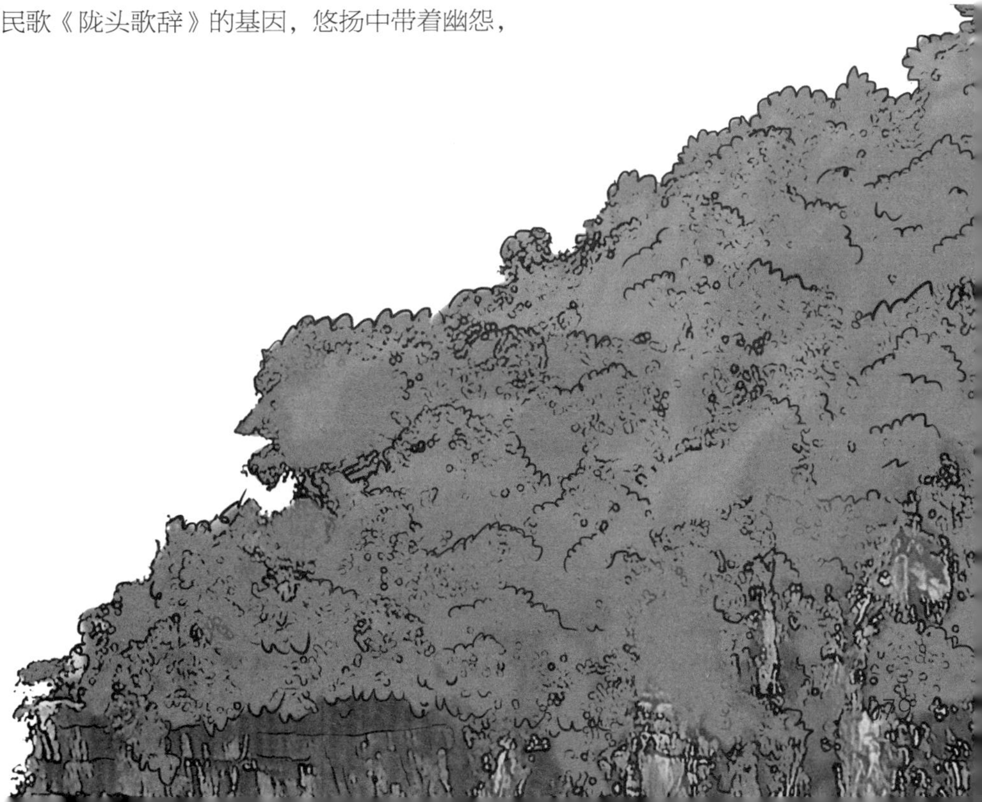

陇西行

唐　王维

十里一走马，五里一扬鞭。
都护军书至，匈奴围酒泉。
关山正飞雪，烽火断无烟。

注释

都护：官名，一般设置在边疆地带。
匈奴：汉朝时期北方的少数民族，这里泛指中国北部和西部的少数民族。
断：中断联系。

地理卡片　大地

《陇西行》是乐府古题，又名《步出夏门行》。陇西是在陇头西面吗？

陇西是古郡名。战国时期秦国秦昭襄王设置，因在陇山以西而得名，治所在今甘肃省定西市临洮县。三国曹魏时期，郡治移至今甘肃省定西市陇西县。

在今天的陕西、甘肃两省交界地带，你会发现很多带“陇”的地名。陕西有陇县，甘肃有陇西、陇南。而在唐朝，今天的甘肃、新疆等广大地区，大体都属于陇右道。可以想见，自古以来，陇山就是巨大的存在，人们用它来为自己的家园定位。陇山是屏障，也是通道，从中原、关中去往河西、西域，这里是必经之地。周秦汉唐等朝代，为了防备西北外族，陇山一带也始终是战略要地。

诗中提到的酒泉，也是古代郡名，即今甘肃省酒泉市。地处河西走廊西段，是汉武帝时期设置的“河西四郡”之一。相传地有泉水，饮之如美酒，故名。

大诗兄说

王维的边塞诗，不是凭空的想象，而是真实的体验。在创作这首诗的时候，王维以监察御史身份，奉命到河西走廊一带走访巡查。

戍守边疆，没有田园牧歌式的浪漫，只有十万火急的紧张态势，以及简单粗粝的美学体验。河西走廊上的城池，其实是绿洲，是一座座孤城。习惯游牧生活的民族，往往在秋冬季节发动围城战。

此时，“关山正飞雪，烽火断无烟”，这么大的雪，狼烟都没法点燃。这可如何是好？都护大人起草了一封“鸡毛信”，必须尽快送到数百里外的援军统帅手上。全部的希望，都在这快马通信兵的身上。“十里一走马，五里一扬鞭”，军使跃马扬鞭，风驰电掣。情势如此紧张，这背负众望的军中使者，却急而不慌，忙而不乱。

骏马飞驰、兵书送到，军使胡子眉毛上全是霜雪，军马疲惫到四腿抽筋。援军统帅接信后，抬眼看看天，大雪纷纷扬扬，天地一片混沌。望断关山，不见烽烟……

一首《陇西行》，写到这里戛然而止。后来大军是如何开展救援的？与“匈奴”的战斗胜负几何？城中将士的命运如何？快马加鞭的军使还好吗？没有交代，一切似乎隐没在关山飞雪中。这是王维有意的“留白”，新颖而不落俗套。

调笑令·胡马

唐　韦应物

胡马，胡马，远放燕支山下。
跑沙跑雪独嘶，东望西望路迷。
迷路，迷路，边草无穷日暮。

注释

胡：古代对北方和西部各民族的泛称。
嘶：马叫声。

地理卡片　大地

“胡马，胡马，远放燕支山下”，燕支山在什么地方？这个地方很适合养马吗？

燕支山又名焉支山，在今甘肃省金昌市永昌县西、张掖市山丹县东南，绵延祁连山和龙首山间，位于河西走廊上。它是山丹河与石羊河的分水岭。此山山势险要，历代都驻重兵把守。西汉时期，大将霍去病翻越焉支山大破匈奴。附近有著名的山丹军马场，为霍去病始创。

燕支山是祁连山的支脉。“祁连”在匈奴语中是“天”的意思。广义的祁连山指青海省北部、东北部和甘肃省西部边境山地的总称，呈西北—东南走向，由几条平行山岭和山间纵谷组成，绵延近1000千米，宽度约自西部的400千米至东部的200千米，一般海拔在4000米以上，多雪峰、冰川，为黄河和内陆水系的分水岭，主峰岗则吾结海拔5808米。狭义的祁连山，指这些山脉中最北的一列，位于河西走廊之南。

诗人卡片

姓　名：韦应物
生卒年：737—791年
字　号：不详
代表作：
《滁州西涧》《寄全椒山中道士》《学仙二首》《观田家》等
主要成就：
唐代著名诗人、文学家，世称“韦苏州”

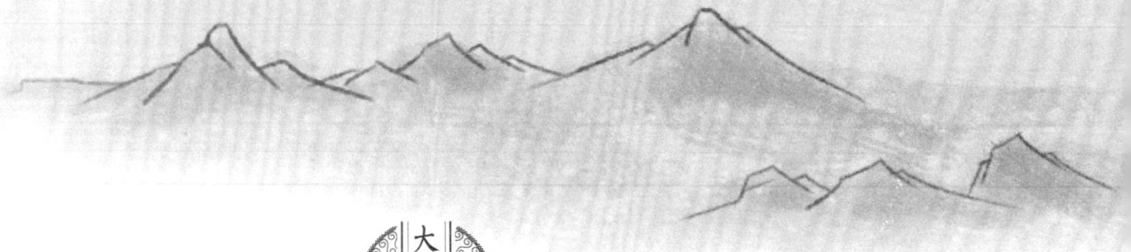

大诗兄说

“胡马，胡马，远放燕支山下”，这个燕支山，在历史上非常著名。汉武帝时期，少年将军霍去病在河西走廊击败匈奴，控制了祁连山、燕支山一带。由此，汉王朝得以掌控河西走廊，设立“河西四郡”，进而有效统辖西域。

在历史上，中原王朝只要控制西北的河西走廊和东北的辽西走廊，就像人伸开了臂膀。河西走廊上的张掖，正因“张国臂掖，以通西域”而得名。

然而，对于匈奴人来说，这却是个大大的坏消息。他们发出了无可奈何的哀叹：“亡我祁连山，使我六畜不蕃息；失我燕支山，使我妇女无颜色。”这是因为，祁连山一带有一片广阔的优良草场，出产大量优良的战马，后成为山丹军马场。在古代，军马是不可替代的重要战略资源。而燕支山又叫“胭脂山”，是出产胭脂原料的地方，没有了胭脂，自然是“妇女无颜色”。

冬日的燕支山下，一望无际的山丹军马场，马儿三五成群。雪仍然在下，大地被积雪覆盖。马儿需要用蹄子刨开积雪，啃食雪下的干草，拉扯出地下的草根。它们的唇下沾满霜雪。

远远传来马的嘶鸣，带着一丝哭腔。远处，隐约可见一个黑点在移动，忽而迅疾，忽而迟疑。这是一匹跑失群的骏马，它正独自不安地用马蹄刨着沙土和残雪，不知该往哪里去。荒草无边、积雪连绵的草原图景，更显出这匹骏马的彷徨无助。

这首《调笑令》，字句虽不多，却生动传神、别具一格，令人印象深刻。那匹迷途嘶鸣的骏马，是否也象征着边塞将士常有的紧张与迷茫？

使至塞上

唐　王维

单车欲问边，属国过居延。
征蓬出汉塞，归雁入胡天。
大漠孤烟直，长河落日圆。
萧关逢候骑，都护在燕然。

注释

使至塞上：奉命出使边塞。使，出使。

单车：一辆车，形容轻车简从。

属国：有几种解释。一指少数民族附属于汉族朝廷而存其国号者。汉、唐两朝均有一些属国。二指官名，秦汉时有一种官职名为“典属国”。王维当时代表朝廷去边塞慰问将士，以此自称。

征蓬：随风飘飞的蓬草，此处为诗人自喻。

候骑：负责侦察、通讯的骑兵。

都护：唐朝在边疆地区设置了很多都护府，其长官称都护，是地区最高军政长官。

地理卡片

大地

“单车欲问边，属国过居延”，这个居延就是历史上的居延海吗？

居延，是西北内陆大湖名，位于河西走廊西北部的大漠中。汉代称居延泽，唐代称居延海，在今内蒙古自治区阿拉善盟额济纳旗北境。它的上游是祁连山雪水汇集而成的弱水。弱水流经张掖，至下游汇集于居延海。清代以来，居延海分为两海，蒙古语称东海为苏泊淖尔，西海为噶顺淖尔。

在辽阔的中国中西部地区和亚洲内陆，大泽湖泊星罗棋布，居延海就是其中之一。从古至今，人们都习惯把它们叫作“海”或者“海子”。比如，青海湖的名字就来源于“青海”；新疆罗布泊在唐朝时叫作蒲昌海，古人曾误认为这是黄河源头；中亚伊塞克湖在唐朝时叫热海，唐玄奘取经时曾路过此地。

诗中提到的萧关是古关名，又名陇山关，故址在今宁夏回族自治区固原市东南。燕然即燕然山，今蒙古国杭爱山。东汉窦宪北破匈奴，曾于此刻石记功。

大诗兄说

据考证，这首诗写于唐开元二十五年（公元 737 年），王维奉命到河西走廊一带出使，慰问边塞将士。

当时的居延海，水面十分浩大。大漠之中有大湖，这是中原人士难得一见的奇观。正是秋日，最后一批即将南迁的鸿雁，在芦苇边拍打翅膀，逐次飞上天空，在日轮中排出整齐的“一”字。弱水注入居延海，河边一排胡杨木，树干就像久经沙场的老将。夕阳西下，即将隐没在无边无际的金黄大漠中。

“大漠孤烟直，长河落日圆。”这是大漠中的典型景物。每一句都是一幅三维立体的图景：碧天黄沙，白烟孤直；长河落日，温暖苍茫。真是“诗中有画，画中有诗”！这一联看似平淡无奇，其实浑然天成。《红楼梦》第四十八回香菱学诗时读到这两句，说：“想来烟如何直？日自然是圆的。这‘直’字似无理，‘圆’字似太俗。合上书一想，倒像是见了这景的。要说再找两个字换这两个，竟再找不出两个字来。”正道出了这两句诗的精妙之处。

居延海看似很遥远、很荒凉，其实它从不寂寞，充满了故事。二十世纪，考古学家在这一带发现上万片汉朝木简，这就是著名的“居延汉简”，内容非常丰富，不仅记述了居延地区屯戍活动的兴衰，而且保存了西汉中期到东汉初年的重要文献资料。今天，闻名世界的中国酒泉卫星发射中心，也位于居延海附近。中国的航天员正是从这里飞升九天，将大漠孤烟与长河落日尽收眼底。

从军行

唐　王昌龄

青海长云暗雪山，
孤城遥望玉门关。
黄沙百战穿金甲，
不破楼兰终不还。

地理卡片　大地

青海、玉门关、楼兰，它们都在什么地方？

它们都位于中国的西北地区。青海即青海湖，在今青海省东北部。古称西海，位于大通山、日月山、青海南山之间，为断层陷落而成。面积 4483 平方千米，湖面高程 3196 米，最大水深 32.8 米。青海湖是中国最大的咸水湖。玉门关是古代边关名，在今甘肃省酒泉市敦煌市境内，位于河西走廊西部。在古代，过玉门关即将进入西域。楼兰是古代的西域国名，在今新疆维吾尔自治区巴音郭楞蒙古自治州境内。

诗人卡片

姓　名：王昌龄
生卒年：698？—757？
字　号：字少伯
代表作：
《出塞》《从军行七首》《芙蓉楼送辛渐》《闺怨》等
主要成就：
唐代著名边塞诗人，擅长七言绝句，有“诗家夫子”“七绝圣手”之称

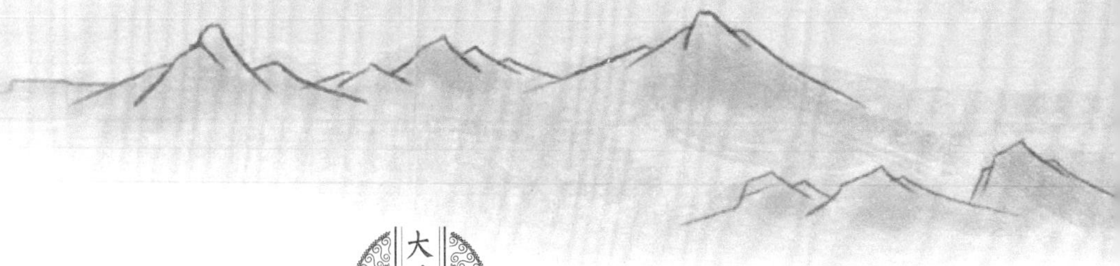

大诗兄说

王昌龄的边塞诗大开大阖，尽显盛唐气象，这一首尤为典型。事实上，通过这首诗，他向读者详尽描述了当时唐王朝在西北的战略态势和地缘政治。

“青海长云暗雪山”，青海就是青海湖，“雪山”就是祁连山。祁连山的南侧是青海湖，它的腹地是青藏高原；祁连山的北侧是河西走廊，走廊再北侧是草原大漠。自古以来，中原王朝要进取西北，就要统筹经营祁连山两侧，既要保障河西走廊的安全和通畅，又要有效阻隔青藏高原和草原大漠的部族政权联手。

河西走廊的地理位置至关重要。守卫河西走廊的“密码”，是以武威、张掖、酒泉、敦煌这“河西四郡”为代表的军事重镇。它们，就是王之涣诗中的“一片孤城万仞山”，王昌龄诗中的“孤城遥望玉门关”。为什么称其为“孤城”？因为它们都是祁连山融雪流下山脚形成的绿洲。座座“孤城”如同珍珠链，一直延续到走廊西端，便可“遥望玉门关”。

玉门关，是河西走廊与西域之间的“钥匙”。经过玉门关，即将进入西域。那时，人们有北、中、南三条路线可选：北线，沿着天山北麓、准噶尔盆地（古尔班通古特沙漠）南缘行进；中路，沿着天山南麓、塔里木盆地（塔克拉玛干沙漠）北缘行进；南路，沿着昆仑山北麓、塔里木盆地南缘行进。为什么这些线路都在大山脚下、沙漠边缘？因为只有这些地方才有高山融雪，才有绿洲和人烟。

如果你选择中线，就会遇见楼兰。这个绿洲小国的故址，在今新疆罗布泊一带。罗布泊今天已经干涸，而在古代，它曾是楼兰国的生命之源。西汉时期，楼兰更名鄯善，并向汉王朝称臣。在这首诗里，“楼兰”是一个代指，是中原王朝悉心经营西域的象征。

“黄沙百战穿金甲，不破楼兰终不还”，一方面是壮阔苍凉的边塞风景，另一方面是戍边将士渴望保家卫国的豪壮心情。而这豪壮里面，又有边塞苦寒带来的痛苦孤寂，以及边关将士思念家乡的复杂心情。一首《从军行》，百味杂陈在其中！

关山月

唐　李白

明月出天山，苍茫云海间。
长风几万里，吹度玉门关。
汉下白登道，胡窥青海湾。
由来征战地，不见有人还。
戍客望边邑，思归多苦颜。
高楼当此夜，叹息未应闲。

注释

关山月：乐府旧题，多抒离别哀伤之情。
胡：指唐王朝的劲敌吐蕃。
窥（kuī）：窥探，偷看，有所企图。
戍（shù）客：驻守边疆的战士。
边邑（yì）：边疆的城池。
高楼：古诗中多以高楼指闺阁，这里指戍边兵士的妻子。

地理卡片

大地

天山、玉门关、白登道、青海湾，这首诗提到的地名，玉门关前面已经熟知，青海湾指青海湖，天山和白登道又在什么地方呢？

天山即天山山脉，是亚洲内陆中部的著名山脉。天山横贯今中国新疆维吾尔自治区中部，西端伸入哈萨克斯坦、吉尔吉斯斯坦。在中国境内长约 1700 千米，宽 250 ~ 300 千米，海拔一般在 3000 ~ 5000 米。天山山脉属于褶皱断块山，由数列大致东西平行的山脉组成，有广大的冰川，北坡有云杉林，南坡多山地草原。主峰托木尔峰海拔 7443 米。

汉唐的西域，大体位于今天的新疆。西域（新疆）的地形是“三山夹两盆”，自北向南分别为阿尔泰山脉、准噶尔盆地、天山山脉、塔里木盆地和昆仑山脉。天山是西域的中央山脉，天山南麓和北麓是这片土地上最适宜居住的地方，也是自古以来丝绸之路的必经之地。

白登则指今山西省大同市的白登山。汉高祖刘邦领兵出征匈奴，曾被匈奴在白登山围困了七天。

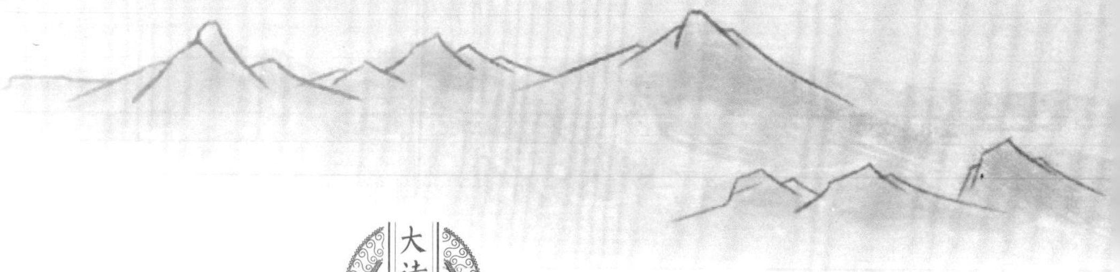

大诗兄说

有学者考证认为，李白出生在唐安西都护府碎叶城。碎叶城即在天山脚下。如果是这样，终李白一生，他应该都保留着关于天山的童年记忆，他身上的“天山基因”不可磨灭。“明月出天山，苍茫云海间”（《关山月》）也好，“五月天山雪，无花只有寒”（《塞下曲》）也好，他的诗歌中始终有着天山的一席之地。

这首《关山月》大气恢宏，诗中有地理的大跨越：“明月出天山，苍茫云海间。长风几万里，吹度玉门关。”明月出来的地方是天山，长风吹度的是玉门关，胡人窥探的是青海湾。观察地图就会发现，玉门关在今天的甘肃，青海湾在今天的青海，虽然都在中国的西部，但是相距甚远，长风真的要几万里，才能吹度这些地方。

诗中有历史的纵深感：“汉下白登道，胡窥青海湾。”西汉初年，汉高祖刘邦被匈奴冒顿单于围困在白登山七天七夜，整支大军差点冻饿而死。由此，李白联想到当时大唐与吐蕃在青海湖畔的反复争夺——历朝历代，这种无休止的战争使得出征将士几乎难以生还故乡。

当此凄苦悲凉的漫漫长夜，战士们不禁想起自家高楼上的妻子。此时此夜此月，她的叹息声恐怕也是不会停止的吧！这样深沉的叹息与诗人所铺设的广阔背景一起，共同构成了这幅万里边塞图。

白雪歌送武判官归京

唐　岑参

北风卷地白草折，胡天八月即飞雪。
忽如一夜春风来，千树万树梨花开。
散入珠帘湿罗幕，狐裘不暖锦衾薄。
将军角弓不得控，都护铁衣冷难着。
瀚海阑干百丈冰，愁云惨淡万里凝。
中军置酒饮归客，胡琴琵琶与羌笛。
纷纷暮雪下辕门，风掣红旗冻不翻。
轮台东门送君去，去时雪满天山路。
山回路转不见君，雪上空留马行处。

注释

武判官：姓武的一位判官。判官，官职名，是地方主官的僚属。

罗幕：用丝织品做成的帐幕。

锦衾（qīn）：锦缎做的被子。

角弓：两端用兽角装饰的硬弓。

铁衣：铠甲。

瀚（hàn）海：一种说法认为，“瀚海”指代沙漠，形容沙漠广阔；另一种说法认为，“瀚海”位于天山北麓，是由天山融雪形成的一片湖泊沼泽。

阑干：纵横交错的样子。

胡琴琵琶与羌笛：都是边塞地区的乐器。

辕门：军营的门。

掣（chè）：拉，扯。

地理卡片

大地

“轮台东门送君去，去时雪满天山路。”天山位于西域，轮台又位于天山的什么位置？

轮台，是一个有故事的地名，也是一个容易让人“犯晕”的地名。因为自古以来，叫轮台的地方不少，虽然都在今新疆维吾尔自治区境内，但并非同一个所在。

轮台本是一个位于天山南麓、塔里木盆地北缘的绿洲小国。天山雪水滋养出了一片片绿洲，哺育着当地百姓。汉武帝时期，此国被汉将军李广利所灭，汉朝廷设置使者校尉，屯田于此。从此，轮台在古诗文中成为开疆拓土、守卫边塞的代名词。汉轮台在今新疆维吾尔自治区巴音郭楞蒙古自治州轮台县境内。

唐朝时期，朝廷在天山北麓、北庭都护府境内设立轮台县，在今新疆乌鲁木齐市米东区境内。

可见，汉轮台位于天山南麓，唐轮台位于天山北麓，它们之间隔着一整座天山山脉。

诗人卡片

姓　名：岑参

生卒年：715—770 年

字　号：不详

代表作：

《白雪歌送武判官归京》《走马川行奉送封大夫出师西征》《逢入京使》等

主要成就：

唐代著名边塞诗人，擅长七言歌行，与高适并称“高岑”

大诗兄说

盛唐时期疆域广大，很多地方的风土人情迥异中原，大大开阔了人们的眼界，催生了一大批前无古人的边塞诗人。岑参，就是其中一位。“轮台东门送君去，去时雪满天山路。”当时，岑参正沿着天山北麓，前往北庭担任节度使判官。他接替的前任，就是这首诗的赠别对象——武判官。

岑参是西域的常客，他曾不止一次来到这里任职，从军打仗。每次来到西域，岑参都会被这里的奇观壮景震撼。农历八月，中原地区的人们正在准备过中秋节，这里就开始下雪；到了仲冬时节，雪已经下了好几个月，可不是“雪满天山路”么！“忽如一夜春风来，千树万树梨花开。”春风不是真的春风，是卷着暴雪的“白毛风”；梨花也不是真的梨花，是树木上层层堆积的白雪；千树万树，应该都是千年老胡杨吧！

天山奇景，好看是好看，但冷是真冷。“狐裘不暖锦衾薄”，狐皮貂皮都不管用了；“都护铁衣冷难着”，精钢铠甲简直拿不上手，你可千万别用舌头舔，粘住了拽不下来；“风掣红旗冻不翻”，红旗不倒，但是却被冻成了冰坨坨。这可真是冷得新鲜，寒得有趣！岑参走笔至此，表面写寒冷，实际是用冷来反衬将士内心的热，表现将士们乐观激昂的战斗情绪。

“中军置酒饮归客，胡琴琵琶与羌笛”，天气很冷，人心很热。有人来到，必有欢迎晚会；有人离开，必有欢送盛宴。就像这一次，岑判官初来乍到，武判官即将离任，宴席之上，人们载歌载舞，鼓乐齐鸣，开怀畅饮，丝毫不因寒冷而悲伤沉寂。“山回路转不见君，雪上空留马行处。”宴会的欢乐之情，最终又转为一丝惜别的惆怅。

这首诗不仅是诗人岑参的代表作，更是盛世大唐边塞诗的压卷之作。

吐蕃别馆和周十一郎中杨七录事望白水山作

唐 吕温

纯精结奇状，皎皎天一涯。
玉嶂拥清气，莲峰开白花。
半岩晦云雪，高顶澄烟霞。
朝昏对宾馆，隐映如仙家。
夙闻蕴孤尚，终欲穷幽遐。
暂因行役暇，偶得志所嘉。
明时无外户，胜境即中华。
况今舅甥国，谁道隔流沙。

注释

周十一郎中杨七录事：吕温在吐蕃别馆中的同事，官衔分别是郎中、录事。
皎（jiǎo）皎：洁白明亮的样子。
嶂（zhàng）：直立像屏障的山峰。
晦（huì）：昏暗。
夙（sù）：向来，早就。
幽遐（xiá）：僻远，深幽。
暇（xiá）：空闲，没有事的时候。

地理卡片

大地

吐蕃，是古代藏族在青藏高原建立的政权。青藏高原有什么地理特征呢？

青藏高原是中国四大高原之一，在中国的西南部和西部，主要包括今西藏自治区、青海省和四川省西部、云南省北部、甘肃省西南部，约占全国面积的四分之一，平均海拔 4000 米以上，是世界最高、最年轻的高原，号称“世界屋脊”。青藏高原的北界为昆仑山、阿尔金山、祁连山，南到喜马拉雅山，东南至横断山脉，为亚洲许多河流的发源地。青藏高原上分布着一系列近似东西走向的山脉，湖泊众多，五六千米以上的雪山连绵、冰川广布。

诗人卡片

姓　名：吕温
生卒年：772—811 年
字　号：字和叔，又字化光
代表作：
《和舍弟惜花绝句》《青出蓝诗》《终南精舍月中闻磬声诗》等
主要成就：
唐代诗人，曾出使吐蕃

大诗兄说

唐朝时期，青藏高原上出现了统一而强大的吐蕃王朝，在逻些城（今西藏自治区拉萨市）修筑了著名的布达拉宫。唐王朝先后将文成公主、金城公主嫁给吐蕃王。唐朝画家阎立本的名画《步辇图》，描绘的就是吐蕃王松赞干布派人向唐太宗求亲的场景。

唐王朝和吐蕃的使节往来不绝。这首五言排律，就是吕温作为使节在逻些城“别馆”眺望城外白水山而作的，时间大约在唐贞元二十一年（公元 805 年）前后。据《新唐书・吕温传》记载，吕温“以侍御史副张荐使吐蕃，会顺宗立，荐卒于虏，虏以中国有丧，留温不遣……元和元年乃还”。吕温曾伴随一名叫张荐的官员出使吐蕃，此时恰逢唐王朝唐德宗、唐顺宗相继去世，而张荐也在吐蕃去世，吕温等人因此滞留吐蕃，大约一年后才得以返回。

在滞留吐蕃的一年时间中，因为未来茫然不可预料，吕温和周十一郎中、杨七录事这些同事或许会感到心绪不宁。但是，吐蕃别样的风景吸引了他们的注意力，于是吟诗作赋、互相唱和。

推开吐蕃“别馆”的窗户，就能望见一座“白水山”。白水山是一座冰清玉洁的大雪山，山上终年积雪。“玉嶂拥清气，莲峰开白花。半岩晦云雪，高顶澄烟霞。”峰顶的皎皎白雪，好似莲花盛放；半山云雾缭绕，高原山峰特有的“旗云”映射阳光，形成七色彩虹。这些诗句通过光与色、明与暗的对比，展现出青藏高原独特的雄奇瑰丽风光。

“暂因行役暇，偶得志所嘉。”他们暂时因为公事滞留在吐蕃这个地方，但是也因此拥有了难得的闲暇时光，看到了难得一见的奇绝风景。赋得小诗一首，既是寄托志向，也是鼓舞精神。

“明时无外户，胜境即中华。况今舅甥国，谁道隔流沙。”唐时，文成公主、金城公主先后与吐蕃联姻，公主的孩子就是唐王室的外甥，双方于是形成了“舅甥国”这样的亲密关系。而在联姻之外，唐和吐蕃还曾多次“会盟”，这些都大大促进了两地的经济文化交融。虽然，中原与高原之间的路途远隔流沙、艰难险阻，但是，我们是亲上加亲一家人，又有什么能够阻碍往来呢？

读行与思考

1. 查找中国植被区划图，说一说我国植被分布的规律和特点。

2. 请你在课后查找南朝乐府民歌《西洲曲》，并将其与北朝民歌《敕勒歌》进行比较，分析南北朝民歌各自的特征及区别。

3. 选择一个诗中你感兴趣的地方，尝试做一期小报，包括图片、文字等内容，并向同学介绍。

第四章　大海

中国是一个海陆兼备的大国。中国大陆海岸线长18000多千米。东部与南部濒临渤海、黄海、东海和南海，管辖海域面积约300万平方千米。

中国人与海洋的渊源很早、很深。古老的地理典籍《山海经》，其中有“山”也有“海”，这体现了古人朴素而完备的地理意识。在很早的时候，中国就有蓬莱仙山的传说、徐福东渡的故事。古典诗词中的大海，浩瀚而瑰丽。

中国海岸地势平坦，多优良港湾。千百年来，中国人通过海洋沟通世界，海上丝绸之路与陆上丝绸之路齐名。在中国历史上，经略海洋总能带来繁荣昌盛，而闭关锁国必然导致落后挨打。不论是远渡重洋、开辟家园，还是向海图强、奋起抗争，中国人都用诗歌留下了宝贵的记录。

步出夏门行·观沧海

三国　曹操

东临碣石，以观沧海。
水何澹澹，山岛竦峙。
树木丛生，百草丰茂。
秋风萧瑟，洪波涌起。
日月之行，若出其中。
星汉灿烂，若出其里。
幸甚至哉，歌以咏志。

地理卡片

大海

“东临碣（jié）石，以观沧海。”碣石在什么地方？沧海又是哪一片海？

碣石位于今天的河北省秦皇岛市昌黎县境内，曾是一处滨海石山。据《史记·秦始皇本纪》记载，秦始皇“三十二年，始皇之碣石，使燕人卢生求羡门、高誓。刻碣石门”。秦始皇统一中国后巡游全国，曾经来到碣石，并且在此立碑刻石。“秦皇岛”这个地名，就是因此而来。

雄才大略的汉武帝，同样到过碣石山。《史记·孝武本纪》记载，汉武帝在封禅泰山后，沿着渤海海岸巡游，“北至碣石，巡自辽西，历北边至九原”。

秦始皇、汉武帝都曾到过碣石。可见，在秦汉时期，碣石是一个重量级的“地标”。它也许并不高大，但是地理位置很重要：首先，它位于华北与东北的交接处，碣石东北是重要的咽喉要道——辽西走廊；其次，它地处陆海交接处，是陆路交通和海路交通的枢纽。

秦汉时期，人类的航海技术有限，海路交通基本都是沿着近海岸线进行。碣石几乎位于环渤海的中心位置，环渤海北行可达辽东湾各地，南行可至山东半岛诸地。当时，碣石是中国北方的重要海港，既是水路用兵和转运军用物资的军港，也是商业运输的繁荣商港。

本诗中的“沧海”指渤海。渤海是中国的内海，位于中国北方，在今辽宁省、河北省、天津市、山东省之间。南北长556千米，东西宽236千米，面积7.72平方千米。平均水深约18米，最深70米，为一个半封闭的大陆架浅海。

注释

澹澹（dàn）：水波摇动的样子。

竦（sǒng）峙（zhì）：耸立。竦，通“耸”，高。

萧瑟：树木被秋风吹过时的声音。

星汉：银河，天河。

诗人卡片

姓　名：曹操

生卒年：155—220年

字　号：字孟德，小名阿瞒

代表作：

《观沧海》《龟虽寿》《蒿里行》等

主要成就：

东汉末年杰出的政治家、军事家、文学家、书法家，曹魏政权的奠基人

大诗兄说

东汉末年，天下大乱、分崩离析，杰出的政治家、军事家曹操东征西讨，基本统一了中国北方。公元 207 年，一股军事势力与辽东的乌桓（又称乌丸）部族结合，扰动曹操的后方。曹操亲自带军前往辽东征讨，大破乌桓。当年秋天，曹操班师返回，途经碣石山，写下了这首千古名作。

“东临碣石，以观沧海”，曹操就像一位高明的风光片导演，把我们带回到一千多年前的碣石山，秋日的大海边。“水何澹澹，山岛竦峙。树木丛生，百草丰茂。”请看那海中孤岛，山石嶙峋，青松苍翠，茅草丛生。“秋风萧瑟，洪波涌起。”再看那怒海狂涛，永不休止地拍打海岸，大海的壮阔景象尽收眼底。碧空沧海，一片蔚蓝，海天一色，白云苍狗。

“日月之行，若出其中。星汉灿烂，若出其里。”大海茫茫无际，太阳与月亮仿佛从海中升落，星辰与银河好像以大海为故乡。这是多么雄奇壮阔的大海啊！它无边的气势竟使日、月、星、汉都显得渺小了。这种宏伟壮丽的艺术境界，正体现出曹操“老骥伏枥，志在千里”的胸襟气度。

沧海边的碣石，承受着无日无夜的海浪冲击，山石不断崩坏沉入海底。今天，人们在碣石故址岸边，也许只能看到海中嶙峋耸立的孤山片石。后来，人们在碣石山以北的山海交会处，修筑起“天下第一关”——山海关；那一头扎入大海的城墙，被称为“老龙头”。而无论是碣石山还是山海关，它们都是山与海碰撞出的壮景！

读山海经（其十）

东晋　陶渊明

精卫衔微木，将以填沧海。
刑天舞干戚，猛志固常在。
同物既无虑，化去不复悔。
徒设在昔心，良辰讵可待。

注释

精卫：古代神话中鸟名。

刑天舞干戚：刑天，神话人物，因和天帝争权，失败后被砍去了头，但他不甘屈服，以两乳为目，以肚脐当嘴，仍然挥舞着盾牌和板斧。干戚，盾牌和斧子。

昔心：过去的壮志雄心。

良辰：好日子。

讵（jù）：岂，怎能。

地理卡片

大海

“精卫衔微木，将以填沧海。”精卫是神话传说中的一种海鸟。而在现实世界中，海鸟很多为候鸟，这些候鸟每年都要进行长途跋涉的迁徙。在迁徙过程中，它们喜欢在什么地方停留呢？

我国沿海有诸多滨海湿地，它们是重要的候鸟迁徙补给站。例如，辽宁丹东鸭绿江口滨海湿地每年有 200 多种候鸟在此停留，包括国际濒危鸟类黑嘴鸥、斑背大尾莺等；江苏盐城黄海湿地是全球鸟类迁徙的重要驿站，同时也栖息着包括丹顶鹤等 400 多种鸟类；上海崇明东滩位于长江入海口，每年均有约 100 万只次迁徙水鸟在此栖息或过境，历年调查有记录的鸟类有 290 种，其中鹤类、鹭类、雁鸭类、鸻鹬类和鸥类是主要水鸟类群；香港米埔湿地位于珠江口，每年冬季有数万只候鸟在此越冬，来这里过冬的鸟儿最北从西伯利亚飞来，最南从澳大利亚飞来。

诗人卡片

姓　名：陶渊明

生卒年：365—427 年

字　号：名潜，字渊明，又字元亮，自号“五柳先生”，私谥“靖节”，世称靖节先生

代表作：

《归园田居》五首、《归去来兮辞》《桃花源记（并诗）》《五柳先生传》等

主要成就：

东晋末至南朝宋初期伟大的诗人、辞赋家，中国第一位田园诗人，被称为“古今隐逸诗人之宗”

大诗兄说

《山海经》是中国古代的一部地理典籍。翻开《山海经》，读者宛如进入魔幻世界：“山经”里到处是各种奇怪的动物、植物和矿物，“海经”里能看到各种“海外”奇国和奇人。古人也许难以通达海外，但是面对大海，他们有着最为丰富的想象力。

在古代，《山海经》是人们茶余饭后的消遣良品，是读书人的“国家地理”。退隐居家的陶渊明，就很喜欢读《山海经》。他曾在诗中写道：“泛览周王传，流观山海图。俯仰终宇宙，不乐复何如？”他用诗歌这一体裁写了十多篇《山海经》读后感，这就是《读山海经》系列。“精卫衔微木，将以填沧海。”根据《山海经》记载：“炎帝之少女，名曰女娃。女娃游于东海，溺而不返，故为精卫，常衔西山之木石，以堙于东海。”精卫填海的故事广为流传。由此可见，中国人很早就体会到大海的巨大威力。与此同时，人们又观察到，不论风平浪静还是惊涛骇浪，有一种生物对大海毫不畏惧，在海上沉浮自如，那就是海鸟。现实中的海鸟衔木，也许是为了营造巢穴。但是，人类给这种动物的行为附加了自己的想象力。于是，一个女孩幻化为神鸟、与大海抗争的故事，就在人们的口口相传中诞生、丰富、成型。不要小看任何一种海鸟，它们中的部分成员可以飞行数万千米，在澳大利亚以南到北极圈以北的范围内迁徙，迁徙尺度几乎跨越大半个地球。当它们途经中国的长江口湿地、江苏盐城黄海湿地、辽宁丹东鸭绿江口滨海湿地等处，总会稍事歇息、补充营养。自古以来，人们就在留意和观察这些迁徙的候鸟：它们从哪里来？要到哪里去？看过什么样的风景？生物的多样性、生灵的可怜可爱，是一笔无价的财富，是人类想象力的源泉。

《山海经》的故事，不止有精卫填海。“刑天舞干戚，猛志固常在。”“刑天”是一位被天帝砍头的猛士，这位悲剧人物并不屈服，以乳为目、以脐为口，挥舞斧子和盾牌继续抗争，虽死无悔，猛志常在。

在《山海经》中，精卫填海、刑天舞干戚、夸父逐日、女娲补天这些神话故事最为人们津津乐道，陶渊明也很钟爱这些与天、与地、与大海抗争的勇士。这些勇士勇敢坚韧的顽强品格，给了他坚持自我的勇气，也给了他隐居自洁的安慰。

有所思

唐 李白

我思仙人，
乃在碧海之东隅。
海寒多天风，
白波连山倒蓬壶。
长鲸喷涌不可涉，
抚心茫茫泪如珠。
西来青鸟东飞去，
愿寄一书谢麻姑。

注释

有所思：乐府旧题。
隅（yú）：角落。
蓬壶：即蓬莱仙岛。古代传说有蓬莱、方丈、瀛洲三座海中仙山，合称“三壶山”。
青鸟：神话传说为西王母使者。
麻姑：传说中的女神仙。

地理卡片

大海

“白波连山倒蓬壶”，蓬壶是传说中的海上仙岛。那么，在真实的世界中，中国有哪些海岛呢？

我国共有 11000 多个海岛。从北向南，主要的海岛有：长山群岛，位于辽东半岛东侧的黄海海域；庙岛群岛，位于辽东半岛和山东半岛之间，扼守渤海海峡；崇明岛，中国第三大岛，位于长江入海口，由长江携带泥沙冲积而成；舟山群岛，在浙江省东部，位于东海海域；钓鱼岛及其附属岛屿，位于东海海域；台湾岛，中国第一大岛，西面是台湾海峡，东面是太平洋；香港岛等珠江口岛屿，位于珠江入海口；海南岛，中国第二大岛，位于南海海域；东沙群岛、西沙群岛、中沙群岛、南沙群岛等南海诸岛，位于南海海域。

大诗兄说

李白对求仙问道的话题始终很感兴趣。而在中国的神话传说里，神仙大多居住在大海深处或者大山之中。传说，东海之中有三座仙山，分别叫作蓬莱、方丈和瀛洲。所以李白说：“我思仙人，乃在碧海之东隅。”

求访仙人并不容易，要经历千辛万苦。“海寒多天风，白波连山倒蓬壶。”大海茫茫，白浪滔天，险恶异常。不仅如此，还有“长鲸喷涌不可涉”，海中有很多大到无法想象、模样无法描述的“异形”和“海怪”：乌贼、章鱼、鲸鱼、鲨鱼……你看那大鲸鱼，喷出的气浪足以掀翻一条大船！李白还曾在《公无渡河》一诗中写道 “有长鲸白齿若雪山”，鲸鱼的一颗白牙齿就像一座大雪山。

所以，那些泛海求仙的人们，他们到底是得道成仙了，还是葬身鲸腹了，无人知晓。“抚心茫茫泪如珠”，想到如此艰难险阻，求仙之人一边打起了退堂鼓，一边也是泪如雨下、心意难平。

“西来青鸟东飞去，愿寄一书谢麻姑。”这都是在化用典故。“青鸟”出自《山海经》的记述，这只鸟儿是昆仑山西王母的信使。“麻姑”，则是东晋炼丹家葛洪所著《神仙传》中的角色，自称见过三次沧海变桑田，是有关海洋知识的权威人士，难怪李白想要跟她通信做笔友了。

有所思，有所思，难道李白所思的只是海中求仙吗？研究者认为，这首诗其实反映了李白无法实现抱负的苦闷情怀：仙山和仙人如同他的远大抱负，而波谲云诡的大海仿佛险恶无常的现实。李白的很多诗歌，都反映了这种追求美好理想而不得的情思。

哭晁卿衡

唐　李白

日本晁卿辞帝都，
征帆一片绕蓬壶。
明月不归沉碧海，
白云愁色满苍梧。

注释

晁（cháo）卿衡：即晁衡，日本人，原名阿倍仲麻吕。公元 717 年（唐开元五年），来中国求学。汉名为晁衡。卿：尊称。

帝都：指唐朝京城长安。

蓬壶：神话传说中东方大海上的仙山。这里指代晁衡航行于东海。

苍梧：本指九嶷山，此指传说中东北海中的郁州山（郁洲山）。相传郁州山自苍梧飞来，故亦称苍梧。

地理卡片　大海

“日本晁卿辞帝都”，古代的日本跟中国之间的交往就很密切吗？

没错。日本是太平洋西北部的岛国，与中国隔海相望。日本于公元 4 世纪建立统一的国家，7 世纪大化改新后建立中央集权政权。中国和日本，互相是搬不走的邻居，中日之间的交往交流源远流长。唐朝时期，日本大量向中国派出“遣唐使”，他们中有学生、官员、僧人，其中不少人索性长期定居中国、定居长安，晁衡（阿倍仲麻吕）就是其中之一。

大诗兄说

公元 717 年（唐开元五年），二十岁的阿倍仲麻吕跟随日本使团来到中国，唐玄宗赐名朝衡（又作晁衡）。后来，他在唐朝廷做了官，和李白、王维等大诗人成为诗友。三十多年后，公元 753 年（唐天宝十二年），晁衡告别友人，登舟泛海，打算返回日本，这就是“日本晁卿辞帝都，征帆一片绕蓬壶”。

晁衡此行，同一船队中就有第六次东渡日本的高僧鉴真。鉴真此行终于顺利抵达日本。不过，晁衡所乘的另一艘船遇到风暴，漂流到安南（今越南一带）。晁衡登陆后重返长安，再也没有回日本，最后终老中国。鉴真，也再也没有回到中国。他们的归宿，也许就是上苍的安排。

李白的这首诗，作于晁衡遭遇风暴海难之际。当时长安城里传言，晁衡一行已经遭遇不幸，李白听闻后悲痛欲绝。晁衡往日的音容笑貌，初学唐语时闹的笑话，后来不断纯熟精进的诗文创作，大家一起在长安酒肆的宴饮歌笑，种种往事，一起涌上心头。“明月不归沉碧海，白云愁色满苍梧”，一派愁云惨雾中，唯愿晁卿如同明月，虽沉大海但永远不朽！

不知后来，当大难不死的晁衡回到长安，李白会是怎样的喜极而泣。晁衡读到“悼念”他的这首诗，对这样的生死之交又有怎样的感悟。

在唐朝时期，像晁衡这样不顾险阻往来中日间的，还大有人在。高僧鉴真数次东渡日本失败，也曾漂流到南方海域，第六次方才成功；日本僧人圆仁，冒险乘船来到中国，此后数年从扬州到五台山再赴长安，留下一部《入唐求法巡礼行记》；晚唐诗人韦庄为学成归国的日本僧人敬龙送行，在赠别诗中写道：“扶桑已在渺茫中，家在扶桑东更东。此去与师谁共到，一船明月一帆风。”

山川异域，风月同天；千年已过，诗篇不朽。

送渤海王子归本国

唐 温庭筠

疆理虽重海，车书本一家。
盛勋归旧国，佳句在中华。
定界分秋涨，开帆到曙霞。
九门风月好，回首是天涯。

注释

疆理：划分，治理。
车书：车轨宽度和书写方式。
盛勋：盛大的荣誉。
九门：九座城门，这里指代唐朝都城长安。

地理卡片

大海

“送渤海王子归本国”，这首诗中的“渤海”，跟今天的中国内海渤海是一个地方吗？

不是。今天的渤海指一片海域，诗中的渤海指一个国家。渤海国，是唐朝时期以靺鞨粟末部为主体，结合其他靺鞨诸部所建政权。渤海国幅员广阔，物产丰富，几乎囊括了今天的中国东北地区和周边的东北亚区域，其首府上京龙泉府遗址在今黑龙江省宁安市西南渤海镇。渤海是唐的属国，按照唐制建立政治、经济制度，使用汉文。唐时期，渤海国经常派人到长安朝贡、学习，请封号。辽太祖时期，渤海国被辽所灭。

诗人卡片

姓　名：温庭筠
生卒年：801—?
字　号：字飞卿，时称温八叉、温八吟
代表作：
《商山早行》《过陈琳墓》《苏武庙》《菩萨蛮》等
主要成就：
唐朝著名诗人、词人，为“花间派”首要词人，被尊为“花间派”之鼻祖

大诗兄说

唐朝时期，很多周边政权、部族都非常倾慕唐朝的政治、经济、文化。这其中，就包括东北地区的渤海国。渤海国不断派出人员到大唐的长安，朝贡、学习、生活、做官。渤海国的王子，也曾在长安留学和生活。王子在长安过得非常愉快，结交了温庭筠等一群诗友，对唐朝的文化有着深深的认同感，这就是“疆理虽重海，车书本一家。”虽然远隔重洋，但是大家车同轨、书同文，在文化上同属“一家”。

终于有一天，老国王派人到长安召唤小王子：学成归来、报效国家吧！王子依依不舍地告别长安，告别温庭筠等一干朋友，将要踏上归途。温庭筠作诗送别，“盛勋归旧国，佳句在中华”，王子您满载盛誉归国，您的诗句永远留在中华！

王子回去的路该怎么走？根据考证，当时唐和渤海国之间的交通，有陆路也有海路。陆路走辽西走廊，但要遇到不是很友好的契丹人；相对来说，海路更加便捷通畅一些。王子在登州（今山东省烟台市蓬莱市）上船，北渡黄海，在鸭渌水（鸭绿江当时的称呼）入海口溯流而上，便可到渤海国境内。“定界分秋涨，开帆到曙霞”，秋日江水大涨，潮平岸阔，利于王子行舟。

当王子乘坐的海船行驶在茫茫大海上，当其一行驶入鸭渌水江面，当他拿出温庭筠的送别诗一读再读，当渤海国故土出现在眼前，王子会联想到什么？他会再次怀念起雄伟的长安城，还有在长安城度过的日日夜夜。

浪淘沙

唐　白居易

白浪茫茫与海连，
平沙浩浩四无边。
暮去朝来淘不住，
遂令东海变桑田。

地理卡片　大海

“暮去朝来淘不住，遂令东海变桑田。”这首诗中的东海，就是今天的东海吗?

也不尽然。在古代，东海泛指中国东部的大海。而在不同的历史时期，东海的具体指称对象也不同。先秦古籍中的东海，相当于今天的黄海。秦汉以后，包括唐宋等时期，人们长期把今天的黄海、东海统称为东海。白居易是唐朝人，当时的“东海”，应该是涵盖了今天的黄海与东海。明代以后，人们把这一海域的北部称黄海，南部仍称东海，即与现今相同。

我们今天所称的东海，是中国三大边缘海之一，位于黄海、南海之间，南北长 1296 千米，东西宽约 740 千米，面积约 80 万平方千米，北部水深 600 ~ 800 米，南部水深 2500 米左右。

大诗兄说

中国古代很早就有“四海”的说法。“四海”到底指哪四片海域？一般来说，东海泛指中国东部面临的海域，包括今天的渤海、黄海与东海；南海指中国南部面临的海域，与今天的南海大体一致；北海则指北方的大湖，例如贝加尔湖；西海指西面的大湖，有时特指青海湖。

《浪淘沙》原为唐教坊曲，刘禹锡、白居易二人均有诗作。东临大海，白居易看到了什么？“白浪茫茫与海连，平沙浩浩四无边。”茫茫大海，果然是无穷无尽的浪，无边无际的沙。大浪淘沙，在江河如此，在大海更是如此。

“暮去朝来淘不住，遂令东海变桑田。”沧海桑田这个成语源自一个神话故事：东晋炼丹家葛洪所著《神仙传》中记载，有一位看似十八九岁的姑娘麻姑，自称“已见东海三为桑田”。原来麻姑是一位老寿星。人不可貌相，海水不可斗量。茫茫大海，它在空间尺度上是无比广大的，大到无边无际；沧海桑田，它在时间尺度上是无比漫长的，长到难以想象。

沧海桑田是一个神话故事，但包含着古代中国人朴素的地理认知。男耕女织的中国古人，在肥沃的桑田之中，也许时常挖掘到螺壳和贝壳。他们渐渐意识到，所谓陆海分界并非一成不变。而海陆变迁的缘由，很有可能就是日复一日的大浪淘沙，是江河携带大量泥沙入海。近现代科学也已经证明了他们的猜想。长江入海口的变迁就是典型一例，数千年来，它已经从扬州一线推进到上海一线；数千年后，它也许又推进到其他的什么地方。

望月怀远

唐　张九龄

海上生明月，天涯共此时。
情人怨遥夜，竟夕起相思。
灭烛怜光满，披衣觉露滋。
不堪盈手赠，还寝梦佳期。

注释

情人：多情的人。

怨遥夜：因离别而幽怨失眠，以至抱怨夜长。

竟夕：终宵，即一整夜。

怜：爱惜。

滋：湿润。

不堪盈手赠：无法用双手把月光捧给你。盈手，双手捧满之意。

寝（qǐn）：睡眠。

地理卡片　大海

“海上生明月，天涯共此时。”当海上升起明月之时，你知道会发生什么自然现象吗？

满月之时，会发生大潮现象。海水在月球和太阳引潮力直接或间接作用下，会产生一种长周期的波动现象，叫作潮汐现象。波峰到达处出现高潮，波谷到达处出现低潮。中国古代称白天的潮水涨落为“潮”，夜间的潮水涨落为“汐”，这两个字，其实就是“朝”“夕”加上三点水旁。每当满月之时，也就是农历十五日前后，太阳和月亮对地球上海水的吸引力方向是相同的，此时海水受到的吸引力最大，导致大潮。

诗人卡片

姓　名：张九龄

生卒年：678—740 年

字　号：字子寿，号博物

代表作：

《望月怀远》《感遇》十二首等

主要成就：

唐朝开元名相、政治家、文学家、诗人

大诗兄说

在中国人的诗歌里，大海经常与明月相伴。张九龄说：“海上生明月，天涯共此时。”把思念都写出这么大的排场，这是盛唐才有的气魄。同样是唐诗，张若虚在《春江花月夜》中写道：“春江潮水连海平，海上明月共潮生。”海上生明月之时，也是潮水最盛的时候。这是一种天文现象，也是一种地理现象。波涛汹涌的大海，在一轮明月的照映下，潮水如同千军万马，潮声如同滚滚惊雷。

张九龄的这首《望月怀远》大约作于中秋时节，当时他被朝廷免去宰相、贬谪在荆州，与家人分离。中秋月圆，应当阖家团圆赏月才是。奈何漫漫长夜，唯有失眠相伴。荆州在长江之滨，也许，他当时正漫步江岸，满月之光洒在江面上，江涛汹涌，月影摇曳。他的想象力，随着大江东去，飞到千里之外的大海边，大海与明月的景象越来越明晰。

夜色渐深。又大又圆的月亮慷慨地洒下月光，几乎照亮了小院和房舍的每一个角落。诗人掐灭了蜡烛准备就寝，奈何辗转反侧难以入眠。披上衣服爬起来，小院里走两圈。蛐蛐依然在叫，露水在不知不觉中打湿了衣裳。月华如练，月色皎洁。可这美丽的月光却无法采撷以赠远方亲人，诗人无奈只得回到室内继续睡觉，兴许还能做个美梦，在梦里与家人团聚。

今夜的梦里，有大海，有明月，有家人，有团圆。

酒泉子·长忆观潮

宋　潘阆

长忆观潮，满郭人争江上望。
来疑沧海尽成空，万面鼓声中。

弄潮儿向涛头立，手把红旗旗不湿。
别来几向梦中看，梦觉尚心寒。

注释

酒泉子：词牌名。
郭：外城。
弄潮儿：指与潮水周旋的水手。
梦觉尚心寒：一觉睡醒来，回忆梦中的场景，还觉得惊心动魄。

地理卡片

大海

“长忆观潮，满郭人争江上望。”什么时候，在哪里可以看到如此壮观的海潮？答案是每年秋季，在中国的钱塘江入海口。江河涌潮是海洋潮汐的一种现象，这是大海与大河共同上演的一台“大戏”。世界上很多河口都有涌潮现象，其中气势最为磅礴、历史文化最为悠久的，当属中国的钱塘江潮。

钱塘江发源于今安徽省南部，主要流经浙江省，在杭州湾注入东海。钱塘江涌潮四季皆有，每年农历八月十八前后的钱塘涌潮最为壮观。这是因为，钱塘江河口具有两个特殊的地形条件：第一，喇叭形的河口湾。杭州湾的湾口宽达 100 千米，至最佳观潮地点海宁市盐官镇骤缩为 3 千米，致使潮水涌积。第二，由于湾底的沙洲具有摩擦阻力，使得潮波传播受到约束，形成涌潮。

诗人卡片

姓　名：潘阆
生卒年：？—1009 年
字　号：字梦空，一说字逍遥，号逍遥子
代表作：
《岁暮自桐庐归钱塘晚泊渔浦》《孤山寺见从房留题》《酒泉子》等
主要成就：
宋初著名隐士、文人

大诗兄说

钱塘潮，自古以来天下闻名。唐朝时，白居易担任杭州刺史，就曾在《忆江南》中写道：“山寺月中寻桂子，郡亭枕上看潮头。”杭州最值得回忆的是秋天，秋天最值得观赏的，一是山寺中的桂子，一是钱塘的大潮。北宋时期，苏轼在杭州做官，也写到过钱塘潮：“八月十八潮，壮观天下无。鲲鹏水击三千里，组练长驱十万夫。”天下无双的钱塘潮，仿佛鲲鹏击水，如同千军万马。

北宋人潘阆，走南闯北，性情疏狂，唯一令他拜服的，也许就是这钱塘潮。“长忆观潮，满郭人争江上望。来疑沧海尽成空，万面鼓声中。”大潮来时，杭州满城的人都跑到六和塔和海宁去看潮。只听得雷鸣和战鼓般的声音，一条白线出现在地平面。感觉中似乎潮还很远，但一瞬间就能涌到面前，淹没整个大堤。钱塘潮如此惊险却又如此生动，真是天下奇观！这虽是词人的夸张之词，却生动形象地表现出大自然的伟力。“弄潮儿向涛头立，手把红旗旗不湿。”我们经常用“弄潮儿”来形容那些勇敢、自信、有领袖气质、善于把握趋势的人物。“弄潮儿”的原意，是指那些在大潮中来去自如的“冲浪手”，他们脚踩踏板，手举红旗，游戏于风口浪尖上，在自由驰骋中获得快感。观者只见潮线上红旗点点，时隐时现。在人们的惊呼中，弄潮儿获得了属于自己的人生价值。

中国人英勇无畏的进取和开拓精神，就在这钱塘大潮中，就体现在这些弄潮健儿的身上。

减字木兰花·立春

宋　苏轼

春牛春杖，无限春风来海上。
便丐春工，染得桃红似肉红。

春幡春胜，一阵春风吹酒醒。
不似天涯，卷起杨花似雪花。

注释

春牛：即土牛，古时立春时农村塑造土牛，以劝农耕，并象征春耕开始。

春杖：耕夫持杖而立，用来鞭打土牛。这种习俗，叫作“打春”。

春幡（fān）：春旗。立春日农家户户挂春旗，标志春的到来。

春胜：一种剪成图案或文字的剪纸，以示迎春。

天涯：多指天边。此处指作者被贬谪的海南岛。

地理卡片　大海

“春牛春杖，无限春风来海上。”如此美丽的风景在什么地方？

这首词所描写的景致在海南岛。海南岛是中国第二大岛，面积约 3.4 万平方千米。因地处中国大陆以南得名，北隔琼州海峡与雷州半岛相望。地形以山地和台地为主，北部为平原，中部有黎母岭和五指山，大的河流有南渡江、万泉河等。气候终年炎热。海南岛古时称琼崖、琼州、珠崖。

海南岛位于南海海域中。南海位于中国大陆南方，是中国海疆国界伸展最南之处。南海是中国近海中面积最大、最深的海区，总面积约 350 万平方千米，在长期的地壳变化过程中形成了一个比较完整的深海盆地。海南岛隶属于海南省。海南省包括海南岛和西沙群岛、中沙群岛、南沙群岛的岛礁及其领海。2012 年 6 月，国务院批准设立三沙市，辖西沙群岛、中沙群岛、南沙群岛的岛礁及其海域，总面积 200 多万平方千米，其中陆地面积 20 多平方千米。市政府驻地位于西沙永兴岛。

大诗兄说

苏轼一生几起几落，数度被贬。宋绍圣四年（公元 1097 年），62 岁的苏轼更是被贬到大海之南——位于海南岛西部的儋州（今海南省儋州市）。

海南岛偏处天涯海角，经济、社会和文化在当时很落后，生活条件艰苦，各种传染病流行。朝廷将苏轼流放至此，实是让他自生自灭。但是，坚强自信、旷达豪放的苏轼，怀抱着来之、安之、乐之的心态，精彩充实地过好每一天。

海南岛终年炎热，本无四季，但依然行历法和二十四节气。这一天是立春，苏轼饶有兴致地观赏民俗表演。人们用泥塑了一尊土牛，一位农夫拿着鞭子做鞭打耕牛状，这就是“春牛春杖”。与此同时，家家户户、村社祠堂，都立起五彩春旗，即“春幡”；贴上或挂上漂亮的手工剪纸，即“春胜”，情趣浓郁。

立春这一天，遥想中原与江南，其实还是冬日景象。而在大海之南，已经是东方风来满眼春。“无限春风来海上”，这是热带海岛的春风；“便丐春工，染得桃红似肉红”，春风吹拂，深红浅红的各种花朵盛开。“不似天涯，卷起杨花似雪花”，杨花柳絮漫天飞舞，如同雪花一般。这哪里是海角天涯，明明“此心安处是吾乡”！

立春当日，海岛乡间举行盛大的春社活动。大家纷纷搬出美酒，痛饮一番，“一阵春风吹酒醒”，半醉半醒间，度过快乐的一天，迎来美好的春天。

被贬海南岛三年，苏轼已经把这里当作家乡。他曾在诗中写道：“他年谁作舆地志，海南万里真吾乡。”后来，当他被允许渡海北归的时候，又同前来告别的父老乡亲们说：“我本海南民，寄生西蜀州。”

过零丁洋

宋　文天祥

辛苦遭逢起一经，干戈寥落四周星。
山河破碎风飘絮，身世浮沉雨打萍。
惶恐滩头说惶恐，零丁洋里叹零丁。
人生自古谁无死？留取丹心照汗青。

注释

起一经：因为精通一种经书，通过科举考试而被朝廷起用做官。文天祥二十岁即考中状元。

干戈：原指盾牌和矛戈，这里指南宋抗元战争。

寥（liáo）落：荒凉冷落。

惶恐：惊惶恐惧。

零丁：同“伶仃”，孤苦无依的样子。

丹心：红心，比喻忠心。

汗青：竹简，这里指代史册、史书。在汉朝人发明纸张之前，人们在竹简上写字，先用火烤干其中的水分，形如青色的竹片出汗，故名汗青。干后的竹片易书写而且不受虫蛀。

地理卡片

大海

“惶恐滩头说惶恐，零丁洋里叹零丁。”这两个地方在哪里？和文天祥有什么关系吗？

惶恐滩，在今江西省吉安市万安县，是赣江中的险滩。1277 年，文天祥在江西被元军打败，所率军队死伤惨重，妻子儿女也被元军俘虏。此战之后，他经惶恐滩撤到福建。

零丁洋，又写作“伶仃洋”，古地名，即现广东省珠江口外洋面。1278 年底，文天祥率宋军在五坡岭（今广东省汕尾市海丰县境内）与元军激战，兵败被俘，囚禁船曾经过零丁洋。

诗人卡片

姓　名：文天祥
生卒年：1236—1283 年
字　号：初名云孙，字宋瑞，又字履善。道号浮休道人、文山
代表作：
《过零丁洋》《正气歌》《高沙道中》等
主要成就：
南宋末政治家、文学家、爱国诗人、抗元名臣，与陆秀夫、张世杰并称为“宋末三杰”

大诗兄说

南宋末年，来自北方草原的蒙元正处于全盛时期，亚欧大陆的很多部族、政权都已臣服。偏处中国大陆东南一隅的南宋，抗元斗争愈加孤单、愈加艰难。

“辛苦遭逢起一经，干戈寥落四周星。山河破碎风飘絮，身世浮沉雨打萍。”这几句诗，既讲述当时国家危亡的历史背景，也包含了个人的身世际遇。文天祥本是一介书生，但是在山河风雨飘摇之时，身为朝廷重臣，他挺身而出领导抗元斗争。

论军事实力，宋廷显然处于劣势。文天祥和战友们转战江西、福建、广东等地。“惶恐滩头说惶恐”，惶恐滩是江西赣江上游的一处险滩，船经此处人人惶恐。公元 1277 年，文天祥在这里打了败仗，妻子儿女都被敌军俘虏。且战且退，1278 年年底，文天祥在五坡岭战败被俘。五坡岭在今广东省汕尾市海丰县境内，属于粤东地区。他的身后，是退无可退的大海。

文天祥被囚禁在船上，沿今天的广东省海岸行进，经过珠江口，也就是零丁洋。今天，珠江口一带是发达的“粤港澳大湾区”，而在当时，这是一片偏远荒凉、风浪骇人的南方海域，人们经过此处，备感孤苦伶仃。

零丁洋西侧有座小山叫厓山，南宋军民集结于此，准备决一死战。有元将让文天祥写信劝降，文天祥作《过零丁洋》诗以明志。“零丁洋里叹零丁”，他叹的不是自己的命运，而是大宋的渺茫未来。

厓山一战，宋军大败，南宋君臣、军民十多万人全部投海。文天祥则被送往元大都（今北京）囚禁，在狱中写下《正气歌》。元世祖忽必烈很欣赏他，许以高官厚禄，但是文天祥始终不为所动，于 1283 年慷慨就义。

“人生自古谁无死？留取丹心照汗青。”文天祥舍生取义，获得了他向往的永生。知其不可为而为之，虽千万人吾往矣。这样的人，必然会青史留名、流芳百世。从惶恐滩到五坡岭，从零丁洋到厓山，这片中国南方的山河大海，会永远记住文天祥这个名字。

香岙逢胡贾

明 汤显祖

不住田园不树桑，
珴珂衣锦下云樯。
明珠海上传星气，
白玉河边看月光。

注释

岙（ào）：东南沿海地区称山间平地为岙，多用于地名。
胡贾（gǔ）：外国商人，这里指在澳门的葡萄牙商人。贾，商人；胡，外国人。
珴（é）珂（kē）：玉石。
云樯（qiáng）：如云的桅杆，形容船多。樯，桅杆。

诗人卡片

姓　名：汤显祖
生卒年：1550—1616 年
字　号：字义仍，号海若、若士、清远道人等
代表作：
《牡丹亭》《邯郸记》《南柯记》《紫钗记》（这四部剧被称为“临川四梦”，又称“玉茗堂四梦”）等
主要成就：
明代著名戏曲家、文学家

地理卡片

大海

“香岙逢胡贾”，香岙是哪里？为什么这里会有外国商人（胡贾）？

香岙，就是澳门。澳门特别行政区，古称濠镜、濠江等，简称澳。在珠江口西岸，面积 29.2 平方千米，包括澳门半岛、氹仔岛和路环岛。澳门自古以来就是中国领土，原为广东省香山县（今广东省中山市）的一个渔村。明嘉靖三十二年（公元 1553 年），葡萄牙人借口曝晒水浸货物进入澳门。1557 年，葡人通过贿赂地方官员，得以在澳门半岛定居。鸦片战争后，澳门被葡萄牙侵占。1999 年 12 月 20 日，中国政府对澳门恢复行使主权，设立澳门特别行政区。

大诗兄说

明朝中后期，中国海防松弛。此时西方殖民者已经通过海路逼近中国的家门口，不断蚕食东南沿海的澳门等地。

明万历十九年（公元 1591 年），汤显祖被贬为广东徐闻县（今广东省湛江市徐闻县）典史，赴任途中经过澳门，仔细体察当地风土人情。当时，葡萄牙人已经进入澳门几十年，把这里经营成一处华洋杂处、颇有欧陆风情的港口。在澳门，汤显祖敏锐地观察到，这里的立身之本是商贸业，而不是中国人历来所倚重的农耕。外国商人，也就是“胡贾”们，“不住田园不树桑，珴珂衣锦下云樯”，他们不耕田不种稻，不植桑不养蚕，而是经营东西南北的各种货物，宝石、丝绸、茶叶、瓷器、香料、海产……

“明珠海上传星气，白玉河边看月光。”来来往往的船只，满载各种货物，连通东洋（日本）、南洋（东南亚）、西洋（印度洋沿岸），乃至更远的欧罗巴。这里的商人们穿着华丽衣裳，佩戴贵重珠玉，似乎连河海都沾染上许多珠光宝气！在澳门的所见所闻，令汤显祖眼界大开。

这首《香岙逢胡贾》既是文学作品，也是珍贵的历史资料。早在五百年前，像汤显祖这样的中国人，已经在开眼看世界，体察中西文明的交融，了解西方商业文明和航海文化。

香港感怀（其二）

清　黄遵宪

岂欲珠崖弃，其如城下盟。
帆樯通万国，壁垒逼三城。
虎穴人雄据，鸿沟界未明。
传闻哀痛诏，犹洒泪纵横。

注释

珠崖：汉武帝于海南岛东北部置珠崖郡，治今海南省海口市琼山区东南，汉元帝时废弃。这里指代被割占的香港。

鸿沟：秦末楚汉相争时曾划鸿沟为界，后借指疆土的分界。

哀痛诏（zhào）：皇帝表达哀痛之情的诏书。诏，皇帝颁发的文书。

地理卡片

“岂欲珠崖弃，其如城下盟。”这首诗讲述的是哪一个地方，哪一段历史？

这首诗，讲述的是近代香港被割占的历史。香港特别行政区，古称香江、香海，简称港，包括香港岛、九龙半岛和新界及其他离岛，面积 1104 平方千米。香港在中国南部，南海之滨，珠江口东侧，因地产沉香并在此出口得名。香港自古以来就是中国领土，原属广东省新安县（今广东省深圳市）。1840 年英国发动侵华的鸦片战争，1841 年英军强占香港岛。1842 年英国强迫清政府签署不平等条约《南京条约》，割占香港岛。后英国又割占九龙半岛、强租新界。1997 年 7 月 1 日中国政府对香港恢复行使主权，设立香港特别行政区。

大海

诗人卡片

姓　名：黄遵宪
生卒年：1848—1905 年
字　号：字公度，别号人境庐主人
代表作：
《冯将军歌》《今别离》《感事》等
主要成就：
清朝著名爱国诗人，外交家、思想家、政治家、改革家、教育家、文学家、史学家、民俗学家，被誉为“近代中国走向世界第一人”

大诗兄说

香港，本是珠江口东侧的一个小渔村。在传统农耕社会里，它是自给自足、默默无闻的边陲一隅。近代以来，它因为地处航路要冲，并且拥有世界级的天然良港，逐渐成为光彩夺目的“东方之珠”。

清同治九年（公元 1870 年），黄遵宪从家乡广东嘉应州（今广东省梅州市）出发，经汕头走海路前往省城广州应试，首次途经香港。22 岁的黄遵宪，看到被殖民者割占 30 年的香港，感慨万千，写下一组《香港感怀》，这是其中一首。

“岂欲珠崖弃，其如城下盟。”这里用到了两个历史典故。珠崖郡是西汉时期设置在海南岛的一个郡治，因为地处偏远、民众反叛等原因，朝廷一度放弃了对这里的统治。城下之盟，讲的是战国时期，强大的楚国兵临城下，逼迫弱小的绞国订立“不平等条约”。

香港是泱泱华夏不可分割的一块土地，怎么可能是被主动丢弃的呢？它被割占，完全是一个弱国的无奈！清道光帝在鸦片战争中妥协投降，造成割地赔款的屈辱局面。到他临终的时候，还想为自己的懦弱无能辩解，这就是“传闻哀痛诏，犹洒泪纵横”的由来。

年轻的黄遵宪不止有愤怒和哀痛，他还对香港的地缘形势进行了冷静的观察。“帆樯通万国，壁垒逼三城。虎穴人雄据，鸿沟界未明。”万帆云集、四海通商的香港，当时已经初露国际大港的雄姿。不过，越是如此，越是要保持警惕，因为这是侵略者觊觎中国的一处坚城堡垒，他们恐怕还要以此为跳板、得寸进尺呢。

香港的所见所闻，令年轻的黄遵宪更加决意“开眼看世界”。后来，他成为一名卓越干练的外交官，历任驻日本、英国参赞及旧金山、新加坡总领事，参加过戊戌变法。愈来愈广阔的眼界，还让他成为一位不拘古法、锐意创新的诗人，“我手写我口，古岂能拘牵”是他旗帜鲜明的文学主张。

台湾竹枝词（选二首）

清　丘逢甲

一年天气晴和来，
四序名花次第开。
手把酒杯酬徐福，
如今我辈亦蓬莱。

浮槎真个到天边，
轻暖轻寒别有天。
树是珊瑚花是玉，
果然过海便神仙。

注释

徐福：又名徐市，秦朝著名方士，齐（今山东）人。传说秦始皇派遣徐福率领数千童男女寻找海上仙山，徐福一行留在仙山，不再返回。

浮槎（chá）：小木筏。

地理卡片

大海

“手把酒杯酬徐福”，徐福是中国古代传说中寻找海上仙山的人。这组诗歌中所描写的，是哪处“海上仙山”呢？

这组诗歌所描述的是台湾岛。台湾岛是中国第一大岛，东濒太平洋，隔台湾海峡与福建省相望。台湾岛略呈梭形，面积超过 3.5 万平方千米。境内约三分之一为平原，其他为山地。玉山主峰海拔 3952 米，为中国东部最高的山峰。平原有台南平原、宜兰平原等，盆地有台北盆地、台中盆地。主要河流有浊水溪、淡水河、大甲溪等。台湾岛属热带、亚热带气候，温暖湿润，降水丰沛，物产丰富，山地有广大原始森林。

台湾省包括台湾岛，以及附近的澎湖列岛、钓鱼岛、黄尾屿、赤尾屿、彭佳屿、兰屿、绿岛等许多小岛。台湾自古以来就是中国领土。

诗人卡片

姓　名：丘逢甲

生卒年：1864—1912 年

字　号：字仙根，又字吉甫，号蛰庵、仲阏、华严子，别署海东遗民、南武山人、仓海君

代表作：

《山村即目》《百字令》《秋怀》《纪梦二首》等

主要成就：

晚清爱国诗人、教育家、抗日保台志士

大诗兄说

中国东临大海，中国人对于“海上仙山”始终有着美好的憧憬。据《史记·秦始皇本纪》记载：“齐人徐市等上书，言海中有三神山，名曰蓬莱、方丈、瀛洲，仙人居之。请得斋戒，与童男女求之。于是遣徐市发童男女数千人，入海求仙人。”徐市就是徐福。民间传说徐福一行找到了仙山，安居乐业，不再回来。

徐福的真实下落，无人知晓。但是，历史上确实有许许多多像徐福一样的中国人，不畏艰险探索“海上仙山”，开辟新的家园。明清以来的数百年间，福建、广东一带有诸多民众渡海来到台湾，在这里定居。这其中，就有从广东镇平（今广东省梅州市蕉岭县）前往台湾的丘氏家族。丘家在台湾繁衍生息，后代中出了一位著名诗人——丘逢甲。

生长在台湾的丘逢甲，十分热爱自己的家乡。他在诗中言：“轻暖轻寒别有天”“树是珊瑚花是玉”，这里物产丰富，气候宜人，百姓在此安居乐业，真是神仙一般的生活！中国人敬重祖先、感恩先辈。每逢佳节，丘逢甲会和族人一起来到祠堂。“手把酒杯酬徐福，如今我辈亦蓬莱。”遥想先祖渡海之时，是怎样的惊涛骇浪，怎样的出生入死。“浮槎真个到天边”，很多人就是靠着小帆船、小木筏来到这天涯海角呀！“果然过海便神仙”，可以想象，先人踏上宝岛的第一步，是怎样的好奇和惊喜！

《竹枝词》里的台湾，桃花源般的生活，后来被侵略者的枪炮声打破。1895 年，中国在甲午战争中战败，被迫割让台湾给日本。丘逢甲和乡人奋起反抗，无奈寡不敌众，率众退回广东祖籍。次年，他沉痛地写下《春愁》：“春愁难遣强看山，往事惊心泪欲潸。四百万人同一哭，去年今日割台湾。”念念不忘，必有回响。半个世纪后，宝岛台湾终于回到祖国怀抱。

读行与思考

1. 我国在海上与 8 个国家相邻或相望，你能说出是哪些国家吗？

2. 请你为台湾省和海南省，分别手绘一幅简图。

第五章　名山

“智者乐水，仁者乐山。”这是独属于中国人的山水精神，也是中国的名山大川给予世人的智慧和快乐。

中国是一个多山的国家，中国人和山在情感上十分亲近。在中国的各类地形中，山地面积约占陆地面积的三分之一，加上高原，两者约占60%。三山五岳，太行王屋，黄山匡庐，青城峨眉，终南太白，喜马拉雅，喀喇昆仑，珠穆朗玛，慕士塔格，名山大川遍中华。

因为亲近，所以热爱。中国的山，不仅是地理的存在，更是诗意的存在。让我们一起跟随诗人的脚步，来游览中国的名山大川吧！

望岳

唐　杜甫

岱宗夫如何？
齐鲁青未了。
造化钟神秀，
阴阳割昏晓。
荡胸生层云，
决眦入归鸟。
会当凌绝顶，
一览众山小。

注释

夫（fú）：语气词。
造化：大自然。
钟：聚集。
神秀：天地之灵气，神奇秀美。
决眦（zì）：眼角几乎要裂开。眦，眼角。

地理卡片　名山

“岱（dài）宗夫如何？齐鲁青未了。”岱宗在哪里，它跟齐鲁又有什么关系？

岱宗，是东岳泰山的别称。泰山位于今山东省东部，长约 200 千米，为片麻岩构成的断块山地。主峰玉皇顶在山东省泰安市北，海拔 1532.7 米。山峰突兀峻拔，雄伟壮丽。古代齐鲁两国以泰山为界，齐国在泰山北，鲁国在泰山南。泰山地处华夏文明的核心区，自古以来为人们所仰视；而它所在的齐鲁地区，周边大多地势低平，这更加衬托了泰山的雄伟高大。

泰山还是五岳之首。五岳是中国五大名山的总称。据考证，五岳制度始于汉武帝。汉宣帝确定以今天的河南嵩山为中岳、山东泰山为东岳、安徽天柱山为南岳、陕西华山为西岳、河北曲阳恒山为北岳。其后又改今湖南衡山为南岳。明代开始，以今山西浑源的恒山为北岳。

大诗兄说

“岱宗夫如何？齐鲁青未了。”泰山是古齐国、鲁国的天然分界线。齐国是西周开国功臣、具有神话色彩的姜子牙的封地。后来，“春秋五霸”之一齐桓公、名相管仲的故事也发生在齐国。鲁国则是稳固西周政权的第一功臣周公旦的封地。后来，鲁国诞生了一位伟大的人物——孔子。关于孔子，有一则著名的典故：孔子登东山而小鲁，登泰山而小天下。

再后来，秦始皇、汉武帝、唐玄宗等帝王，都曾到泰山举行封禅，用最高规格来祭拜天地山岳。

泰山，就在这么悠久厚重的历史、这么多大人物的加持下，成为中华民族的一种精神象征。

大唐开元盛世，春末夏初，杜甫，一位二十几岁的诗人，一位壮游全国的年轻人，怀着济世报国的理想，循着先贤的脚步，登上了中国人的“圣山”——泰山。此时的齐鲁大地，一片草木葱茏、生机勃勃的景象。“造化钟神秀，阴阳割昏晓。”老天爷钟爱这片神奇秀丽的土地，太阳照在高山的阳面，在平原上投下巨大的阴影。“荡胸生层云，决眦入归鸟。”白云就在胸前飘荡，飞鸟在眼前箭一般穿越。

巍巍泰山，令年轻的杜甫感到前所未有的震撼。“会当凌绝顶，一览众山小。”这一联将泰山的雄姿和气势刻画得淋漓尽致，同时也表现出杜甫自己的心胸和抱负。以泰山为首的中国名山，它们的高大巍峨、神奇秀丽，它们的风骨与品格，不仅是地理的，也是人文的。

千百年来，登泰山者不计其数。这其中，孔子被后人称为“至圣”，杜甫被后人称为“诗圣”。他们有着泰山一般高大雄伟的品格，他们在中国人心目中重如泰山。

名山

归嵩山作

唐 王维

清川带长薄，
车马去闲闲。
流水如有意，
暮禽相与还。
荒城临古渡，
落日满秋山。
迢递嵩高下，
归来且闭关。

注释

薄：草木丛生之地。
闲闲：从容自得的样子。
暮禽：傍晚的鸟儿。
迢（tiáo）递：遥远的样子。递：形容遥远。

地理卡片 名山

“迢递嵩高下，归来且闭关。”王维闭关修炼的地方，除了终南山，还有嵩山吗？确实如此。嵩山是五岳中的中岳，又称“嵩高”。嵩山在今河南省郑州市登封市北，由太室山、少室山等组成，山峦起伏，有七十二峰，东西绵延60千米。嵩山主峰为峻极峰，又称嵩顶，海拔1491.7米。嵩山临近古都洛阳，自南北朝起即为宗教、文化重地，名胜古迹有中岳庙、嵩岳寺塔、嵩山三阙、观星台、少林寺等。

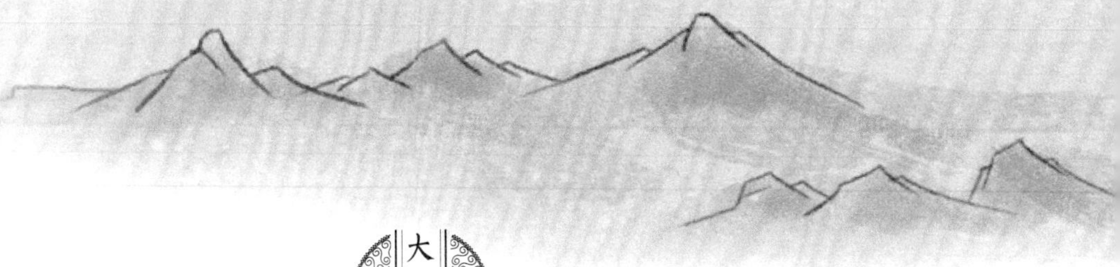

大诗兄说

提起中岳嵩山，很多人的第一反应，是嵩山少林寺；而提起少林寺，很多人的第一反应，是少林功夫。

其实，嵩山不止有少林寺，少林寺也不止有少林功夫。五岳之中，嵩山地处天地之中，地位从未动摇过。这是因为，嵩山所处的河南一带，是华夏文明的滥觞之地。嵩山距离古都洛阳很近，近水楼台先得月，更加容易引人注目。洛阳地处伊洛盆地，伊河、洛河穿城而过，这首诗中所谓“清川带长薄”“流水如有意”，“清川”和“流水”就指伊河。

嵩山的美，不仅在于自然风景，还在于它是人文和宗教圣地。西汉末年到东汉初年，佛教传入中国并传到中原，其后不断发展壮大。当时的政治中心在洛阳，洛阳周边，包括嵩山在内，开始成为寺院和高僧的云集地。洛阳的白马寺、伊河两岸的龙门石窟和嵩山少林寺等佛教“地标”互相辉映。这其中，著名的少林寺始建于北魏时期，是中国禅宗的祖庭，禅宗始祖达摩的修炼地。

到了唐朝，东都在洛阳，嵩山香火依然旺盛。王维是虔诚的佛教徒，经常“一言不合”就隐居。王维的隐居之地并非只有长安附近的终南山和辋川。在东都洛阳之时，他会选择前往嵩山。“迢递”是形容嵩山高远的山势，也符合诗人王维退居归隐的淡泊心境。

归隐嵩山，心情是闲适恬淡的，于是“车马去闲闲”；归隐嵩山，飞禽走兽都是我的同道者，于是“暮禽相与还”；归隐嵩山，正是秋高气爽好时节，于是“落日满秋山”；归隐嵩山，滚滚红尘愈来愈远，这便是“归来且闭关”……

行经华阴

唐　崔颢

岧峣太华俯咸京，
天外三峰削不成。
武帝祠前云欲散，
仙人掌上雨初晴。
河山北枕秦关险，
驿路西连汉畤平。
借问路旁名利客，
何如此处学长生？

注释

岧（tiáo）峣（yáo）：山势高峻的样子。
驿路：指交通要道。
名利客：指追名逐利的人。
学长生：指隐居山林，求仙学道，寻求长生不老。

地理卡片

名山

“岧峣太华俯咸京，天外三峰削不成。”如此险峻的山峰，是在什么地方呢？

这首诗所描述的是华山。华山是五岳中的西岳，位于陕西省东部，属秦岭东段，为花岗岩断块山。因远望如花，故名“华山”。华山主峰太华山，在今华阴市南，海拔 2154.6 米。莲花、落雁、朝阳、玉女、云台等山峰耸列，峻秀奇险。登山沿路山路崎岖，上接蓝天，下临深渊，层峦叠嶂，彩翠云涛，景色极为壮观。

这首诗还提到了很多与华山有关的地名。华阴，即今陕西省渭南市华阴市，位于华山北面。太华，是华山的别称。咸京原指秦朝都城咸阳，这里借指唐都长安。三峰，指华山的三座主要山峰。武帝祠，即巨灵祠，汉武帝登华山顶后所建，是帝王祭天地、五帝之祠。仙人掌，峰名，为华山最陡峭的一峰。秦关，指秦代的潼关。一说是函谷关，故址在今河南省三门峡市灵宝市，位于华阴市以东。汉畤（zhì），是汉帝王祭天地、五帝之祠。

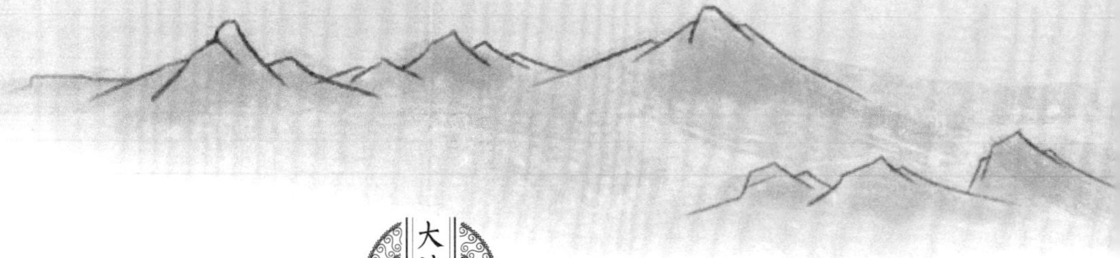

大诗兄说

中国的五岳之中，南岳、北岳都曾有过变更，而东岳泰山、中岳嵩山、西岳华山，它们的地位始终稳固。之所以稳固，是因为它们地处华夏文明的核心区域，必然更早地被人们所关注和重视。

汉唐时期，都城大部分时间都在长安。长安之于华山，正如洛阳之于嵩山，它们之间是彼此成就的。“岧峣太华俯咸京，天外三峰削不成。”登上华山三大主峰，雄伟帝都一览无余，这样天造地设的观景台，自然没有人可以忽视。汉武帝、唐玄宗等帝王，都曾从长安到华山举行隆重的祭拜活动。

五岳各有特色。提起泰山，人们想到“雄”；提起华山，人们想到的是“险”，自古华山天险一条路。“武帝祠前云欲散，仙人掌上雨初晴。”这里的仙人掌，当然不是指进入中国的外来植物，而是一座山峰的名字。华山各峰都如刀削，这其中最险峭的一峰，就号称“仙人掌”。

崔颢的这首诗名叫《行经华阴》，题目就透露了一个重要信息：华山不仅紧邻帝都，而且地处交通要道。在当时，人们想要从关东进入关中，进而前往长安，首先就要经过雄关潼关，而北边是波涛汹涌的黄河，在官道旁就可以看到历朝历代的祠庙楼堂。这些景观，正所谓“河山北枕秦关险，驿路西连汉畤平”！

华山，尤其是它的主峰之一莲花峰，自古也是修道成仙的胜地。“修仙达人”李白就曾在《古风·其十九》中写道：“西上莲花山，迢迢见明星。素手把芙蓉，虚步蹑太清。”所以，崔颢在这里也不禁发出了“灵魂之问”：“借问路旁名利客，何如此处学长生？”

终南山

唐　王维

太乙近天都，
连山接海隅。
白云回望合，
青霭入看无。
分野中峰变，
阴晴众壑殊。
欲投人处宿，
隔水问樵夫。

注释

海隅：海边。终南山并不到海，此为夸张之词。

青霭（ǎi）：山中的云雾。霭：云气。

分野：古天文学名词。古人以天上的二十八个星宿的位置来区分中国境内的地域，被称为分野。地上的每一个区域都对应星空的某一处分野。

壑（hè）：山谷。

殊：不同。

地理卡片　名山

“太乙近天都”，太乙是终南山的别称，天都是长安的代称。除了“太乙”，你知道终南山还有哪些别称吗？

终南山位于长安（今陕西省西安市）南大约五十里，是秦岭山峰之一，主峰海拔 2604 米。终南山在古代是隐居修行的胜地，现为游览胜地。终南山又称南山、太乙山、太一山、地肺山、中南山、周南山。

大诗兄说

终南山，是高人隐居和修行的妙境。终南山的首席“代言人”，必须是王维。王维有关终南山的作品很多，比如《山居秋暝》，比如《终南别业》，比如收录了《鹿柴》《辛夷坞》《竹里馆》等诗篇的《辋川集》。然而，如果要说对终南山有一个总体性的描述，就要数这一首《终南山》。

终南山的地理方位是“太乙近天都，连山接海隅。”终南山靠近帝都长安，而且是在城南，所以，对长安人来说，“开门见山”就是日常。终南山是巍巍秦岭的一部分，莽莽秦岭，在今天的陕西省境内绵延数百里。后来的地理学家发现，秦岭和淮河一起，形成中国地理的南北分界线。秦岭加淮河，还真是“连山接海隅”。

终南山的自然环境则是“白云回望合，青霭入看无。”因为山高，云气丰沛。远望云雾缭绕，仿佛一片白云的海洋；进入山中，却若有若无。王维好像在对你说：“若要体验这样的妙境，何不随我一起去隐居修行？”

“分野中峰变，阴晴众壑殊。”秦岭东西绵远，南北辽阔。唐朝人是不是已经隐约感觉到，秦岭的南北两侧自然风貌显著不同，进而意识到这是黄河、长江的分水岭，这是中国南北的分界线？

“欲投人处宿，隔水问樵夫。”终南山宏伟壮观，一日赏之不尽。诗人还要留宿山中，则有问樵夫之语。而妙就妙在，诗人并非当面对问，而是“隔水”相问，若即若离，颇有禅意。这番诗情，又似一幅有景有人、意境清新的山水画作。

终南望馀雪

唐 祖咏

终南阴岭秀，
积雪浮云端。
林表明霁色，
城中增暮寒。

注释

馀雪：未融化之雪。

阴岭：北面的山岭，背向太阳，故曰阴。

林表：林外，林梢。

霁（jì）：雨、雪后天气转晴。

地理卡片 名山

终南山是秦岭的一部分。那么终南山是秦岭的最高峰吗？除了终南山，秦岭还有哪些著名山峰？

终南山虽然名气很大，但它不是秦岭的最高峰。秦岭的最高峰是太白山，位于秦岭西段，在今陕西省宝鸡市太白县境内，海拔 3767 米。李白在《蜀道难》中写道："西当太白有鸟道，可以横绝峨眉巅"，就是形容太白山的高峻。此外，西岳华山也属于秦岭山系，位于秦岭东段。终南山位于太白山、华山之间，处于居中位置。

诗人卡片

姓　名：祖咏

生卒年：699—746 年

字　号：不详

代表作：

《终南望馀雪》《望蓟门》《七夕》等

主要成就：唐代诗人

大诗兄说

王维是在山中看山，祖咏，则是在城中看山。

当年，这位叫祖咏的年轻人参加科举考试，望着长安城里城外的雪，写下了这首《终南望馀雪》。关于这首诗，还有一个小典故。考试要求写五言长律，考官问祖咏：为啥四句就结束了？他的回答很有趣：诗歌的内容已经表达完整，何须赘述？结果，坚持自我的祖咏没有被录取。但是，他的这首诗被广大读者“录取”了，并且流传至今。

地处长安城南郊的终南山，是长安人一年四季心心念念的后花园。冬日，一夜大雪后，太阳初升，万物分外明媚。远望终南山，面向长安城的北坡因为没有阳光的照射，跟周遭的景物对比起来有了明暗的分别。山巅的积雪，仿佛飘浮在云端一样。

“林表明霁色，城中增暮寒。”白雪反射光线，增添几分亮色。祖咏与他同时代的人，也许已经留意到一种自然现象：下雪的时候有点儿冷，雪后感到很冷，待到雪化的时候还会更冷。正如俗谚所说：“下雪不冷消雪冷。”

千年之前的文学表达，如今获得了科学解释：下雪的时候，雪的温度比先前环境的温度低，伴随着降雪，当地逐渐受冷气团控制，由于积雪的反射作用，地面吸收的太阳辐射减少，地表温度进一步下降；当积雪融化的时候，会吸收周围环境大量热量，人体会感觉到更寒冷。

终南望馀雪，远观雪晴日的终南山，近看暮色中的长安城。雪，为山增添了一层素净；山，为城增添了几分意境。

左迁至蓝关示侄孙湘

唐　韩愈

一封朝奏九重天，
夕贬潮州路八千。
欲为圣明除弊事，
肯将衰朽惜残年。
云横秦岭家何在？
雪拥蓝关马不前。
知汝远来应有意，
好收吾骨瘴江边。

注释

左迁：降职，贬官，指作者被贬到潮州。

湘：韩愈的侄孙韩湘。韩愈被贬之时，韩湘远道赶来跟随韩愈南迁。

一封：指一封奏章，即韩愈的《论佛骨表》。

朝（zhāo）奏：早晨送呈奏章。

九重（chóng）天：古称天有九层，第九层最高，此指朝廷、皇帝。

弊事：政治上的弊端，指当时唐宪宗迎佛骨事。

衰朽：衰弱多病。

瘴（zhàng）江：岭南瘴气弥漫的江流。瘴，指南方山林中能致人疾病的湿热有毒气体。

地理卡片　名山

“云横秦岭家何在？雪拥蓝关马不前。”秦岭在中国的什么位置？蓝关又在秦岭的什么方位？

秦岭是横亘中国中部、东西走向的古老山脉。它是渭河、淮河和汉江、嘉陵江的分水岭，也是中国地理的南北分界线。历史上曾为秦国之地，故名秦山或秦岭。广义的秦岭西起甘肃、青海，东到河南省中部，全长1500千米。狭义的秦岭指陕西省境内的一段，东西长400 ~ 500千米，南北宽100 ~ 150千米。海拔在2000 ~ 3000米。山间谷地为南北交通要道。

蓝关是古关隘名，在今陕西省西安市蓝田县东南，地处秦岭，自古以来是关中平原通往南阳盆地的交通要隘。

诗人卡片

姓　名：韩愈
生卒年：768—824年
字　号：字退之，世称昌黎先生、韩吏部、韩昌黎、韩文公
代表作：
《进学解》《柳子厚墓志铭》《送李愿归盘谷序》《左迁至蓝关示侄孙湘》等
主要成就：
唐代古文运动的倡导者，“唐宋八大家”之一，与柳宗元、欧阳修和苏轼并称“千古文章四大家”

大诗兄说

唐元和十四年（公元 819 年）正月，唐宪宗将一节“佛骨”迎入宫廷供奉，并送往各寺庙，要求官民敬香礼拜。时任刑部侍郎的韩愈写了一封奏章《论佛骨表》，劝阻唐宪宗，认为此举对国家无益。

不料，韩愈的做法触怒了皇帝，他被贬为偏远的潮州刺史，朝廷责令其即日赴任，这就是“一封朝奏九重天，夕贬潮州路八千”。潮州（今广东省潮州市）地处东南沿海，从长安前往潮州，千里迢迢，水陆兼程，需要跨越大半个中国。韩愈匆忙上路，他的侄孙韩湘闻讯赶来，陪同韩愈踏上漫漫长路。

韩愈从长安出发，首先要通过蓝关，翻越秦岭。“云横秦岭家何在？雪拥蓝关马不前。”此时正值寒冬腊月，大雪纷飞，愁云惨雾。蓝关，得名于其所在的蓝田县。过了蓝关，就算告别长安、告别关中、告别熟悉的家园。不要说人，就连马儿都踯躅不前。

韩愈后面的路程大约是：从蓝关到南阳再到襄阳；在襄阳换水路，顺汉江而下，进入长江；再顺长江而下，从鄱阳湖口进入赣江；逆赣江而上，到赣江上游登陆；翻越南岭，最终到达潮州。

光看这条线路，就令人头皮发麻。韩愈后悔吗？害怕吗？“欲为圣明除弊事，肯将衰朽惜残年。”事实上，从呈上奏章的那一刻，他就已料想到后果的严重性。但他“虽九死其犹未悔”，忠心可鉴日月。

“知汝远来应有意，好收吾骨瘴江边。”韩湘呀韩湘，我知道你来送我是什么意思，是为了将来在瘴疠遍地的岭南蛮荒之地，收拾我的遗骨啊。

幸运的是，韩愈并没有死在路上，也没有死在潮州。在潮州任上，韩愈爱惜百姓，恪尽职守。有条大江流经潮州入海，当时名为“恶溪”“鳄溪”，也就是韩愈所说的“瘴江”。江中有鳄鱼害人害畜，韩愈派人加以驱赶，并写下流传千古的《祭鳄鱼文》。

潮州的这条“恶溪”“瘴江”，后来因韩愈而得名韩江。唐宋年间，因被贬岭南而带来一方文化繁盛、文脉泽被千年的，一位是被贬潮州的韩愈，还有一位是被贬惠州、海南的苏东坡——这就是文化的力量。

苦寒行

三国　曹操

北上太行山，艰哉何巍巍！
羊肠坂诘屈，车轮为之摧。
树木何萧瑟，北风声正悲。
熊罴对我蹲，虎豹夹路啼。
溪谷少人民，雪落何霏霏！
延颈长叹息，远行多所怀。
我心何怫郁，思欲一东归。
水深桥梁绝，中路正徘徊。
迷惑失故路，薄暮无宿栖。
行行日已远，人马同时饥。
担囊行取薪，斧冰持作糜。
悲彼《东山》诗，悠悠使我哀。

注释

羊肠坂（bǎn）：太行山上的坂道，以坂道盘旋弯曲如羊肠而得名。“坂”，是斜坡的意思。

诘（jí）屈：曲折盘旋。

罴（pí）：熊的一种。

霏霏：雪下得很盛的样子。

延颈：伸长脖子。

怫（fú）郁：愁闷不安。

担囊：挑着行李。

行取薪：边走边拾柴。

斧冰：以斧凿冰取水。

糜（mí）：稀粥。

《东山》：指《诗经》中的《东山》一诗。此诗描述战士离乡三年，在归途中思念家乡。

地理卡片　名山

“北上太行山，艰哉何巍巍！”太行山在什么地方？它对中国的自然和人文地理有什么影响？

太行山是古老的褶皱山脉，呈东北—西南走向，绵延400余千米。它的西面，是位于中国地理第二阶梯的黄土高原；它的东面，则是中国地理第三阶梯的华北平原。太行山海拔1000米以上，北段高峰小五台山2882米，为河北省最高峰。山中有紫荆关、娘子关、壶关等雄关，野三坡、苍岩山等风景区。多横谷，为东西交通孔道，有太行陉、白陉、井陉等“太行八陉”。

太行山在中国的存在感，不亚于长江、黄河。比如，中国有湖南省、湖北省，它们因洞庭湖得名；有河南省、河北省，它们因黄河得名；也有山东省和山西省，它们因太行山得名。其实，太行山主要位于山西、河北两省之间，山东省境内并没有一寸太行山。但是，这并不妨碍太行山为“大山东”定位。

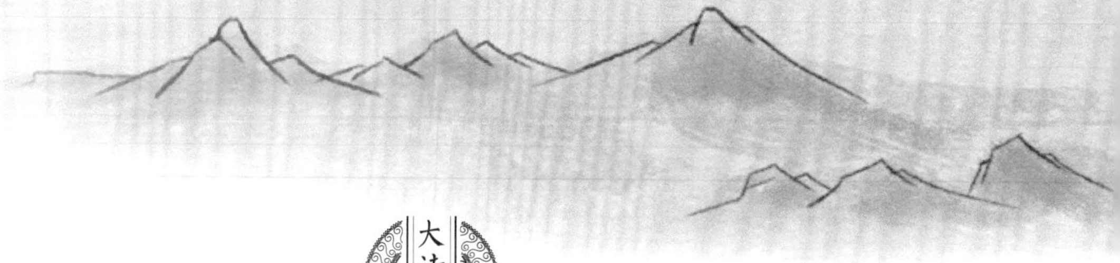

大诗兄说

曹操，既是政治家、军事家、文学家，也是一位优秀的地理学家和博物学家。他在行军打仗的途中，总也不忘观察地形地貌和动物植物。公元 206 年初，曹操带兵征讨叛逆，大军经过太行山。

“北上太行山，艰哉何巍巍！”巍巍太行，看上去很美，走起来真累！“羊肠坂诘屈，车轮为之摧。”山路崎岖，车马难行，可见行军艰险。“熊罴对我蹲，虎豹夹路啼。”山中野兽横行，令人毛骨悚然。

战士们是怎样一种状态呢？“担囊行取薪，斧冰持作糜。”你挑着担、我牵着马；路上要埋锅造饭，一路走一路捡拾柴火；没有水，只能用斧子凿冰块，用来煮粥吃。情景如此真切，令人心生悲凉。

面对此情此景，曹操油然而生对于大众苍生的悲悯，对于天下太平的企盼。翻开《诗经》，那首著名的《东山》诗映入眼帘：“我徂东山，慆慆不归。我来自东，零雨其濛。我东曰归，我心西悲……”

这首《东山》情感凄苦，深切反映了战争给人民带来的深重苦难。曹操借此表达对广大士卒连年征战、生活艰苦的同情悲悯。然而，太行之高、行军之苦、野兽之威、风雪之害，这些并不能摧毁诗人乐观自信、不畏艰苦的奋发精神。太行山上《苦寒行》，这是反映人与自然搏击的“勇士之歌”。

北风行

唐　李白

烛龙栖寒门，光曜犹旦开。
日月照之何不及此？惟有北风号怒天上来。
燕山雪花大如席，片片吹落轩辕台。
幽州思妇十二月，停歌罢笑双蛾摧。
倚门望行人，念君长城苦寒良可哀。
别时提剑救边去，遗此虎文金鞞靫。
中有一双白羽箭，蜘蛛结网生尘埃。
箭空在，人今战死不复回。
不忍见此物，焚之已成灰。
黄河捧土尚可塞，北风雨雪恨难裁。

注释

北风行：乐府曲调名，内容多写北风雨雪、行人不归的伤感之情。

烛龙：中国古代神话传说中的龙。人面龙身而无足，居住在不见太阳的极北的寒门，睁眼为昼，闭眼为夜。

曜（yào）：照耀，明亮。

双蛾：女子的双眉。双蛾摧，双眉紧锁，形容悲伤、愁闷的样子。

鞞靫（bǐng chá）：箭袋。

地理卡片

名山

这首诗中提到的燕（yān）山、幽州、轩辕（xuān yuán）台，都在什么地方呢？

这些地方，都位于华北地区。燕山是山脉名，因古燕国得名。在河北平原的北侧，地跨今北京、河北等地，由潮白河河谷直至山海关。燕山呈东西走向，海拔 400 ~ 1000 米。主峰雾灵山 2116 米。山中多隘口，如古北口、喜峰口等，为南北交通孔道。燕山的北面是内蒙古高原，东面是辽河平原。在古代，燕山一线属于苦寒边陲之地。直到唐朝，这里依然是边境重地，燕山脚下的幽州（今北京市一带），是后来发动叛乱的安禄山的老巢。

幽州是古地名，即春秋战国时期的燕国地，辖今北京、河北北部及辽宁一带。轩辕台是纪念黄帝的建筑物，故址在今河北省张家口市涿鹿县境内。“轩辕”是黄帝的名号。

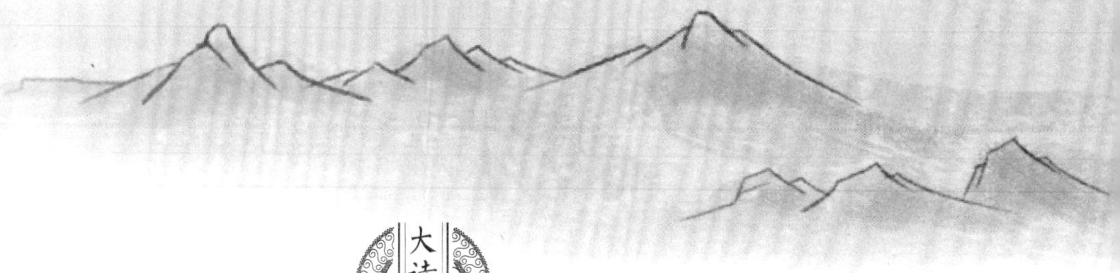

大诗兄说

每当人们说李白是一位浪漫主义诗人，善于运用夸张手法，一般都会举这个例子——“燕山雪花大如席”。你见过席子那么大的雪花吗？没有。但是，燕山的雪花之大、冰雪之盛，却通过这么夸张的诗句，直观形象地呈现在我们眼前。这首《北风行》，就是李白笔下的《冰与火之歌》！

“烛龙栖寒门，光曜犹旦开。”烛龙，是一个与北方有关的古老传说。《山海经》里有多处记载了这种神兽：“钟山之神，名曰烛阴，视为昼，瞑为夜，吹为冬，呼为夏，不饮，不食，不息，息为风。身长千里。”烛阴就是烛龙，它的眼睛一开一合，就是一昼一夜；它的气息一吐一纳，就是一冬一夏……这真是无与伦比的想象力！

“燕山雪花大如席，片片吹落轩辕台。”轩辕台是纪念黄帝的建筑物，是至高无上的神圣之地。传说，轩辕台就在燕山一带。这白茫茫一片的世界，令轩辕台更加圣洁！

北地燕山，这里不仅有关于烛龙、轩辕的神话传说，还有令人垂泪的民间故事：

“幽州思妇十二月，停歌罢笑双蛾摧。”大雪封门，幽州思妇，她眉头紧锁，愁肠百结，她在忧愁什么？“倚门望行人，念君长城苦寒良可哀。”倚门北望，燕山之巅有长城，原来是夫君守关隘，饮马长城窟。

“别时提剑救边去，遗此虎文金鞞靫。中有一双白羽箭，蜘蛛结网生尘埃。”丈夫临走之时，提剑出门，快马飞奔，匆匆忙忙，来不及儿女情长。如今，家中留下一副精美的箭袋，袋中一支白羽箭。不知不觉中，蜘蛛结网，尘埃暗生。

“箭空在，人今战死不复回。不忍见此物，焚之已成灰。”睹物思人，黯然神伤。思妇绝望痛苦的心情于此可见。“黄河捧土尚可塞”虽是一句夸张之语，但仍令人感到满腔悲愤喷薄而出，惊心动魄！“奔流到海不复回”的黄河尚可填塞，思妇的愁怨却无法弥补。这首诗中的北风雨雪，不仅是客观的环境描写，更象征着思妇心中的愁怨。原来，战争带给人们的痛苦是如此深重！

听蜀僧濬弹琴

唐　李白

蜀僧抱绿绮，西下峨眉峰。
为我一挥手，如听万壑松。
客心洗流水，余响入霜钟。
不觉碧山暮，秋云暗几重。

注释

蜀（shǔ）僧濬（jùn）：名叫濬的蜀地和尚。蜀，今四川省一带。
绿绮（qǐ）：琴名。相传西汉司马相如有一张叫作绿绮的琴。
万壑（hè）松：指山谷里的松声，这里比喻琴声。壑：山谷。

地理卡片　名山

“蜀僧抱绿绮，西下峨眉峰。”蜀僧濬来自峨眉山，那么峨眉山与佛教有什么关联呢？

峨眉山在今四川省乐山市峨眉山市境内，是著名的风景名胜、佛教圣地。因有山峰相对如女子蛾眉，故名。主峰峨眉山金顶海拔3079.3 米。峰峦挺秀，山势雄伟，号称“峨眉天下秀”。传说，峨眉山是佛教普贤菩萨显灵说法的道场。峨眉山与九华山（在今安徽省）、五台山（在今山西省）、普陀山（在今浙江省）合称中国佛教四大名山。

大诗兄说

蜀地是李白的故乡，峨眉是蜀地的“地标”。对于蜀地的山川风物，李白始终怀有深切的眷恋。青年时代出蜀，他曾写过《峨眉山月歌》：“峨眉山月半轮秋，影入平羌江水流。”他又曾在《登峨眉山》中写道：“蜀国多仙山，峨眉邈难匹。”李白了解峨眉山：同泰山的雄伟不同，和华山的奇险也不同，峨眉山的气质是隽秀巍峨、卓尔不群。这种气质，也是蜀地的气质，李白的气质。

峨眉山是佛教名山，此处高僧云集。僧濬是高僧，他的出场就不一般：“蜀僧抱绿绮，西下峨眉峰。”一张琴，极其潇洒地夹在僧袍下，僧濬仿佛腾云驾雾的仙人，举重若轻，飘然而至。

“为我一挥手，如听万壑松。”僧濬一出手，更显不凡。他看似漫不经心地在琴弦上那么一拂、一挥，低沉而极具穿透力的声波便滚滚而来，正像遍布峨眉山悬崖峭壁的松林，在秋风中发出阵阵松涛。他们一定是挑选了一个回音和混响效果特别好的山坳，就像现代最科学、最讲究的音乐厅一样，才会有这样的艺术效果。

在这天造地设的演奏场里，僧濬微闭双目，双手拨弄琴弦；李白同样微闭双目，打着节拍。他们如痴如醉，忘记了时间的流逝。猛一睁眼，只见红日西坠，暮霭沉沉。余音绕梁，三日不绝，这是峨眉的高山和流水，这是伯牙与子期，这也是弹琴者与听琴者之间自然的感情交流。

夜雨寄北

唐　李商隐

君问归期未有期，
巴山夜雨涨秋池。
何当共剪西窗烛，
却话巴山夜雨时。

注释

寄北：写诗寄给北方的亲友。李商隐当时在巴地，他的亲友在长安，所以说“寄北”。

秋池：秋天的池塘。

却话：回头说，追述。

地理卡片　名山

“巴山夜雨涨秋池”，千百年来，巴山夜雨的意境引得人们心驰神往。那么，巴山在什么地方呢？

巴山，又称大巴山，广义的大巴山指绵延四川、重庆、甘肃、陕西、湖北等省市边境山地的总称，为四川、汉中两盆地的界山。大巴山自西北而东南，包括摩天岭、米仓山和武当山等，海拔 2000 ~ 2500 米。狭义的大巴山，指汉水支流任河谷地以东，重庆、陕西、湖北三省市边境的山地。最高峰神农顶海拔 3106.2 米，在湖北省神农架林区境内。

诗人卡片

姓　名：李商隐
生卒年：812—858 年
字　号：字义山，号玉溪生，又号樊南生
代表作：
《锦瑟》《贾生》《无题》《夜雨寄北》等
主要成就：
晚唐著名诗人，与杜牧合称“小李杜”

大诗兄说

李商隐是一位才气“爆棚”的诗人。不过，他在仕途上却屡遭磨折，一生郁郁不得志，曾经不得不远赴巴蜀、岭南等地谋职。写作这首《夜雨寄北》的时候，他远离家人，在梓州（今四川省绵阳市三台县）的东川节度使门下做幕僚。

当时，从都城长安、关中盆地出发，李商隐需要先向南翻越秦岭，来到汉中盆地；接着向南，翻越大巴山，通过剑阁雄关，进入四川盆地。他这一路，也是历史上由秦入蜀的经典路线，从地形上看，就是“三盆夹两山”：关中盆地—秦岭—汉中盆地—大巴山—四川盆地。

涪江穿梓州而过，汇入嘉陵江，嘉陵江再汇入长江。这里的山水，就是巴山蜀水。巴、蜀是两个古国，巴国在今重庆市一带，蜀国在今四川省成都市一带。直到今天，我们还是习惯用巴蜀来代称这一地区。

巴蜀地区的气候，是多雨多雾，难见日头。秋雨绵绵，一连下了多日，没有停歇的迹象。李商隐是一个敏感细腻的诗人，天涯孤旅，百无聊赖的夜晚，卧听秋雨沙沙，打在芭蕉叶上；无数次挑落灯花，梦中呓语，梦中相逢。

寂寞难耐，提笔写信。收信人是谁，也许是妻子，也许是友人，后人已经无法确切考证。信的内容又如何呢？我们不妨大胆猜测一下：

“今天刚刚收到你的信。现在是晚上，外面下着雨。其实，自从我一年前来到梓州，直到现在，晴天加起来不超过十天。这里的狗，看到太阳出来，都成群结队跑到街上，朝着太阳狂吠。‘蜀犬吠日’原来是真的。

“秋雨下了整整半个月，小池塘里的水都漾了出来。北边的龙门山、剑阁一带发了山洪，泥沙俱下，涪江里也涨满了水，有点吓人。一场秋雨一场寒，凉到骨子里。洗过的衣服从来没有彻底干过，没办法，必须在炉火上烘烤一下。公寓里的枕头、被子，也始终是一股湿气和霉味，只好将就。

“也罢，不说这些了，等我返回故乡，咱们一同在西屋的窗下赏月聊天，秉烛夜谈，共剪灯花，可好？”

望庐山瀑布

唐 李白

日照香炉生紫烟，
遥看瀑布挂前川。
飞流直下三千尺，
疑是银河落九天。

地理卡片

名山

庐山在什么地方？诗中的“香炉”指的是什么呢？

庐山又称匡山、匡庐，在今江西省九江市南部，地处长江南岸、鄱阳湖畔，周边水系发达。庐山主峰汉阳峰海拔 1473.4 米。山中群峰林立，飞瀑流泉，林木葱茏，云海弥漫，集雄奇秀丽为一体，夏季凉爽宜人。诗中提到的“香炉”是庐山的一座山峰，因形似香炉而得名。

大诗兄说

庐山是中国最负盛名的避暑胜地之一。李白是旅行达人，他不止一次为庐山代言，比如“五岳寻仙不辞远，一生好入名山游。庐山秀出南斗傍，屏风九叠云锦张”。但更为著名的，则是这一首《望庐山瀑布》。

夏日，长江流域很多地方闷热难当，号称“火炉”。与庐山近在咫尺的九江城也是如此。但是，庐山这里却是一片清凉世界。原来，这一地区海拔较高、植被丰富、水量充沛，这些因素使它成为天然、巨大的“空调房”。

“日照香炉生紫烟，遥看瀑布挂前川。”夏日的庐山瀑布，如同一条巨大的白练，阳光之下，水雾折射出紫色的光线，小小的彩虹若隐若现。“飞流直下三千尺，疑是银河落九天。”轰轰的水声震耳欲聋，水花飞溅，带来从外到内的凉意。三千尺、落九天，雄奇壮美，这是“李白式”的夸张手法，却毫不违和、妥帖得体。

浑然天成的庐山美景，催生浑然天成的《望庐山瀑布》。苏东坡十分赞赏这首诗，说“帝遣银河一脉垂，古来唯有谪仙词”。确实，李白运用自己擅长的夸张和想象，真切地写出了庐山瀑布绚丽壮美的特点。

千百年来，赞美庐山的诗人远不止李白。东晋隐士陶渊明“采菊东篱下，悠然见南山”，他隐居的南山很可能就是庐山；唐朝大诗人白居易来到庐山名刹大林寺，发现“人间四月芳菲尽，山寺桃花始盛开”，给我们上了一堂海拔对植物花期影响的科普课；北宋大文学家苏东坡来到庐山，“横看成岭侧成峰，远近高低各不同”，悟出了自然界和人生的颇多哲理……

名山

社日

唐 王驾

鹅湖山下稻粱肥，
豚栅鸡栖半掩扉。
桑柘影斜春社散，
家家扶得醉人归。

注释

社日：古代祭祀土地神的节日。春秋各一次，称为春社和秋社。这首诗里讲的是春社。

豚（tún）栅：猪栏。豚，小猪。

鸡栖：鸡窝。

扉（fēi）：门。

桑柘（zhè）：桑树和柘树，它们的叶子都可以养蚕。

地理卡片 名山

“鹅湖山下稻粱肥，豚栅鸡栖半掩扉。”从山的名字和诗句看，鹅湖山一带应该是鱼米之乡吧？

鹅湖山在今江西省上饶市铅（yán）山县境内。山上有湖，湖中多荷，原名荷湖山。东晋人龚氏在此养鹅，遂更今名。

鹅湖山属于武夷山脉北麓。广义的武夷山位于今江西、福建两省边境，呈东北—西南走向，海拔 1000 ~ 1500 米，是赣江、闽江的分水岭，最高峰黄岗山海拔 2160.8 米。狭义的武夷山在福建省武夷山市西南 10 千米。

诗人卡片

姓　名：王驾
生卒年：851—?
字　号：一说字大用，诰命守素先生
代表作：《社日》《雨晴》等
主要成就：晚唐诗人

大诗兄说

这首二十八个字的《社日》，就像一本微型“农业百科全书”。请找找看，诗中出现了多少种农作物和农产品？鹅、豚、鸡，这些都是家禽家畜；稻、粱，这些都是主食谷物；桑、柘，这些树种的嫩叶是蚕宝宝的食物。

鹅湖山地处今江西省，唐朝时期属于江南西道。这一带有山地也有平原，赣江纵贯全境，鄱阳湖气象万千，气候温暖，物产丰饶。鹅湖山，是一个物产丰富、风光旖旎的鱼米之乡。你几乎能够想象得出：苍翠的青山之上，一片水草丰茂的大湖，气定神闲的大白鹅在水中游弋，引吭高歌。

社日是古人在春季和秋季祭祀土地神的日子。人们在春社上祈求丰收，在秋社上收获报谢。这首《社日》描写的是鹅湖山下的一个村庄社日里的欢乐景象。鹅湖山就像“桃花源”，这里山明水秀，稻粱丰产，鸡豚肥美，家家蚕桑，这是大家年复一年辛勤劳作的结果。春社聚会上，大家祭祀完祖宗和农神，杀鸡宰鹅，痛饮一番，不知不觉，人人醉倒。“豚栅鸡栖半掩扉”，这里的农村生活夜不闭户，路不拾遗，足见民风淳朴。

美丽富饶的鹅湖山，是文人雅士的钟爱之地。唐朝年间，诗人王驾来到这里，写下这首《社日》；南宋年间，朱熹与陆九龄、陆九渊兄弟在山下举行“鹅湖之会”，首开学术辩论之先河；辛弃疾晚年寓居山下，写出许多脍炙人口的千古名篇；诗人陆游途经此地，夜宿鹅湖寺，写下《鹅湖夜坐书怀》。

名山

独坐敬亭山

唐 李白

众鸟高飞尽，
孤云独去闲。
相看两不厌，
只有敬亭山。

注释

闲：形容云彩飘来飘去，悠闲自在的样子。
厌：满足。

地理卡片 名山

“相看两不厌，只有敬亭山。”诗仙李白如此看重的敬亭山，在什么地方呢？

敬亭山，位于今安徽宣城市区北郊，水阳江西岸。古名昭亭山，因避晋文帝司马昭名讳改今名。历代文人谢朓、李白、孟浩然、白居易、王维、苏轼等都曾慕名登临吟咏，敬亭山因此被称为“江南诗山”。

大诗兄说

敬亭山位于今天的皖南宣城。最早给这座山做“广告”的，是人称“小谢”的南朝诗人谢朓。他当宣城太守的那几年，写过不少跟敬亭山有关的诗。比如《游敬亭山诗》：“兹山亘百里，合沓与云齐。隐沦既已托，灵异居然栖。上干蔽白日，下属带回溪。”敬亭山的静谧之美，已经呼之欲出。

李白是谢朓的“铁粉”。每次到宣城，他必去两处和谢朓有关的地方“打卡”：一是谢朓楼，二是敬亭山。

炎夏酷暑时节，李白身在宣城。他说：我想静静。于是，一个人跑到敬亭山上去，独坐，安静，自在，悠闲。“众鸟高飞尽，孤云独去闲。”极目远眺，鸟儿飞出了视线。白云也像我一样独来独往，不急不慢地变幻出苍狗、白马、飞龙的形状。天是空灵的蓝，云是如丝如缕的轻，这是盛夏的山中景象。郁郁葱葱的青山，几个时辰也看不够。青山敬亭面对青莲居士，互相只有无言的包容。

敬亭山虽然海拔不高，但它的名气很大。一座山峦的名气、魅力，同其高大程度未必有关联。在长江下游地区，与敬亭山同等“体量”的名山就很是常见。金陵的紫金山、滁州的琅琊山、镇江的北固山、湖州的西塞山、苏州的虎丘、常熟的虞山，它们大多山清水秀，可亲可近，遍布名人足迹，兼具山水和人文之美。

渔歌子

唐　张志和

西塞山前白鹭飞，
桃花流水鳜鱼肥。
青箬笠，绿蓑衣，
斜风细雨不须归。

注释

渔歌子：词牌名，原为唐教坊曲调名。

白鹭：一种白色的水鸟。

鳜（guì）鱼：又称桂鱼，肉质鲜美。

箬（ruò）笠：竹叶或竹篾做的斗笠。

蓑（suō）衣：用草或棕编制成的雨衣。

地理卡片　名山

“西塞山前白鹭飞”，这首词中提到的西塞山在什么地方呢?

这首词中的西塞山，位于今浙江省湖州市境内。清代《钦定大清一统志》卷二百二十二记载：“西塞山在乌程县西南二十五里，有桃花坞，下有凡常湖，唐张志和游钓于此，作渔父词，曰：西塞山前白鹭飞，桃花流水鳜鱼肥。”

如今的吴兴西塞山旅游度假区位于浙江省湖州市吴兴区妙西镇西部，其中的霞幕山是天目山的余脉。天目山位于今浙江省西北部，东北—西南走向，长 130 千米，宽 20 千米。由粗面岩及流纹岩等构成，最高点清凉峰海拔 1787 米。天目山多奇峰、竹海，生态环境较好，是旅游、避暑胜地。

另一处西塞山，位于今湖北省黄石市东，长江南岸。唐刘禹锡曾在此作《西塞山怀古》一诗。

诗人卡片

姓　名：张志和

生卒年：不详

字　号：字子同，初名龟龄，自号烟波钓徒

代表作：

《渔父》词五首

主要成就：唐代诗人

大诗兄说

关于这首《渔歌子》，有一个民间传说：当年，隐居湖州乡间的张志和，前去拜访担任湖州刺史的大书法家颜真卿。因为船已破旧，张志和请颜真卿帮忙重造。作为“交换”，张志和创作了一组《渔歌子》（又名《渔父》）。名士之间的交往，如此风流倜傥、清新脱俗。

西塞山地处江南，周边河流湖沼纵横，有西苕溪经湖州城汇入太湖。西塞山前，身姿优美的白鹭，在浅水湿地中逡巡，一会儿低首啄食，一会儿曲项向天。农夫赶着耕牛，慢慢走近鹭群。原本仿佛静止一般的鹭鸟，忽然拍打翅膀，一齐飞上青天。旋即，几只鹭鸟居然“降落”在耕牛的背上。

江南是鱼米之乡，盛产鳜鱼等各种水中鲜物。春天时节，桃之夭夭，灼灼其华。桃花落入溪水，鳜鱼撅起嘴巴，花瓣、花粉全都成了腹中之物。撒网，拉网，肥大的鳜鱼在网中击水跳跃，渔夫的心情又是多么畅快啊！而在“吃货”的眼里，这肥嫩的鳜鱼，不论清蒸、红烧还是做汤，都是无比的美味呀！

春日江南，细雨沙沙。“青箬笠，绿蓑衣，斜风细雨不须归。”山水之间的农人们，戴着斗笠、披着蓑衣，在斜风细雨之中辛勤劳作。他们和青山、白鹭、红桃、烟雨，共同构成了一幅意境优美的水乡图景。

惠州一绝

宋　苏轼

罗浮山下四时春，
卢橘杨梅次第新。
日啖荔枝三百颗，
不辞长作岭南人。

注释

卢橘：一说为金橘，另一说为枇杷。
啖（dàn）：吃。

地理卡片 · 名山

岭南、惠州、罗浮山，它们之间是什么关系呢？

岭南，又叫岭表、岭外，指五岭以南地区，即今广东、广西、海南和港澳一带，属于亚热带、热带气候。南岭主要包括五岭，是中国南部最大的山脉和重要的自然地理分界线，长江、珠江的分水岭。南岭东西长约 600 千米，南北宽约 200 千米。一般海拔 1000 米。山中多低谷山口，有南北交通孔道。

惠州为古州名，地处岭南地区，大致范围为今天的广东省惠州市，是东江流域和粤东沿海地区水陆交通要冲和物资集散地。

罗浮山是岭南地区的一条山脉，在今广东省东江北岸，部分山脉位于惠州境内。主峰飞云顶，海拔 1281.2 米。罗浮山多瀑布、泉水，风景优美，为岭南四大名山（罗浮山、西樵山、鼎湖山、丹霞山）之一。

大诗兄说

在古代，岭南是“瘴疠之地”，人们认为此地天气湿热，充斥毒气，遍地虫蛇。岭南地区的经济社会文化发展，也落后于黄河、长江流域。因此，被贬谪至此的士人，无不感到失意和苦闷。

大约五十岁的时候，苏东坡又遭贬谪，而且是被贬到遥远的岭南惠州。在今天，惠州紧邻广州、深圳、香港等大都市，是经济热土、发达地区；而在当时，这里是不折不扣的落后地区。这种“生活的暴击”，足以将一般人彻底击垮。幸而，苏东坡放达人生，内心坚韧，非常善于自我解脱。

惠州罗浮山，简直就是一座“百宝山”。这首《惠州一绝》，通篇洋溢着乐观的“吃货精神”。“罗浮山下四时春，卢橘杨梅次第新。”南国四季如春，长年无冬，这里树木常绿，水果常熟。大自然的恩赐如此，“此心安处是吾乡”，又有什么不满足？

“日啖荔枝三百颗，不辞长作岭南人。”荔枝果肉鲜嫩、滋味甜美，它主要生长在岭南地区，在古代相当珍贵难得。杨贵妃吃荔枝，是让别人快马加鞭送“生鲜特快”；苏东坡吃荔枝，则是亲自到岭南走一遭。口腹之欲面前，是穷奢极欲还是随遇而安？不同的选择，终究导致人生际遇的不同。

事实上，苏东坡以前就曾多次在诗文中表达对荔枝的喜爱之情，这份欣悦自然真实。更为重要的是，东坡先生以自己超然达观的人生态度，将世事的不如意，化作了对苦难的嘲讽，对生活的热爱。

苏东坡与南国风物颇为有缘。在惠州生活了几年后，他又被贬到海南岛上的儋州。在更为偏远的热带海岛上，他也许又见识了椰子、香蕉、杧果、释迦果、波罗蜜，又增加了作为“资深吃货”的各种“经验值”……

读行与思考

1. 本章中提到了很多伟大的诗人，请你任选一位诗人，讲一则发生在这位诗人身上的轶事或历史典故。

2. 任选本章中未提及的中国名山，查找是否有相关的古诗词。

第六章　名城

自有人类社会以来，由于政治、军事、经济、社会、文化活动的需要，人们集聚在一起，城市便产生了。

“城市”是“城”，城墙把人们圈成一个共同体，城门吐纳着人流、物流与信息流；“城市”是“市”，坊市相连，瓦肆林立，舟车不绝，丝竹入耳，日升日落，人间烟火。

源远流长的中华文明孕育了众多具有深厚文化底蕴的历史名城。它们或占尽天时、地利与人和，是强盛王朝的治理中枢；它们或地处天府之地、交通要衢，千百年来繁盛不衰。每座城市都有它的个性：长安的大气庄严，洛阳的雍容华贵，成都的春夜喜雨，扬州的烟花三月，北京南京的帝王之气，苏州杭州的天堂景象……它们的独特气质，透过唐诗宋词，穿越千年呈现在我们面前。

早春呈水部张十八员外

唐　韩愈

天街小雨润如酥，
草色遥看近却无。
最是一年春好处，
绝胜烟柳满皇都。

注释

呈：恭敬地送给。
水部张十八员外：张籍，唐代诗人。在同族兄弟中排行第十八，曾任水部员外郎。
天街：京城长安的街道。
酥：动物的油脂，这里形容春雨相当滋润。
最是：正是。
绝胜：远远胜过。

地理卡片　名城

“天街”与“皇都”，你知道这里指的是哪一座城市吗？

这首诗描写的，是唐朝都城长安。长安是今天的西安，位于关中平原中部，北临渭水，南靠秦岭。有3100多年的建城史。西安是陕西省省会，我国西部重要的中心城市，交通枢纽城市。西安属温带季风气候，冷暖干湿，四季分明。西安附近的河流绝大多数属于渭河水系。渭河横贯西安市境，是黄河最大的支流。

长安是中国历史上建都朝代最多、历时最久的城市。从奴隶制鼎盛的西周，到封建社会达到巅峰时期的唐王朝，先后有西周、西汉、隋、唐等十三朝定都于此，有着1200多年的建都史。自西汉起，长安就成为中国与世界各国进行经济、文化交流和友好往来的重要城市，古“丝绸之路”即以长安为起点。

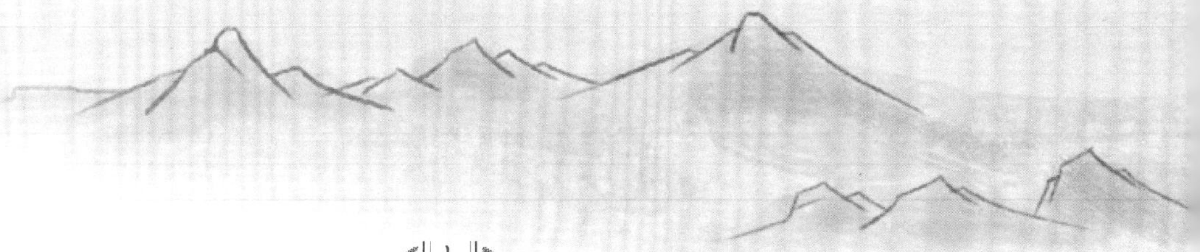

大诗兄说

长安是一座伟大的城市。周、汉、隋、唐，这些中国历史上最具影响力、最具进取心的朝代，无不与长安休戚与共。一座长安城，半部中国史。

大约三千年前，周部族逐渐兴盛。周文王、周武王先后修筑丰京、镐京，这是长安作为都城的起点。西汉初年，开国皇帝刘邦将此地命名长安，并定都于此。长安，取长治久安之意。汉人在长安修筑宏伟的长乐宫、未央宫，这是泱泱帝国的象征。

到了隋唐时期，长安既是帝国都城，也是国际都市。大明宫庄严壮丽，朱雀大街纵贯南北，十二座城门高大坚固，百余街坊整齐划一，东市、西市商贾穿梭，曲江池游人如织。唐太宗、唐玄奘，李白、杜甫，唐明皇、杨贵妃，历史与传奇在这里不断上演。

“天街”与“皇都”，无不述说着长安城的庄严。大唐长安的四季，都有着绝好的风景。而身在帝都的大诗人韩愈，捕捉到了早春长安的妙不可言：“天街小雨润如酥，草色遥看近却无。”早春时节，朱雀大街宽阔但并不单调，壮观而又充满生机。

此时，来自遥远北方的干冷空气不再肆虐。来自海上的温和水汽开始登陆，它们吹过长江和淮河两岸，翻越秦岭；它们拂过名城杭州、苏州、扬州、洛阳，进入渭河河谷、关中平原，吹进长安城门与宫门。宫墙柳发出米粒般的嫩芽，桃李花暗暗绽出花骨朵。

每年的这个时候，是农作物最渴望雨水的时候，如丝的春雨总是如期而至。春雨贵如油，经过秋冬季节的干渴，大地正需要雨水来滋润。风调雨顺又一年，一年之计在于春。

早春的长安，草色是含蓄的，杨柳是刚刚发出新芽的，春的意境，恰在这若有似无之中。“最是一年春好处，绝胜烟柳满皇都。”这样万象更新的生机，蕴含着无限希望与想象，比起满城烟柳的暮春时节，不知要美妙多少倍。

子夜吴歌（其三）

唐　李白

长安一片月，万户捣衣声。
秋风吹不尽，总是玉关情。
何日平胡虏，良人罢远征。

注释

捣衣：把衣料放在石砧上用棒槌捶击，使衣料绵软以便裁缝；再将洗过头次的脏衣放在石板上捶击，去浑水，再清洗。

玉关：玉门关，故址在今甘肃省酒泉市敦煌市，此处代指良人戍边之地。

胡虏（lǔ）：侵扰边境的敌人。

良人：古时妇女对丈夫的称呼。

地理卡片

长安是一座闻名世界的古都，你知道长安有哪些名胜古迹吗？

长安（今西安市）的名胜古迹很多，主要有秦始皇陵及兵马俑坑、大雁塔、碑林博物馆、钟楼、鼓楼、半坡遗址、华清池等。

秦始皇陵位于西安市临潼区骊山北麓，系秦始皇嬴政的陵墓。现在发掘的3个兵马俑坑内，埋葬着大量陶制彩绘兵马俑和各种兵器。随着发掘工作的持续，出土文物已达数万件。

大雁塔位于今西安市雁塔路南端慈恩寺内。唐永徽三年（公元652年），玄奘为贮藏从印度带回的经像而建。现塔高64.7米，为正方形阁楼式砖塔。唐代诗人杜甫、岑参、高适、白居易等都曾登塔，并留下脍炙人口的诗篇。

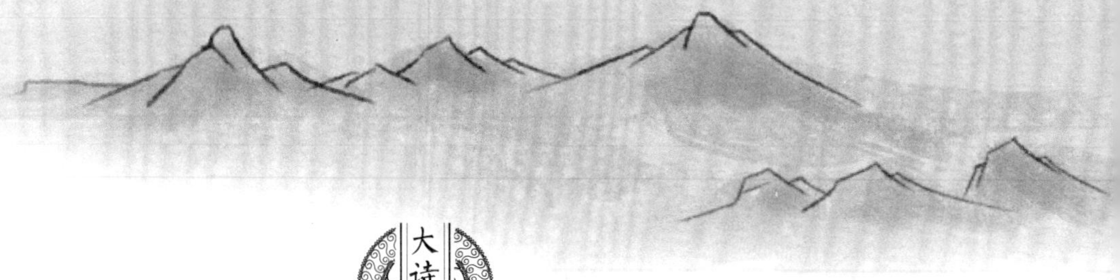

大诗兄说

李白在长安生活过。他曾在宫中侍奉唐玄宗和杨贵妃，写过“云想衣裳花想容，春风拂槛露华浓”（《清平调·其一》）这样的奉制之作，也有过“天子呼来不上船，自称臣是酒中仙”（杜甫《饮中八仙歌》）这样的张狂不羁。李白不仅熟悉长安的宫廷，也熟悉长安的市井。他用这首《子夜吴歌》，向人们讲述长安城里“老百姓自己的故事”。

深秋长安，明月当空。朱雀大街上，巡更士兵的影子拖得长长的，此外空无一人。唐时长安城内有一百多个坊以及东市、西市，夜晚宵禁之后人们不能随意出入市坊。

月光照在高楼上，映在梳妆台的铜镜里。高楼闺阁中，无人对镜。终日忙里忙外、操持家务的主妇们，蹲在坊内水渠边的青石板上，漂洗衣服；洗完衣服，用大棒槌用力地捶捣，乒乒乓、乒乒乓……她们将衣服顺着流水漂洗干净。

自古以来，八水绕长安。渭、泾、沣、涝、潏、滈、浐、灞八条河在长安城周围穿流，这座城池的设计者和建造者很会规划，他们在城里城外开挖了纵横联结的五条沟渠，形成“八水五渠”，连同城内的曲江池等池沼湖泊，共同构成了长安城完善的水系系统。满足长安城内人们的生活用水、防洪排涝、漕运、观景等需要。

长安城的夜更加深沉。万籁俱寂，只有四处街坊传来此起彼伏的捣衣声。月色凉如水，水色凉如月。阵阵秋风吹来，长安捣衣的征妇思念起戍守河西走廊、玉门雄关和西域大漠的夫君。那些地方有多远？她们或许没有概念。但是，今晚的月光，应该也洒在他的身上吧？长相思，在长安；长相思，摧心肝。

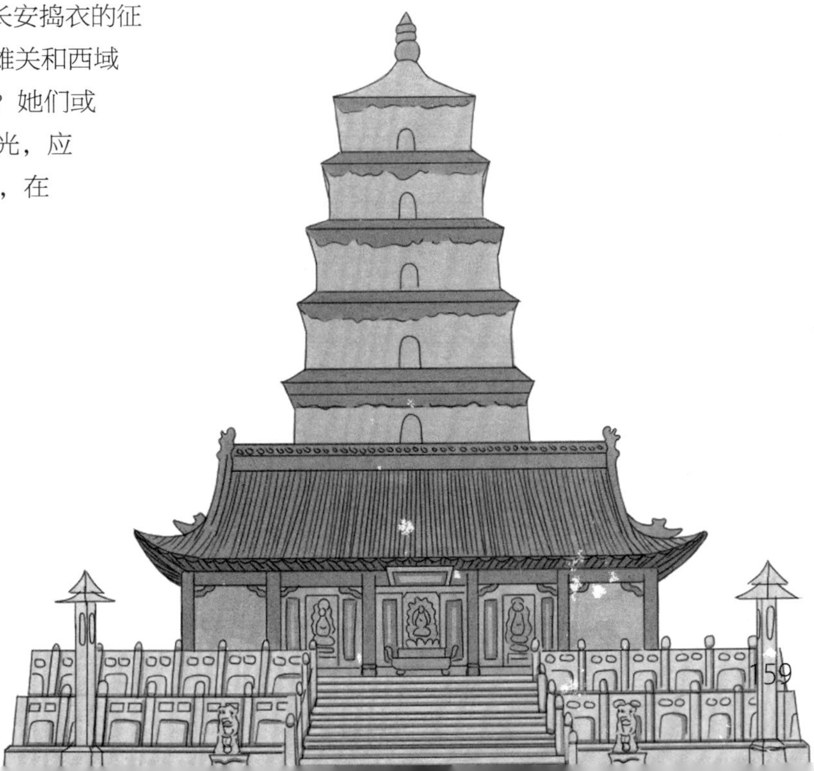

正月十五夜

唐　苏味道

火树银花合，星桥铁锁开。
暗尘随马去，明月逐人来。
游伎皆秾李，行歌尽落梅。
金吾不禁夜，玉漏莫相催。

注释

游伎（jì）：歌女、舞女。
秾（nóng）李：打扮得艳若桃李。
落梅：曲调名。
金吾：此处指金吾卫，掌管京城戒备，禁人夜行的官名。
玉漏：古代用玉做的计时器皿，即滴漏。

地理卡片

名城

“火树银花合，星桥铁锁开。”这座叫作星桥的桥梁，位于哪座城市呢？位于古都洛阳。

洛阳，即今河南省洛阳市，因地处洛河之阳而得名，是国家历史文化名城和著名古都。洛阳地处中原，山川纵横，西依秦岭，东临嵩岳，北靠太行且有黄河之险，南望伏牛，河渠密布。洛阳市现为中部地区重要的工业城市。

洛阳是华夏文明的重要发祥地。以“河图洛书”为代表的河洛文化是海内外炎黄子孙的祖根文源。历史上先后有东周、东汉、曹魏、西晋等王朝在洛阳建都，隋炀帝、武则天也以洛阳为都。

诗中提到的“星桥”又名星津桥，洛水经唐朝东都洛阳皇城端门外分为三道，上面各有一座桥，南为星津桥，中为天津桥，北为黄道桥。

诗人卡片

姓　名：苏味道
生卒年：648—705 年
字　号：字守真
代表作：
《正月十五夜》《咏虹》等
主要成就：
唐代政治家、诗人，文章四友之一（苏味道与杜审言、崔融、李峤并称为文章四友）

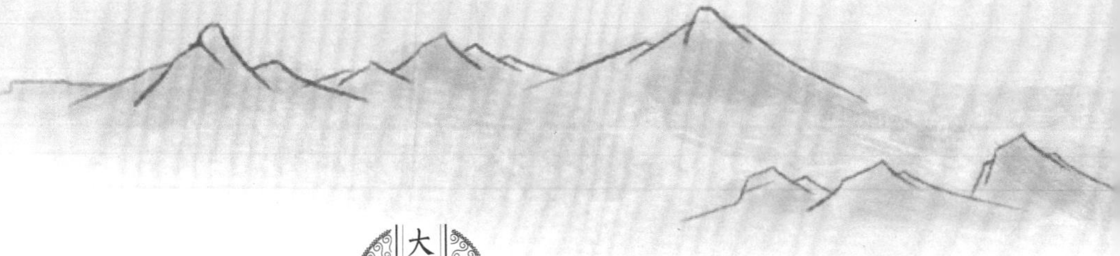

大诗兄说

洛阳地处中原，它的“资历”十分古老。上古时期“河图洛书”的传说，就发生在洛阳一带。华夏文明早期文字记载中的“中国”，并不指整个国家，而指以洛阳为中心的一片区域。在历史的长河中，“中国”的范围不断发展扩大，中华文明开枝散叶。

洛阳与长安，堪称一对“双子星座”。早在西周时期，就有宗周镐京、成周洛邑；在强盛的汉唐时期，西京长安、东都洛阳，是人们无比仰慕的天朝上都。长安地处关中，胜在雄关坚城、易守难攻；洛阳地处中原，胜在天下之中、四通八达。

盛唐时期的洛阳，不仅居于天下之中，还是大运河的转运中枢。它有着宏伟的皇城和宫城，上阳宫名扬天下；横跨洛河两岸，星津桥、天津桥等桥梁沟通南北；广聚天下赀财，回洛仓、含嘉仓等粮仓规模巨大。

苏味道是武则天时期的高官。女皇武则天钟爱洛阳，把这里定为武周的首都，号称“神都”。那个时候城市实施宵禁，一年中唯有正月十五等几个节日解禁。“金吾不禁夜，玉漏莫相催。”“金吾”指的是京城里的禁卫军，“玉漏”则是古代记录时辰的工具。元宵节这天，夜间不戒严，所以彻夜灯火辉煌。

“火树银花合，星桥铁锁开。”正月十五上元夜，人们出门赏灯游玩，尽情狂欢。洛河上的数座大桥，平时一到晚上就是“铁将军”把门，此时门禁大开，桥上的人们摩肩接踵、欢乐异常。城中最为繁华的是星津桥一带，洛河两岸到处张灯结彩，绚烂的烟火升上天空，果然是“火树银花”不夜城。

彩灯、烟花与明月，令洛阳城如同白昼，五光十色映照在洛河的粼粼波光里，远远望去，竟如天上的星桥银河。“游伎皆秾李，行歌尽落梅。”歌伎盛装出行、边走边唱，成为元宵夜又一道亮丽的风景；路上游人停步定睛、侧耳倾听。歌伎们唱的是什么？她们唱的是《落梅》，也就是乐府曲调《梅花落》。悦耳动听的歌声与光彩夺目的灯影交相辉映，映衬出东都洛阳热闹繁华的景象。

春夜洛城闻笛

唐　李白

谁家玉笛暗飞声，
散入春风满洛城。
此夜曲中闻折柳，
何人不起故园情。

注释

折柳：即《折杨柳》笛曲，乐府“鼓角横吹曲”调名，内容多写离情别绪。

地理卡片　名城

作为国家历史文化名城、著名古都，洛阳有哪些名胜古迹呢?

洛阳名胜古迹众多，各朝代的故城遗址和龙门石窟、白马寺、关林、古墓博物馆等闻名中外。

龙门又称伊阙，地处洛阳南郊。这里两山对峙，伊水中流，佛光山色，风景秀丽。龙门石窟始凿于北魏孝文帝迁都洛阳（公元 494 年）前后，之后历经多个朝代的营造，形成了南北长达 1 千米、具有 2345 个窟龛、10 万余尊造像、2860 余块碑刻题记的石窟遗存。

白马寺位于今洛阳市以东 12 千米，洛龙区白马寺镇内。相传创建于东汉永平十一年（公元 68 年），是佛教传入中原后兴建的第一座官办寺院，有中国佛教的“祖庭”和“释源”之称。白马寺现存古迹主要为元、明、清时所留。

大诗兄说

洛城，不是今天的美国洛杉矶，而是千年前的大唐洛阳城。洛城里的生活，是丰富多彩的，从白天到黑夜，车水马龙，歌舞管吹，宴饮交游，几无尽时。喜欢热闹的李白，自然不会缺席这样的场合。

春风沉醉的深夜，各大市坊已然宵禁，万籁俱寂。在旅馆中独自望月的李白，忽地听到不远处传来笛声，婉转悠扬、绕梁不绝；伴随笛声，有曲入耳，如泣如诉："上马不捉鞭，反拗杨柳枝。下马吹横笛，愁杀行客儿。"这是《折杨柳》，它本就是倾诉离别相思之苦的乐府民歌。

这吹笛的是谁？也许是来自波斯的胡儿。这唱曲的是谁？也许是来自扬州的女子。他们的故乡本不在此。听闻此声，潇洒如李白，也不禁"低头思故乡"！他心中的故乡，又在哪里？是"明月出天山，苍茫云海间"的西域，还是"蜀道之难，难于上青天"的巴蜀？

不论古今中外，大都市总是令人向往。人们从四面八方来到这里，寻找实现梦想的机会，遇见志同道合的知己。而在都市喧闹的另一面，也总有人在黯然神伤。人们在奋斗中会遇到挫折，在奔忙中也会感到寂寞。漫漫长夜，思念亲人、思念故乡，洛阳的春夜里，李白与多少游子产生了情感的共鸣！

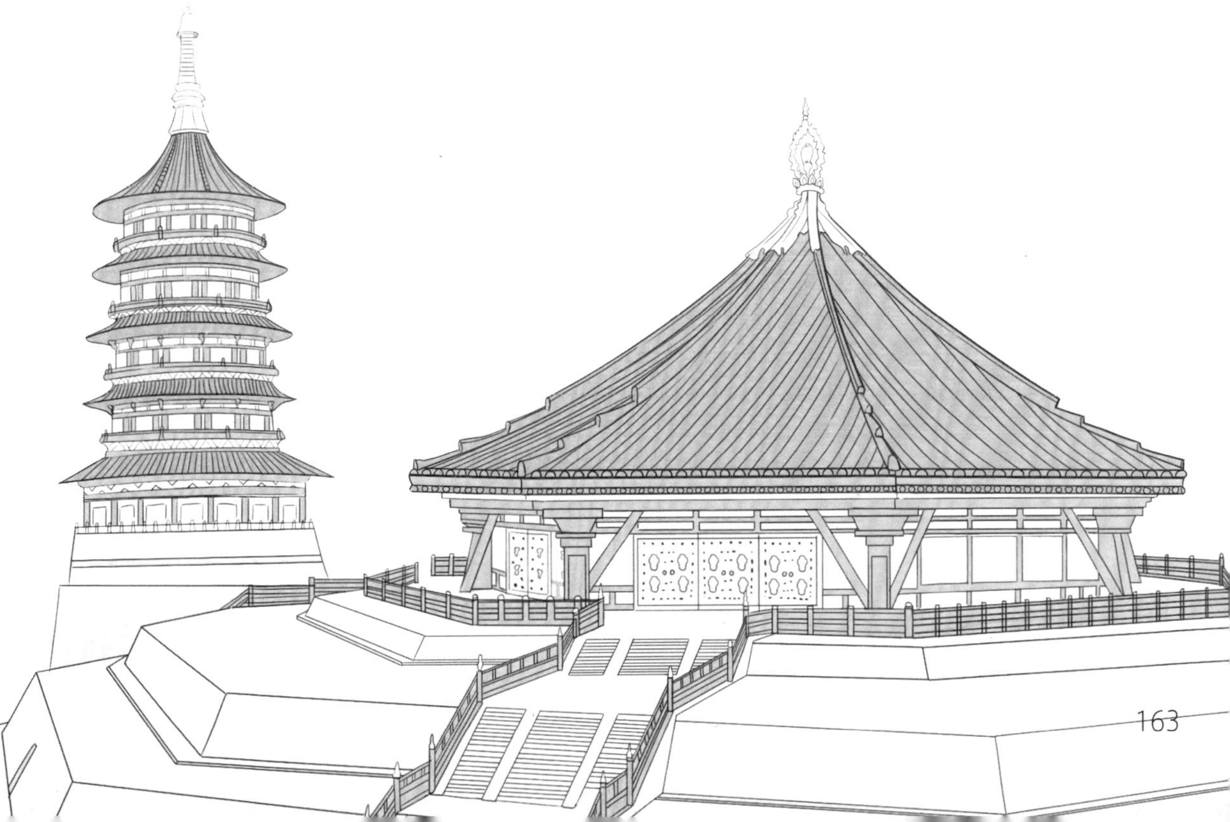

登幽州台歌

唐　陈子昂

前不见古人，
后不见来者。
念天地之悠悠，
独怆然而涕下。

注释

怆（chuàng）然：悲伤凄恻的样子。

涕：眼泪。

地理卡片　名城

陈子昂登幽州台而歌。幽州在什么地方？今天它又叫什么名字？

唐幽州的治所，就在今天的北京市。北京是中华人民共和国的首都，全国的政治中心、文化中心、国际交往中心和科技创新中心，世界著名古都和现代化国际城市。北京西部、北部和东北部三面环山，东南部是一片缓缓向渤海倾斜的平原。永定河、潮白河等河流由西北部山地发源，向东南蜿蜒流经平原地区，最后分别汇入渤海。北京的气候为典型的暖温带半湿润季风气候，夏季高温多雨，冬季寒冷干燥，四季分明。

北京最初见于记载的名称是“蓟”。蓟是周初分封的诸侯国之一，蓟城建在永定河北岸一块黄土台地上，又称“蓟丘”（位于今北京西客站东南）。后来，蓟城成为燕国国都。因此，燕、蓟成为北京古地名的代称。秦时，今北京为广阳、渔阳、上谷等郡地，汉属幽州刺史部，唐属幽州。辽时为陪都，称燕京、南京。金时称中都，元时称大都，明、清时称京师，均为都城。民国初亦建都于此。自金代的公元1153年起，北京建都历史已近900年。

诗人卡片

姓　名：陈子昂

生卒年：659—700年

字　号：字伯玉，因曾任右拾遗，后世称陈拾遗

代表作：

《登幽州台歌》《登泽州城北楼宴》《感遇诗》三十八首等

主要成就：

唐代文学家、诗人，唐代诗文革新运动的先驱者

大诗兄说

幽州就是今天的北京，这个地方最早称蓟。战国时期，蓟为燕国都城。燕国实力较弱，长期受齐国压制。燕昭王即位后，谋士郭隗给他讲了一个“千金买马骨”的故事。受此启发，燕昭王筑高台邀请天下贤士，重用乐毅等名将，一度攻伐齐国七十余城。这座高台，称“幽州台”“燕台”，又称“黄金台”“金台”。幽州台的故址已不可考，一说位于今北京市朝阳区，也有说位于临近北京的今河北省定兴县。

秦汉隋唐等大一统王朝时期的燕国故地，名为幽州。这里始终是重要的北方边塞，筑有坚固的营垒，朝廷派驻重兵把守。唐武则天时期，诗人陈子昂作为军中幕僚，随武则天侄子武攸宜出征，到幽州一带出击契丹。天寒地冻的一天，陈子昂登临当年燕昭王登台拜将的幽州台，无限的历史沧桑感涌上心头，写下这首千古绝唱——《登幽州台歌》，寄托对于“明主”励精图治、任人唯贤的期盼。

从燕昭王到陈子昂，历史过去了将近一千年。也许，此时的幽州台只剩下断壁残垣，蓟草丛生。天地悠悠，真如白驹过隙！物是人非，只能凭空想象当年群情激昂的盛况。但是，天地日月见证，这里曾经发生过令人感喟的一幕。雨雪霏霏，陈子昂独自一人，慷慨悲歌，潸然泪下。但他的悲怆并不消沉，而是积极并充满豪气的。这首《登幽州台歌》，是上承“汉魏风骨”的唐代诗歌先驱之作。

陈子昂的诗风骨峥嵘、苍劲有力；幽州台幽远寂寥、沧桑厚重。这首诗之所以流传千古而不衰，是因为它源自诗人的现实生活，但又远远超越了个体的感伤情绪，因而能够引起千载之下人们的普遍共鸣。

名城

望蓟门

唐 祖咏

燕台一望客心惊，
笳鼓喧喧汉将营。
万里寒光生积雪，
三边曙色动危旌。
沙场烽火连胡月，
海畔云山拥蓟城。
少小虽非投笔吏，
论功还欲请长缨。

注释

蓟门：在今北京市西南，是唐朝屯驻重兵之地。蓟，幽州的旧名、别称。

燕台：即战国时期燕昭王所筑的幽州台。

笳（jiā）：又称胡笳，古代一种来自少数民族的管乐器，此处代指号角。

三边：古称幽州（今北京市、河北省北部一带）、并州（今山西省北部一带）、凉州（今甘肃省河西走廊一带）为三边。这里泛指北方边塞地带。

危旌（jīng）：高扬的旗帜。危，高耸；旌，旗帜。

投笔吏：东汉班超投笔从戎的典故。班超曾为官府抄书谋生，曾投笔叹曰：“大丈夫无它志略，犹当效傅介子、张骞立功异域，以取封侯，安能久事笔砚间乎？”后从军在西域建功。

请长缨：汉人终军曾自向汉武帝请求：“愿受长缨，必羁南越王而致之阙下。”后被南越相所杀，年仅二十余。缨，绳子。

地理卡片 名城

北京（幽州）是一座历史文化名城。除了诗中提到的蓟门、燕台等地，这里还有哪些名胜古迹呢？

北京的名胜古迹众多，故宫、长城、天坛、十三陵、颐和园等，都是世人向往的旅游胜地。故宫又称紫禁城，是明清时期的皇家宫殿建筑群。紫禁城南北长961米，东西宽753米，四面围有高10米的城墙，城外有宽52米的护城河，有四座城门，城墙四角各有一座角楼。紫禁城内的建筑分为外朝和内廷两部分。外朝的中心为太和殿、中和殿、保和殿，统称三大殿，是国家举行大典礼的地方。内廷的中心是乾清宫、交泰殿、坤宁宫，统称后三宫，是皇帝和皇后居住的正宫。其后为御花园。

北京长城是万里长城的一部分，以明长城为主，蜿蜒于北方的崇山峻岭之中，城墙高大坚固，烽火台绵延不断，在古代是重要的防御工事。北京八达岭、慕田峪、司马台等处的长城闻名中外。

大诗兄说

陈子昂登临幽州台几十年后，又一位诗人游历幽州。他叫祖咏，就是在长安写出《终南望馀雪》的那位。此时的唐王朝，已经进入十分强盛的“开元盛世”。此时的唐人，行走四方是一种时尚。年轻的祖咏来到北方边塞重地幽州，立即被它的气势所震撼。

“燕台一望客心惊，笳鼓喧喧汉将营。”燕昭王所筑的幽州台虽然已经颓败，但是精气神依然冲贯天地之间；胡笳声声、战鼓隆隆，汉家营垒真个是固若金汤。

“万里寒光生积雪”“沙场烽火连胡月”，这些诗句，无不说明幽州一带的自然气候很不舒适，北境之地，冬日严寒。对此，李白也曾说过：“燕山雪花大如席，片片吹落轩辕台！”

条件这么艰苦，为什么还要坚守？秘密就在于“海畔云山拥蓟城”——这是一座兼具山海形胜的城池，战略地位极其重要。从地缘战略看，幽州地处华北大平原北缘、燕山脚下，向南可一马平川直抵中原，后来安禄山正是在这里发动叛乱，一路南下攻取洛阳、长安；向正北方越过燕山，就是游牧民族的草原和戈壁，很多朝代在此修筑长城正是为了防御北方的劲敌；而往东北方向进发，沿着辽西走廊行进，可直通辽海和渤海（今中国东北地区）。以一城之地，辖控中原、北方和东北三方，这个地方蕴含着帝王之气。

蓟门之下，所见所闻如此，书生祖咏心生万丈豪气。想到投笔从戎的班超，想到请长缨的少年英雄终军，祖咏也盼望跟他们一样建功立业、名垂千古！

名城

金陵五题·乌衣巷

唐 刘禹锡

朱雀桥边野草花，
乌衣巷口夕阳斜。
旧时王谢堂前燕，
飞入寻常百姓家。

注释

王谢：以王导、谢安为代表的六朝时期世家大族，贤才众多。

地理卡片

名城

“朱雀桥边野草花，乌衣巷口夕阳斜。”朱雀桥和乌衣巷在什么地方？

它们都位于古都金陵，即今江苏省南京市。南京位于长江下游，地处宁镇扬丘陵地区，低山缓岗、龙盘虎踞，万里长江在城北流过。今南京市是江苏省省会，中国东部地区重要的中心城市、全国重要的科研教育基地和综合交通枢纽。

南京是一座历史文化名城，三国吴，东晋，南朝宋、齐、梁、陈（以上称六朝），五代南唐，明等王朝曾建都于此。南京的旧称、别称之多，堪称独树一帜。战国时期楚国在此置金陵邑，故称金陵；秦称秣陵；三国时期吴国在此建都，故称建业；晋称建业、建康；唐称江宁；元称集庆；明称应天府、南京；清称江宁府。

乌衣巷和朱雀桥，都是南京城内的六朝古迹。乌衣巷是三国时期东吴的禁军驻地，当时禁军身着黑色军服，所以此地俗称乌衣巷。朱雀桥因面对六朝都城正南门朱雀门而得名，六朝时期是世家大族聚居的地方，乌衣巷在朱雀桥旁边。

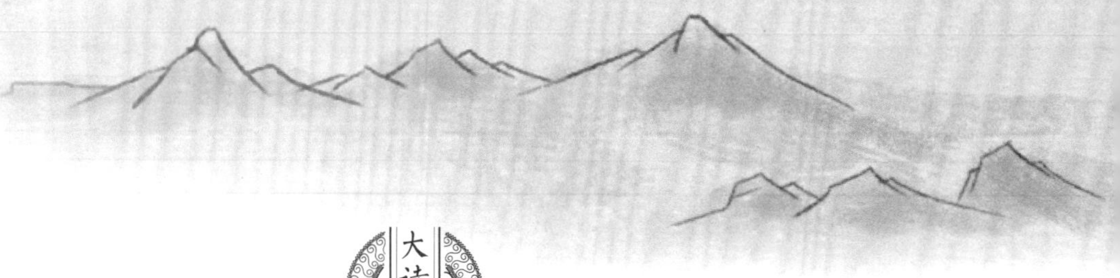

大诗兄说

在唐朝人眼中，金陵是故都。因为，隋唐之前的六朝都以金陵为都城。六朝时期，从中原南下和定居江南的士人们，留下了绚丽华彩的六朝文脉。南朝诗人谢朓曾在《入朝曲》中如此描述金陵：“江南佳丽地，金陵帝王州。”佳丽地和帝王州，看似“违和”，在金陵却实现了奇妙的统一。

六朝都是偏安东南的王朝，江南佳丽地，容易消磨人们的斗志。在历史上，六朝的命运，不是被内部权臣武将篡权夺位，就是被北方强敌灭国。后人来到金陵，总要凭吊古迹，抒发怀古幽情。这其中，刘禹锡的一组《金陵五题》流传甚广。这首《乌衣巷》就是《金陵五题》中的一首。

朱雀桥、乌衣巷一带，是六朝时期王公大臣、士族高门的聚居地。六朝士族中，最为显赫的是王家和谢家。

王家中，王导是东晋开国丞相，皇帝司马睿曾请他一起共坐龙椅；王家还曾出过著名书法家王羲之、王献之父子。谢家中，丞相谢安和弟弟谢石、侄子谢玄一起，前后方联动打赢了淝水之战；著名诗人谢灵运、谢朓，也是谢家人。王谢两家之间也有着千丝万缕的关系。比如，把雪花比作柳絮的才女谢道韫，是谢安的侄女、王羲之的儿媳妇。

王家与谢家，曾经如此位高权重、人才辈出。那个时候的金陵城，也一定很热闹、很有趣。然而，六朝如梦，烟消云散。几百年后的大唐，安静下来的金陵，朱雀桥边，野草丛生；乌衣巷口，夕阳西下；王家谢家，无处可寻；燕子飞来，寻常人家。所有这些，不禁令人感慨历史沧桑、世事无常！

金陵图

唐　韦庄

谁谓伤心画不成，
画人心逐世人情。
君看六幅南朝事，
老木寒云满故城。

注释

逐：随，跟随。

地理卡片　名城

“老木寒云满故城”，作为历史文化名城，南京（金陵）除了老木寒云，还有哪些名胜古迹呢？

南京的名胜古迹众多，遍布城内城外，钟山地区、秦淮河沿线、玄武湖、雨花台等处尤为集中。

钟山又称紫金山，位于南京城东，山、水、城、林浑然一体，自然景观丰富优美，文化底蕴博大深厚。其中，东吴开国皇帝孙权下葬于钟山南麓，即今梅花山。明孝陵坐落在钟山南麓独龙阜玩珠峰下，是明朝开国皇帝朱元璋与皇后马氏的陵寝。中山陵位于钟山中茅峰南麓，是伟大的民主革命先行者孙中山先生的陵墓。

秦淮河是南京的“母亲河”，史称“十里秦淮”。秦淮河沿岸，有东晋豪门贵族王导、谢安故居，明代江南首富沈万三故居，明末清初传奇人物李香君故居，《儒林外史》作者吴敬梓故居，以及乌衣巷、桃叶渡、东水关、西水关、古长干里、凤凰台遗址等名胜。

诗人卡片

姓　名：韦庄
生卒年：836—910 年
字　号：字端己
代表作：
《秦妇吟》《菩萨蛮》五首等
主要成就：
晚唐诗人、词人，与温庭筠同为“花间派”代表作家，并称“温韦”

大诗兄说

唐朝末年，曾有画师画了一组六幅《金陵图》，描摹六朝往事。画家是什么人，已不可考。比韦庄略早些的诗人高蟾看过这组画后，有感而发，写下了一首《金陵晚望》:“曾伴浮云归晚翠，犹陪落日泛秋声。世间无限丹青手，一片伤心画不成。”他认为，再高明的画手，也画不出金陵旧梦的意境。

高蟾的观点，韦庄并不同意，他在《金陵图》中写道:“谁谓伤心画不成，画人心逐世人情。”韦庄认为，只要画师不随波逐流，遵从内心的召唤，他一定能通过画作表达出心境。

为了阐明自己的主张，韦庄还将画中的意境用诗句“二次创作”了出来:“君看六幅南朝事，老木寒云满故城。”事实上，从六朝到唐朝，从唐朝再到今天，人们在金陵城内城外，总是可以看到老木、寒云营造的故城秋冬。

故城有老木。它们是六朝帝王的陵台古柏，是琅琊郡王手植的梧桐，是玄武湖边黄叶落尽的台城柳，是有着黑铁般枝干的古槐老榆。枫树、栾树、乌桕的红黄色树叶，只剩下孤零零的几片，在风中瑟瑟发抖，似乎随时都要飘落。几只老鸦站在老木枝头，冷不丁“哇哇”叫上几声，令人备感萧瑟。

故城有寒云。一片彤云，笼罩在青灰色的城墙之上，湿冷、压抑。天空不时飘荡下雨丝，偶尔有些雪粒，但往往是引而不发。某个深夜，很大很密的雪花从天而降，秦淮河不再桨声灯影，紫金山一夜白头。雪花落入城外的大江江面，消逝在无尽的滚滚波浪中。

名城

枫桥夜泊

唐　张继

月落乌啼霜满天，
江枫渔火对愁眠。
姑苏城外寒山寺，
夜半钟声到客船。

注释

乌啼：一说为乌鸦啼鸣，一说为乌啼镇。

地理卡片　名城

姑苏、枫桥、寒山寺，它们在什么地方，又有什么关联?

姑苏就是今江苏省苏州市。苏州位于长江三角洲中部、江苏省东南部，东傍上海，南接浙江，西抱太湖，北依长江。全市地势低平，境内河流纵横，湖泊众多，太湖水面绝大部分在苏州境内，是著名的江南水乡。苏州属亚热带季风气候，四季分明，气候温和，雨量充沛，土地肥沃，物产丰富，自然条件优越。苏州自古经济发达，文化兴盛。

苏州是一座古城，已有2500多年建城史。春秋时期，吴王阖闾始建苏州城，为吴国都城。苏州又称吴郡、吴州。隋朝改吴州为苏州。

枫桥和寒山寺，都位于苏州。枫桥在今苏州市阊门外。寒山寺在枫桥附近，始建于南朝梁代。相传因唐代僧人寒山、拾得曾住此而得名，又名枫桥寺。

诗人卡片

姓　名：张继
生卒年：不详
字　号：字懿孙
代表作：《枫桥夜泊》
主要成就：唐代诗人

大诗兄说

在中国文学史上，描写苏州的诗歌很多，张继的这首《枫桥夜泊》是其中最著名的诗作之一；而张继的名字之所以传世，也主要因为这首《枫桥夜泊》。这首诗写出了苏州最为精髓的本质——水城。

苏州因水而生。在上古年代，苏州所处的太湖流域一带，还是一片滨海沼泽湿地，人类难以生存。商朝晚期，千里之外的关中平原有一个周部族，周太王有三个儿子——太伯、仲雍和季历。传说，太伯和仲雍为了给弟弟季历让贤，主动跑到当时偏僻落后的江南，建立吴国。后来，吴王夫差修建的都城就在苏州。春秋时期，这里上演过吴越争霸的一出出精彩大戏，吴王夫差、越王勾践、大夫伍子胥等人的故事跌宕起伏。

从商周到隋唐，太湖流域经过人们的不断整饬，从经济文化落后地区逐渐成为富庶的鱼米之乡。苏州，因为地处太湖流域核心位置，并有大运河穿城而过，交通便利，经济发达，文化昌盛，成为吴地的中心城市。苏州是水城，“夜半钟声到客船”，这样的场景几乎每个夜晚都在上演。

一个深秋的夜晚，诗人张继坐船来到姑苏城外，泊于枫桥之下、寒山寺旁。在古代，人们出远门大多靠行船。旅途是漫长的，船只既是交通工具，也是流动的居所。在船上过夜是常有的事，而夜航船是有诗意的。然而，诗人张继却在“对愁眠”。旅途孤独、寂寞，诗人借景抒情，表达自己凄清孤寂又难以言传的感受。江上点点渔火，也不能带给诗人温暖的诗意。

恍惚之间，寒山寺夜半钟声，仿佛当头棒喝，打破了夜的静谧。诗人本就因愁而无眠，此时更不免郁结难抒；夜宿江枫的乌鸦，也被这钟声震醒，纷纷飞起。肃肃霜天，这姑苏秋江月夜的美景，与诗人的羁旅之思、家国之愁就这样融合在了一起。

送人游吴

唐 杜荀鹤

君到姑苏见，人家尽枕河。
古宫闲地少，水港小桥多。
夜市卖菱藕，春船载绮罗。
遥知未眠月，乡思在渔歌。

注释

枕河：临河。枕：临近。
古宫：即古都，此处指代苏州。苏州曾为古代吴国都城。
绮（qǐ）罗：指华贵的丝织品或丝绸衣服。

地理卡片

名城

这首诗中提到的“吴”“姑苏”，都是苏州的代称。作为历史文化名城，苏州有哪些名胜古迹呢？

苏州是一座精致的城市。苏州古城目前仍保持着发达的河道水系和小桥流水、粉墙黛瓦的独特风貌。苏州园林、虎丘、寒山寺、天平山及周边水乡古镇各具特色。

苏州园林是江南园林的代表。园林的建造者着力模仿营造山水之胜，追求自然曲折之趣。苏州现有保存完好的园林 60 余个。拙政园、留园、网师园、环秀山庄、沧浪亭、狮子林、艺圃、耦园、退思园等古典园林被联合国列入《世界文化遗产名录》。

虎丘山位于苏州古城西北，有云岩寺塔、剑池、千人石等景观。远古时代，虎丘曾是海中小岛，历经沧海桑田，成为孤立在平地上的山丘，因此又称海涌山。据传，吴王阖闾葬于此，葬后三日有“白虎蹲其上”，故名虎丘；又一说为“丘如蹲虎”，以形为名。虎丘山高仅 30 多米，却有“江左丘壑之表”的风范。虎丘山顶的云岩寺塔已有 1000 多年历史，是世界著名斜塔。

诗人卡片

姓　名：杜荀鹤
生卒年：约 846 年—约 907 年
字　号：字彦之，自号九华山人
代表作：
《春宫怨》《山中对雪有作》等
主要成就：
晚唐现实主义诗人

大诗兄说

苏州是人间天堂，天堂的“密码”是灵动的水。世界上历史最为悠久、文化最为发达的水城，应当首推苏州。这首五言律诗的八句中，有一半的篇幅在讲水、桥、河、船、渔歌。

“君到姑苏见，人家尽枕河。古宫闲地少，水港小桥多。”苏州的河港水道纵横交错，各种别致的桥梁飞架河道之上，粉墙黛瓦的民居依水而建。一个“枕”字，道尽姑苏人家对于水的亲近与依赖。有人坐着画舫，舫上载着精致的酒馔，丝竹歌吹不绝于耳。舟子摇橹，船儿在水中荡漾，穿过座座小桥。桥上的人观赏船来船往，船上的人观赏各式各样的虹桥、拱桥、石板桥，看风景的人都成了彼此眼中的风景。古往今来，苏州的生活就是如此充满闲情逸致。

苏州是春秋时期吴国故都。白居易在《忆江南》中提到苏州，曾说“江南忆，其次忆吴宫”。而这首诗中的“古宫闲地少”，也许是当时的房地产行情描述，它在不经意间透露出：唐朝时期的苏州已经是“一线城市”，地皮金贵，房屋价高，居大不易。

“夜市卖菱藕，春船载绮罗。”吃和穿，是人类最基本的需求，也是经济活动的重心。在苏州，你可以尽享水乡“地道风物”，稻米、鱼虾、菱角、鲜藕、茭白、鸡头（芡实），这里应有尽有。而作为中国丝织业的中心，苏州产的绫罗绸缎满载船只，经由大运河行销全国，再经由路上丝路和海上丝路行销世界。从隋唐时期起，苏州以及吴地的丝织业，已经繁荣了上千年。

这首《送人游吴》，不仅生动描绘出了苏州的城市面貌和水乡特色，还具有社会学和经济学上的独特价值，它告诉我们：优越的地理方位、丰富的物产资源、辛勤的生产劳动和活跃的商品经济，这才成就了作为人间天堂的苏州。

名城

钱塘湖春行

唐　白居易

孤山寺北贾亭西，
水面初平云脚低。
几处早莺争暖树，
谁家新燕啄春泥。
乱花渐欲迷人眼，
浅草才能没马蹄。
最爱湖东行不足，
绿杨阴里白沙堤。

注释

争暖树：争着飞到向阳的树枝上去。暖树：向阳的树。
新燕：刚从南方飞回来的燕子。
乱花：纷繁的花。
没（mò）：湮没，掩盖。
阴：同“荫”，指树荫。

地理卡片 · 名城

钱塘湖，就是历史文化名城杭州的标志性景观——西湖。西湖是怎么形成的？西湖白沙堤是白居易修建的吗？

西湖在汉时称明圣湖，唐时因在城西，始称西湖。西湖原是与杭州湾相通的浅海湾，后由泥沙淤塞，成为一个潟湖。湖周约 15 千米，面积 5.66 平方千米。环湖有南高峰、北高峰、玉皇山等。湖中有孤山、白堤、苏堤，以及小瀛洲、湖心亭、阮公墩三个小岛。湖光山色，风光绮丽。

诗中提到的孤山寺、贾亭和白沙堤，都是唐朝时期西湖一带的景致。其中，白沙堤又叫白堤。白居易到杭州任职时，白沙堤已经存在，它不是白居易主持修建的。白居易也在杭州修过堤，但不是西湖堤坝，而是钱塘江的一处堤坝。至于西湖苏堤，则确实是北宋时期苏轼主政杭州时修筑的。

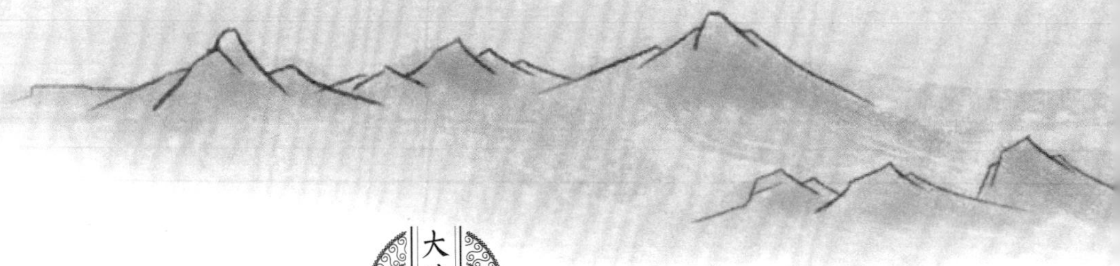

大诗兄说

上有天堂，下有苏杭。苏州、杭州地处江南，风景秀丽，文化繁荣，经济富庶。白居易十分幸运，因为他先后在杭州、苏州担任过刺史。他在任上时，流连美景不能自拔；晚年定居洛阳，还经常忆起在江南的生活，写下一组《忆江南》，第二首“最忆是杭州”，第三首“其次忆吴宫”，忆的就是杭州和苏州。

杭州如美人，西湖如同美人的眸子。这首《钱塘湖春行》，记述了刺史白居易的一次西湖踏青。

每年春暖花开，西湖总是很美。“孤山寺北贾亭西，水面初平云脚低。”孤山寺位于孤山之上，一座“断桥”将孤山与堤岸相连，这就是“孤山不孤，断桥不断”。贾亭，是唐人贾全任杭州刺史时所筑，此亭今已不存，但是花港观鱼、曲院风荷中那些玲珑精致的亭阁，就是它的重生。

“几处早莺争暖树，谁家新燕啄春泥。”钱塘湖畔，万物生长。交交黄鸟，鸣于翠柳，它们的小爪子攥住一根枝条，灵活地转动着脖子，用黑豆一样的眼睛观察春天。燕子是候鸟，它们从遥远的南方归来，燕燕于飞，差池其羽，于翱于翔，轻盈灵动。它们很快找到去年离去时的旧巢，衔起湖边的湿泥和草木，开始一年一度的翻新装修工作。

“乱花渐欲迷人眼，浅草才能没马蹄。”白沙堤上开满不知名的小花，茵茵浅草装点春日大地。马蹄染着芳草的清香，蜂蝶也追着马蹄打转。杨柳依依，春色迷人，真个是走不尽，看不厌！

千年以来，西湖总是诗人的天堂、诗意的源泉。白居易眼中的西湖，是“最爱湖东行不足，绿杨阴里白沙堤”；苏轼眼中的西湖，是“水光潋滟晴方好，山色空蒙雨亦奇”；杨万里眼中的西湖，是“接天莲叶无穷碧，映日荷花别样红”……

名城

望海潮

宋 柳永

东南形胜，三吴都会，钱塘自古繁华。
烟柳画桥，风帘翠幕，参差十万人家。
云树绕堤沙，怒涛卷霜雪，天堑无涯。
市列珠玑，户盈罗绮，竞豪奢。

重湖叠巘清嘉，有三秋桂子，十里荷花。
羌管弄晴，菱歌泛夜，嬉嬉钓叟莲娃。
千骑拥高牙，乘醉听箫鼓，吟赏烟霞。
异日图将好景，归去凤池夸。

注释

三吴：指吴兴（今浙江省湖州市）、吴郡（今江苏省苏州市）、会稽（今浙江省绍兴市）三郡，这里泛指江南吴地。

参差（cēn cī）：高低不齐的样子。

天堑（qiàn）：天然沟壑，人间险阻。这里借指钱塘江。

珠玑（jī）：珠是珍珠，玑是一种不圆的珠子。这里泛指珍贵的商品。

罗绮（qǐ）：各类丝织品。绮，有花纹或图案的丝织品。

叠巘（yǎn）：层层叠叠的山峦。巘：小山峰。

高牙：高高的官旗。牙，牙旗，高官或将军的旗帜，竿上以象牙装饰。

异日：他日，指日后。

图：描绘。

凤池：全称凤凰池，原指皇宫禁苑中的池沼。此处指朝廷。

地理卡片 名城

“东南形胜，三吴都会，钱塘自古繁华。”“钱塘”是东南地区的哪座城市呢？

钱塘就是今天的杭州。杭州地处长江三角洲南翼、杭州湾西端，京杭大运河、钱塘江穿城而过。杭州坐拥山水河湖，风光秀丽，号称“人间天堂”。杭州属亚热带季风性气候，四季分明，光照充足，雨量充沛，春秋较短，冬夏较长。杭州市现为浙江省省会，长三角地区重要的中心城市。

钱塘是杭州的别称。秦朝时设有钱唐县，隋朝时置杭州，唐朝以“唐”为国号，为避国号讳，改“钱唐”为“钱塘”。五代吴越、南宋均在杭州建都。自唐以来，杭州就是东南大州。杭州西部诸山旧称武林山，故杭州别称武林。

杭州的名胜古迹有西湖、灵隐寺、飞来峰、虎跑泉、六和塔等。

诗人卡片

姓　名：柳永

生卒年：987？—1053？

字　号：原名三变，字景庄，后改名柳永，字耆卿，因排行第七，又称柳七

代表作：

《雨霖铃·寒蝉凄切》《蝶恋花·伫倚危楼风细细》《望海潮·东南形胜》《鹤冲天·黄金榜上》等

主要成就：

北宋著名词人，婉约派代表人物

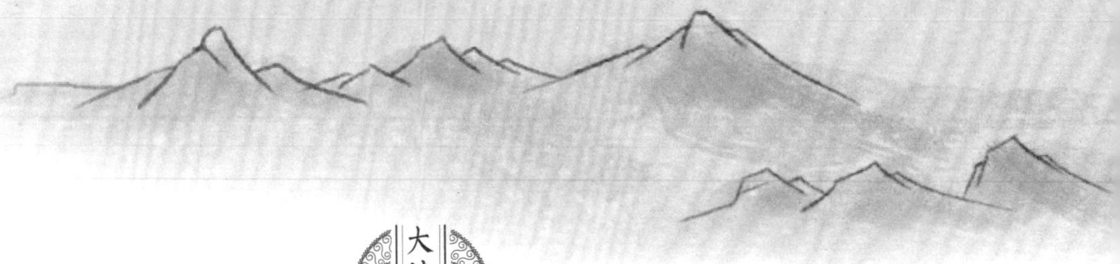

大诗兄说

据史料记载，柳永的这首《望海潮》，是为求见官员孙何而作。“东南形胜，三吴都会，钱塘自古繁华。”唐宋年间，杭州因为地处条件优越的杭州湾平原，又是大运河的南端起点，繁华日胜一日，成为东南第一大州，吴越地区的中心城市。

钱塘繁华，请看钱塘湖。“重湖叠巘清嘉，有三秋桂子，十里荷花。羌管弄晴，菱歌泛夜，嬉嬉钓叟莲娃。”唐宋时期，西湖已经被白沙堤（白堤）分隔为“重湖”，从而有里西湖、外西湖之分。后来苏轼主政杭州、疏浚西湖，淤泥堆出一道苏堤，西湖又被分隔出更多的水面。西湖的春夏秋冬，都有值得赏玩之处，秋日的桂子、夏日的荷花尤其惹人怜爱。西湖内外，游人如织；欢歌鼓乐，通宵达旦；黄发垂髫，怡然自乐。

钱塘繁华，请看钱塘江。“云树绕堤沙，怒涛卷霜雪，天堑无涯。”钱塘江是浙江的下游江段，钱塘潮自古闻名。白居易在《忆江南》中写过，“郡亭枕上看潮头”；潘阆在《酒泉子》中写道，“来疑沧海尽成空，万面鼓声中”；在柳永的眼中，钱塘潮涌来如霜如雪，钱塘江入海无际无涯。

钱塘繁华，请看钱塘人家。“烟柳画桥，风帘翠幕，参差十万人家。”据历史学者估算，北宋、南宋时期，杭州的人口至少有几十万，可能超过百万。供养百万人口，需要十分富庶的经济腹地，非常强劲的经济实力，还有相当先进的治理水平。“市列珠玑，户盈罗绮，竞豪奢。”肆间商品琳琅满目，令人目不暇接。“钱塘自古繁华”，这为今日杭州深厚的商业基因、发达的民营经济奠定了千年底蕴。

这首词作于北宋时期。一百多年后，杭州成为南宋都城，繁华程度更甚。据传，金主完颜亮读到词中“三秋桂子，十里荷花”之句，不禁起了投鞭渡江、鲸吞东南之意，发动了不得人心的南侵战争，最终归于失败。柳永如果地下有知，也许会感到无辜和无奈吧？

赠别（二首）

唐　杜牧

娉娉袅袅十三余，
豆蔻梢头二月初。
春风十里扬州路，
卷上珠帘总不如。

多情却似总无情，
唯觉樽前笑不成。
蜡烛有心还惜别，
替人垂泪到天明。

注释

娉（pīng）娉袅（niǎo）袅：形容女子体态轻盈美好。
十三余：十三四岁。
豆蔻：一种开花植物，常用来比喻少女。

地理卡片

名城

“春风十里扬州路”，扬州是一座历史名城，它的自然地理和历史沿革是怎样的呢？

扬州市地处今江苏省中部，位于长江北岸、江淮平原南端，地处长江与京杭大运河交汇处。扬州市属于亚热带季风气候向温带季风气候的过渡区。气候主要特点是四季分明，日照充足，雨量丰沛，盛行风向随季节有明显变化。

春秋时期，今扬州市区西北部一带称邗。公元前486年，吴王夫差开凿运河邗沟，连接长江、淮河，并筑邗城，这是扬州建城的肇始。此后，扬州又称广陵、江都。隋统一中国后，设置扬州，与今天的扬州在名称、区划、地理位置上基本统一。自从隋炀帝开凿大运河后，扬州长期为大运河运输枢纽，漕运、盐业总汇，经济发达，文化兴盛。

诗人卡片

姓　名：杜牧
生卒年：803—853年
字　号：字牧之，号樊川居士
代表作：
《泊秦淮》《清明》《赤壁》《阿房宫赋》等
主要成就：
晚唐著名诗人、散文家，人称“小杜”，与李商隐并称“小李杜”

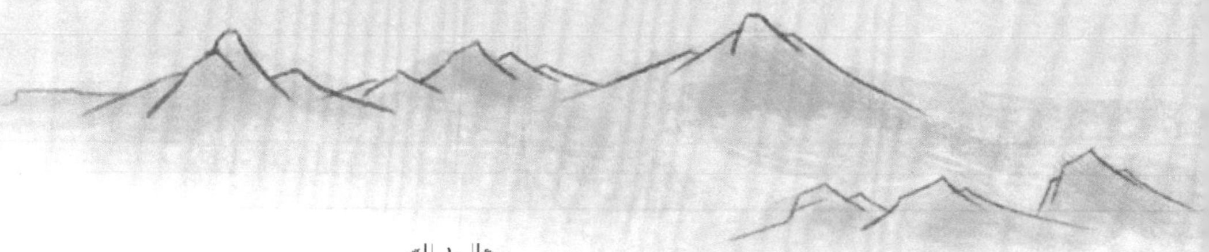

大诗兄说

唐代的扬州经济文化繁荣，时有“扬一益（益州）二”之称。在整个唐帝国的城市中，论繁盛程度，扬州（今江苏省扬州市）排名第一，益州（今四川省成都市）排名第二。唐朝人眼中的扬州，就像今天中国人眼中的上海、美国人眼中的纽约，它是全国第一大港、首屈一指的都会。扬州的经济地位，源自它优越的地理位置，因为它是联结大运河、长江和东海的水运交通枢纽。

唐朝诗人眼中的扬州，有一种纸醉金迷的味道。李白送别孟浩然时说：“故人西辞黄鹤楼，烟花三月下扬州。”烟花三月是最好的季节，此时的扬州大地复苏、春暖花开。诗人徐凝说：“天下三分明月夜，二分无赖是扬州。”扬州的月亮，似乎都比别的地方圆，比别的地方亮。而当时的俗语更加直白：“腰缠十万贯，骑鹤上扬州。”没有十万贯的家财，不要轻易去扬州，因为到了那里，人们就会自动开启“买买买”模式。

杜牧对扬州的感情非同寻常。唐大和七年（公元 833 年），30 岁的杜牧来到扬州，任淮南节度使的推官一职，后转为掌书记。唐大和九年（公元 835 年），杜牧被朝廷征为监察御史，离开扬州。这两首诗，是他在离扬州奔赴长安之前，与在扬州结识的歌伎分别时所作。

对杜牧来说，扬州之所以值得怀念，主要不是因为它的繁华，而是因为这里有牵挂的人。他所交往的歌伎，善解人意，才艺双全，青春年华，娉娉袅袅，如含苞欲放的豆蔻，如出泥不染的莲花。“春风十里扬州路，卷上珠帘总不如。”十里长街，富丽繁华。红衣翠袖，莺歌燕舞。但“春风十里不如你”，这是诗人杜牧对意中人的美妙赞颂。

离开扬州前的那个晚上，杜牧与所爱歌伎饮酒话别，彻夜长坐，热泪不止，正如簌簌流淌的烛泪。而那烛泪，似乎也是为了诗人的离别而伤感。“多情却似总无情”是情人离别时最深切的感受。古今中外，都市里人来人往，总会上演很多悲欢离合。这两首《赠别》，就是杜牧笔下的《扬州爱情故事》吧？

名城

寄扬州韩绰判官

唐　杜牧

青山隐隐水迢迢，
秋尽江南草未凋。
二十四桥明月夜，
玉人何处教吹箫？

注释

韩绰（chuò）：杜牧的朋友，事不详。
判官：地方主官的属官。当时韩绰似担任淮南节度使判官。
迢迢：指江水悠长遥远。
凋（diāo）：凋谢。
二十四桥：一说为二十四座桥。一说有一座桥名叫二十四桥，也叫廿四桥。
玉人：貌美之人。

地理卡片　名城

作为中国的历史文化名城，扬州有哪些名胜古迹呢？

扬州的名胜古迹有大运河扬州段、瘦西湖、个园、史可法祠墓等。

扬州因大运河而生，因大运河而兴。春秋时期，吴王夫差沟通邗沟，修筑的邗城城址即在今江苏省扬州市境内。隋炀帝杨广开凿大运河，扬州（江都）成为沟通运河与长江的交通枢纽。元世祖忽必烈疏通京杭大运河后，扬州在元明清数百年间依然地处大运河枢纽位置。著名的瓜洲古渡即在古运河和扬子江的交汇处，地处扬州境内，与镇江隔水相望。瓜洲最早在大江之中，四面环水，后泥沙淤积，与陆地相连，因形如瓜，故名。

瘦西湖原名保障湖。清乾隆年间，杭州诗人汪沆将此湖与家乡的西湖比较，称其为“瘦西湖”。瘦西湖在清代康乾时期已形成基本格局，有“园林之盛，甲于天下”之誉。瘦西湖的主要景点包括五亭桥、二十四桥、荷花池、钓鱼台等。

大诗兄说

杜牧的这首诗，写于他离开扬州、回到北方之后，赠诗的对象是他在扬州时的官府同事——韩绰判官。所以，这首诗有些私人书信的性质，口气轻松活泼，像是在跟老朋友拉家常。

“青山隐隐水迢迢，秋尽江南草未凋。”北方与扬州相隔山山水水，路途迢迢，遥想江南一带，虽然已经是深秋，但是草木还没有凋零吧？确实，在长江流域，深秋时节依然一片生机。常绿乔木与落叶乔木杂生，地面铺满黄叶，山头依然苍翠。扬州城外，长江、运河与邵伯湖，水面不见寒冰，碧波依旧荡漾。

其实，从地理上看，扬州地处长江北岸。但是，长期以来，扬州沟通江南江北，经济繁荣富庶，文化事业昌盛，人们的衣食住行讲求精致细腻。从古至今，扬州文化与江南文化是相通相融、互为一体的。

杜牧在扬州生活过两年左右，时间不算长，但是过得非常愉快，结交了不少好朋友。就像白居易时时怀念苏杭，杜牧心心念念的总是扬州。

每逢阳春三月，杜牧总会想起“娉娉袅袅十三余，豆蔻梢头二月初”的那位歌伎；而到了深秋时节，遥望明月，他也会忆起当年与韩绰等同僚夜游二十四桥，举办过的那些音乐雅集，丝竹之声绕梁，欢歌笑语不断。小桥明月，浪漫美丽；吹箫作乐，诗酒流连。“二十四桥明月夜，玉人何处教吹箫？”，这是多么令人神往的扬州生活图景！

春夜喜雨

唐　杜甫

好雨知时节，当春乃发生。
随风潜入夜，润物细无声。
野径云俱黑，江船火独明。
晓看红湿处，花重锦官城。

注释

知：明白，知道。
发生：萌发生长。
野径：野外的道路。
红湿处：雨水湿润的花丛。
花重：花沾上雨水而变得沉重。

地理卡片　名城

“晓看红湿处，花重锦官城。”你知道“锦官城”是哪里吗？它为什么叫“锦官城”呢？

锦官城，是古人对成都（今四川省成都市）的别称。成都位于四川盆地的西部，西倚邛崃山为屏障，东有龙泉山拱卫，地处成都平原中心地带。成都及周边地区地势平坦，土壤肥沃，气候温湿，岷江、沱江水系河网密集，加上战国时期都江堰水利工程的修建，自古发展条件优越，被称为“天府之都”。成都市是四川省省会，西南地区中心城市。

成都具有世界罕见的3000年城址不变、2500年城名不改的历史特征。此地古为蜀地，战国时属秦，秦置成都县，为蜀郡治所，此时始称成都。汉朝时，成都为益州治所。三国蜀汉和五代前蜀、后蜀等政权以成都为都城。

成都自古以来丝织业发达，特产蜀锦。三国蜀汉时管理织锦之官驻在成都，所以成都又叫“锦官城”“锦城”。

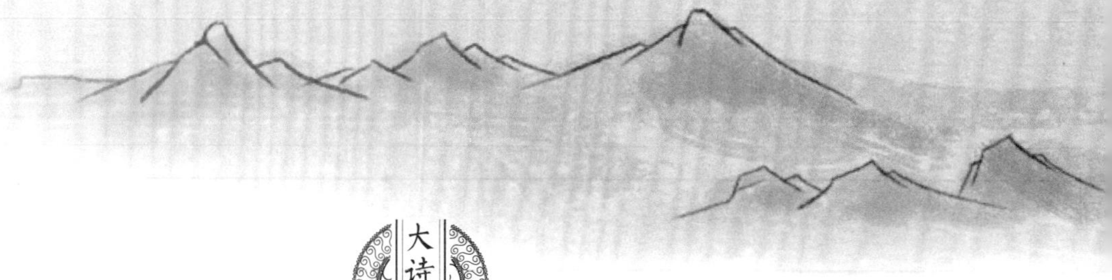

大诗兄说

唐朝时期，中国的“一线城市”，北方黄河流域有长安、洛阳，南方长江流域有扬州、益州（成都）。益州是西汉设置的十三刺史部之一，地处长江上游地区，包括今四川等地。而在很多场合下，人们就用益州来指代它的中心城市——成都。

唐天宝年间发生了“安史之乱”，跟很多官吏百姓一样，杜甫和家人也流离失所、四处奔走。后来，在老朋友、剑南节度使严武的帮助下，杜甫来到成都，修筑草堂，安顿下来。在成都，杜甫难得地过了几年舒心日子。从生活了半辈子的北方黄河流域来到南方长江流域，他在仔细地观察这里的自然、气候、天文和地理。

成都的春天到了，“信使”是春雨。春雨是好雨，它知时节、识时务，不讨好、不居功。春雨“随风潜入夜，润物细无声”，生怕惊扰到老人孩子、小猫小狗、花花草草，甚至不愿意在白天打扰人们。春雨看似没有雷霆万钧之势，却在无声无息中给大地、给万物带来无尽的滋润。

春天的夜晚，郊外一片漆黑。沙沙春雨，隐隐约约，更增加了春夜的静谧。锦江之上，独有一盏渔火点亮。东方欲晓，早起的人们几乎认不出自己居住的这座城池。雨后之晨，各种鲜花满城盛放，带雨的花朵娇艳欲滴。

成都的别称是“锦官城”，这其中也有春雨的功劳。春夜喜雨，催生了桑树的嫩叶细芽，给蚕宝宝提供最好的营养，进而产出优质的丝线。春夜喜雨，催生了满城的桃李，给巧手绣女提供了最好的参考花样。精巧的织工“遇见”上好的丝线，织造出美轮美奂的蜀锦绸缎，成就了这座“锦官之城”。

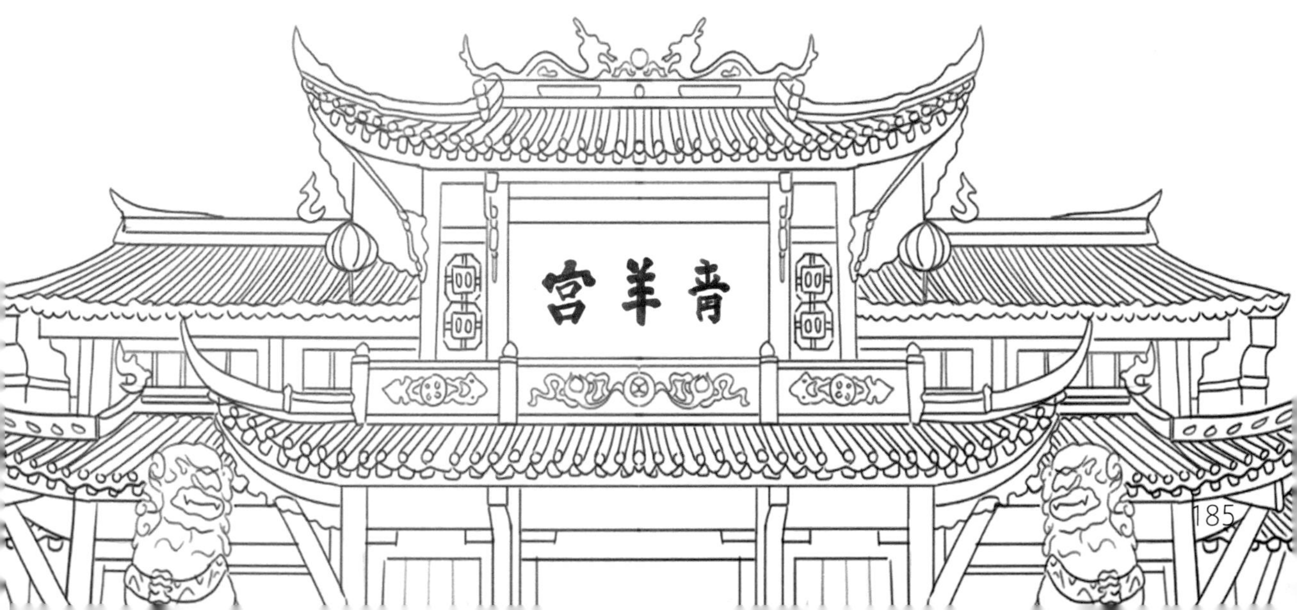

绝句

唐 杜甫

两个黄鹂鸣翠柳，
一行白鹭上青天。
窗含西岭千秋雪，
门泊东吴万里船。

注释

西岭：指成都以西的雪山。

泊：停泊。

东吴：古吴国，即长江下游太湖流域一带，在今江苏省南部。

地理卡片 名城

作为历史文化名城，成都有哪些名胜古迹呢？

成都的名胜古迹众多，有武侯祠、杜甫草堂、青羊宫、都江堰、青城山等。

武侯祠是纪念三国时期蜀汉丞相诸葛亮的祠堂，因诸葛亮生前被封为武乡侯而得名。据史料记载，蜀汉皇帝刘备于公元 223 年病故白帝城后，灵柩运回成都，下葬于此，称惠陵、汉昭烈庙。大约在南北朝时期，武侯祠与惠陵、汉昭烈庙合并一处。于是，武侯祠成了中国唯一的君臣合祀的祠庙。杜甫曾拜访武侯祠并作《蜀相》一诗，其中有“丞相祠堂何处寻？锦官城外柏森森”之句。

都江堰位于成都市都江堰市城西，坐落在成都平原西部的岷江上，始建于战国时期秦昭王末年，是蜀郡太守李冰父子在前人基础上组织修建的大型水利工程。两千多年来一直发挥着防洪灌溉的作用，使成都平原成为水旱从人、沃野千里的“天府之国”，至今灌区面积已超千万亩。都江堰是中国古代劳动人民勤劳、勇敢、智慧的结晶。

大诗兄说

杜甫的这首《绝句》，同样是写在成都的春天里。要真正读懂这首诗，需要深入了解成都在成都平原，在四川盆地，在整个中国所处的地理方位。

“两个黄鹂鸣翠柳，一行白鹭上青天。”从古至今，成都的生态环境都很好。黄鹂、翠柳、白鹭，令人心情舒畅，充分体现了这座城市的生物多样性。

成都为什么生态良好、宜人宜居？首先，它具有优越的自然和地理禀赋。成都位于四川盆地内，盆地北部的高山阻隔了来自北方的干冷空气，而盆地的形状又有助于水汽聚合。因此，成都所在的蜀地降水充足。其次，在于人类的辛劳和智慧。早在战国时期，秦国李冰父子就在成都平原西北部营建了都江堰工程，巧妙地利用江流和沙洲，合理分流岷江江水，用以灌溉和防洪，令成都平原旱涝由人，成为著名的“天府之国”。

“窗含西岭千秋雪”，道出的是成都市民眼中的实景。成都的西部是高大绵延的邛崃山，海拔在 4000 米左右。群山背后，是世界屋脊青藏高原。而成都城区的海拔只有几百米，相对高差特别大。在成都市区内，如果天气情况良好，人们可以望见几十千米、上百千米外的高山雪峰，仿佛巨大的屏障。

“门泊东吴万里船”，则是唐朝“长江经济带”的一个缩影。成都地处岷江流域。岷江是长江的一级支流，水运条件良好。在古代很长一段时间里，人们都以为岷江是长江的正源。从岷江坐船而下，可以直达长江干流；顺江而下，经过三峡、荆楚，就可以到达长江下游吴地，过金陵、下扬州。这东吴客船上的旅人，正是繁华都市“扬一益二”的见证者啊。

读行与思考

1. 你能试着说出中国 34 个省级行政区的名称和简称吗？

2. 除本章中提及的省份和城市外，你所在的家乡有哪些著名的诗人和诗作呢？试着找一找。

3. 结合名城的自然和人文地理环境，思考国家历史文化名城形成的原因。

4. 谈谈你所在家乡的地标性或代表性建筑。

第七章　名楼

居住，是人类的基本需求。因为需要居所，人类创造了建筑。不过，自有建筑以来，它的功用逐渐不再局限于居住。很多时候，建筑是美，建筑是意境，建筑是人与自然的和谐关系。

中国是文明古国，中国的建筑艺术源远流长，建筑文明独树一帜。自古以来，中国既有阿房宫、长乐宫、大明宫、紫禁城这样巍峨雄伟的皇家建筑；更有亭台楼阁、江南园林这样灵动如水的民间建筑。

中国人并不过分追求建筑的不朽，事实上，很多亭台楼阁都经历过屡毁屡建。中国人更加强调天人合一，常常将山、水、木、石等自然景观融入建筑，追求人与自然之间的和谐共生。

在中国人的心目中，建筑与文学、诗意密不可分。传统的“四大名楼”（山西永济鹳雀楼、江西南昌滕王阁、湖北武汉黄鹤楼、湖南岳阳岳阳楼）也好，“四大名亭”（安徽滁州醉翁亭、浙江杭州湖心亭、北京陶然亭、湖南长沙爱晚亭）也好，无不与伟大的诗文作品交相辉映。“欲穷千里目，更上一层楼”“昔人已乘黄鹤去，此地空余黄鹤楼”“凤凰台上凤凰游，凤去台空江自流”……有诗文在，建筑的精神魂魄就在。

过华清宫

唐 杜牧

长安回望绣成堆，
山顶千门次第开。
一骑红尘妃子笑，
无人知是荔枝来。

注释

绣成堆：华清宫位于骊山，骊山右侧有东绣岭，左侧有西绣岭。唐玄宗在岭上广种林木花卉，郁郁葱葱。

千门：形容山顶宫殿壮丽，门户众多。

次第：依次。

红尘：这里指飞扬的尘土。

妃子：指杨贵妃。

地理卡片 名楼

“长安回望绣成堆，山顶千门次第开。”华清宫在长安的什么地方？华清宫，也称华清池，位于今陕西省西安市临潼区骊山北麓。此地从西周起即为王室贵族的离宫禁苑，唐玄宗时扩建为华清宫，后毁于战火。据唐《元和郡县图志》记载：“华清宫在骊山上，开元十一年初置温泉宫。天宝六年改为华清宫。又造长生殿，名为集灵台，以祀神也。”

1982 年，人们在唐华清宫原址发现御汤遗址。后经发掘，清理出五个汤池遗址，其中有供唐太宗沐浴的“星辰汤”，供唐玄宗专浴的“莲花汤”和供杨贵妃专浴的“海棠汤”（也称“芙蓉汤”），还发现殿基、石墙、柱础、踏步、陶水道等建筑遗迹。1990 年，御汤遗址博物馆建成开放。

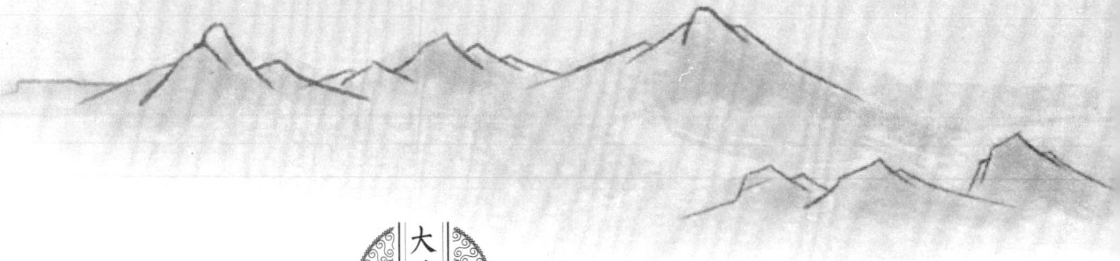

大诗兄说

杜牧的咏史诗赋非常有深意。他在《阿房宫赋》中写道：“灭六国者，六国也，非秦也；族秦者，秦也，非天下也。”在《泊秦淮》中写道：“商女不知亡国恨，隔江犹唱后庭花。”每当登临古迹，他似乎总是在思索：我们能从历史中吸取什么教训？

华清宫，是唐长安附近的一处著名温泉，位于骊山之上。提起华清宫，人们总会想到唐玄宗和杨贵妃的往事。白居易在《长恨歌》中写道：“春寒赐浴华清池，温泉水滑洗凝脂。”杜牧则在《华清宫》中写道：“长安回望绣成堆，山顶千门次第开。”当年的华清宫华丽壮观，骊山山顶宫门重重。这里曾是帝王和宠妃的安乐窝。

据史书记载，杨贵妃生于蜀地，当地盛产荔枝，她也嗜好荔枝。为了满足杨贵妃的愿望，唐玄宗要求每年荔枝成熟时，用驿路快马进贡。“一骑红尘妃子笑，无人知是荔枝来。”看到快马飞驰、尘土飞扬，看到驿使和马匹不停接力，平民百姓以为他们在传递十万火急的军国文书。有谁知道，这竟然是为了传递博贵妃一笑的荔枝呢？

据考证，杨贵妃所吃的荔枝，来自蜀地涪州（今重庆市涪陵区）一带。荔枝虽不是来自遥远的岭南，运送起来也非常艰辛。从蜀地入关中跋山涉水，要走以艰险著称的“蜀道”，连续翻越巴山、秦岭两座大山脉。

如此巨大的成本，终究要老百姓来承担；如此奢靡的生活，需要当事人付出高昂的代价。对唐玄宗来说，是天下大乱、生灵涂炭；对杨贵妃来说，是马嵬坡前香消玉殒。《过华清宫》共一组三篇诗歌，此篇为第一篇，后两篇中的“霓裳一曲千峰上，舞破中原始下来”“云中乱拍禄山舞，风过重峦下笑声”，讲述的就是“安史之乱”前后波谲云诡的历史事变。

登鹳雀楼

唐　王之涣

白日依山尽，
黄河入海流。
欲穷千里目，
更上一层楼。

注释

穷：尽，使达到极点。
千里目：眼界宽阔。

地理卡片 名楼

“欲穷千里目，更上一层楼。”著名的鹳（guàn）雀楼在什么地方？它有几层楼呢？

鹳雀楼始建于南北朝的北周时期，故址位于今山西省运城市永济市，前对中条山，下临黄河。据记载，古鹳雀楼高三层，在古代是难得一见的高楼。传说常有鹳雀在楼上停留，故有此名。鹳是一种大型水鸟，形似鹤或鹭，飞翔轻快，常活动于水流近旁，夜宿高树。现山西省永济市的鹳雀楼为仿唐建筑，建成于 2002 年。

大诗兄说

中国古代名楼，大多依山傍水，与名山大川相得益彰。鹳雀楼堪称中国第一名楼，与它相伴的是黄河。

黄河中游，河水在晋陕峡谷中奔腾。河水出龙门后，河道豁然开朗，先后接纳了河东的汾河、河西的渭河两条重要的支流。鹳雀楼位于黄河东岸，就在汾河入河口和渭河入河口之间，它的上游是龙门山，下游是风陵渡，眼前是雄伟的中条山。登上鹳雀楼，这些景观尽收眼底，其选址堪称经典。

鹳雀楼始建于北周时期。到了唐朝，鹳雀楼已经闻名天下。以鹳雀楼为诗题的，不只王之涣这一首诗。比如，李益写道：“鹳雀楼西百尺樯，汀洲云树共茫茫。汉家箫鼓空流水，魏国山河半夕阳。”畅当写道：“迥临飞鸟上，高出世尘间。天势围平野，河流入断山。”这些诗歌，大多详尽描绘了鹳雀楼的地理形胜。

相较之下，王之涣的《登鹳雀楼》更胜一筹。它的绝妙之处在于，语言更加明白晓畅，既有登临者的“目击直觉”，也有丰富的想象空间，令读者感到身临其境。“白日依山尽，黄河入海流。”白日西沉，落入华山；黄河东流，奔向大海。王之涣看到大海了吗？肯定没有，但是，诗人目送黄河远去天边，想象中黄河入海的景致与眼前黄河奔腾咆哮流归大海的现实，结合得天衣无缝。

“欲穷千里目，更上一层楼。”鹳雀楼高三层，这在当时是非常罕见的。因为中国古代建筑多为土木材质、梁柱斗拱结构，大型多层建筑建造起来十分困难。但是，已经见到绝世美景的王之涣，变得更加不满足，他希望能有更高的楼层，看到更远处的风景。虽然，现代科学已经证明，人类的视力范围是有极限的，但是诗意不必用科学来精确“度量”。

“欲穷千里目，更上一层楼。”这更包含着一种积极向上的进取精神。读到这一句，你是不是会油然想到杜甫在《望岳》中的那句“会当凌绝顶，一览众山小”？登高望远，驰目骋怀，巍巍山河，澎湃我心！

望江南·超然台作

宋　苏轼

春未老，风细柳斜斜。
试上超然台上望，半壕春水一城花。
烟雨暗千家。

寒食后，酒醒却咨嗟。
休对故人思故国，且将新火试新茶。
诗酒趁年华。

注释

壕：护城河。
寒食：节令。清明前为寒食节。
咨（zī）嗟（jiē）：叹息、慨叹。
故国：这里指故乡、故园。
新火：唐宋习俗，清明前二天起，禁火三日。节后另取榆柳之火称“新火”。
新茶：指清明前采摘的茶。

地理卡片　名楼

“试上超然台上望，半壕春水一城花。”坐拥如此美丽春景的超然台，位于哪一座城呢？

超然台位于今山东省潍坊市诸城市，为北宋苏轼任密州（治所在今诸城市）知州时所建。据苏轼在《超然台记》中记载，当时城西北墙上有旧台，苏轼增葺之而成。其弟苏辙依据《老子》“虽有荣观，燕处超然”文意，命名曰“超然”，并作《超然台赋》。苏轼之后，历代人士曾多次翻新、重修超然台，后被毁湮没。2009年，超然台复建完成。

大诗兄说

苏轼不仅是一位文学大家，还是一位“基建达人”。他年轻时担任凤翔府（今陕西省凤翔县）判官，修建了喜雨亭；在密州（今山东省诸城市）任知州，修葺了超然台；被贬黄州（今湖北省黄冈市）时，修建东坡雪堂；任杭州知州时，又主持疏浚西湖，堆筑苏堤。

宋熙宁七年（公元 1074 年），苏轼任密州知州。据他在《超然台记》中记述，到任之时，百废待兴，他一心埋头理政。一年之后，苏轼方有闲暇整饬庭院。“而园之北，因城以为台者旧矣，稍葺而新之。”庭院之北的一座旧城台，也被修葺一新。苏轼的弟弟苏辙，将它命名为“超然台”，取超然物外之意。

“春未老，风细柳斜斜。”寒食、清明前后，春色未尽，和风习习。“试上超然台上看，半壕春水一城花。烟雨暗千家。”苏轼和一众好友，登临焕然一新的超然台。大家极目眺望，只见山清水绿、烟雨蒙蒙。护城河在台下流淌，波光粼粼，杨柳倒影。苏轼来到密州后，将这条护城河彻底疏浚整饬一番，成为全城百姓欢迎的“民心工程”。满城鲜花盛放，男女老幼无不出游赏春。

“寒食后，酒醒却咨嗟。休对故人思故国，且将新火试新茶。”寒食过后，正是返乡祭扫的清明时节。然而，时任密州知州的苏轼却无法归乡，不禁生出思乡之情。但乐观旷达的苏轼却能够通过诗、酒、茶、友自我排遣。寒食前后，正是新茶上市的时节。古人习俗，此时钻木取新火，替换去年的旧火。新火烹新茶，沁人心脾。超然台上，大家饮酒正酣，借诗酒以自娱。

苏轼在密州期间，除了为超然台所作诗文，他还写有《水调歌头·明月几时有》《江城子·密州出猎》《江城子·十年生死两茫茫》等脍炙人口的名篇佳作，这是“诗酒趁年华”的苏轼留给后世宝贵的精神文化遗产。

客至

唐　杜甫

舍南舍北皆春水，
但见群鸥日日来。
花径不曾缘客扫，
蓬门今始为君开。
盘飧市远无兼味，
樽酒家贫只旧醅。
肯与邻翁相对饮，
隔篱呼取尽馀杯。

注释

客至：客指崔明府。杜甫在题后自注：“喜崔明府相过。”明府，唐人对县令的称呼。相过，即探望、相访。

舍：指家。

花径：长满花草的小路。

蓬门：用蓬草编成的门户，以示房子的简陋。

盘飧（sūn）：用盘子盛的食物。

市远：离市集远。

兼味：多种美味佳肴。无兼味，谦言菜少。

樽：酒器。

旧醅：隔年的陈酒。

肯：能否允许，这是向客人征询。

地理卡片

名楼

“花径不曾缘客扫，蓬门今始为君开。”杜甫描绘的这个地方，是在哪里呢？

这是位于成都浣花溪边的杜甫草堂，在今四川省成都市青羊区。

唐乾元二年（公元759年）冬天，杜甫为避“安史之乱”，携家带口由陇右辗转来到成都。次年春，杜甫在友人严武的帮助下，在成都西郊浣花溪畔修建茅屋。第三年春，茅屋落成，称“成都草堂”。杜甫在此居住近四年，创作诗歌240余首。杜甫离开成都后，草堂便倾毁不存。唐末诗人韦庄寻得草堂遗址，重结茅屋，使之得以保存，以后历代都有修葺扩建。目前，杜甫草堂博物馆占地面积近300亩。

大诗兄说

中国古代的亭台楼阁，大多是休憩赏玩之所。不过，杜甫在成都的草堂，可不是他的别墅或后花园，而是他在成都的唯一住处。这座“草堂”名副其实，就是用茅草搭建而成。杜甫在《茅屋为秋风所破歌》中写道，“八月秋高风怒号，卷我屋上三重茅”“床头屋漏无干处，雨脚如麻未断绝”。这座白建房的建筑质量，由此可见一斑。

不过，在成都草堂的这几年，虽然生活窘迫，但妻儿俱在，无病无灾，没有颠沛流离，杜甫的内心相当安宁。“细雨鱼儿出，微风燕子斜。城中十万户，此地两三家。”这是春日草堂即景；“老妻画纸为棋局，稚子敲针作钓钩。”这是夏日草堂闲情。

草堂刚刚落成的那个春天，一位姓崔的故人将要来访。杜甫和家人，早早地开始张罗准备。因为心情愉悦，眼中看到的一切都是明媚欢快的：“舍南舍北皆春水，但见群鸥日日来。”平时只有这些鸥鸟为伴，而在今天，它们仿佛也要加入欢迎的行列呢！“花径不曾缘客扫，蓬门今始为君开。”浣花溪前花径幽深，落英缤纷；平日里疏于打扫，今天为了佳客将院子整饬一新。

有朋自远方来，不亦乐乎？杜甫夫妇，也许早就打发孩子去市场上沽酒买菜。不过，老夫妻俩心中仍有小忐忑：“盘飧市远无兼味，樽酒家贫只旧醅。”只怕菜不够多、酒不够醇，到时候要请客人多多海涵了。

“肯与邻翁相对饮，隔篱呼取尽馀杯。”请问老友崔明府，我可否邀请隔壁邻居助兴，大家一起来喝几杯，好好消磨这半日春光？草堂虽陋，菜肴虽简，但有落英缤纷，有善邻如斯，岂不乐哉？

登岳阳楼

唐 杜甫

昔闻洞庭水，今上岳阳楼。
吴楚东南坼，乾坤日夜浮。
亲朋无一字，老病有孤舟。
戎马关山北，凭轩涕泗流。

注释

坼（chè）：分裂，划分。
乾坤：天地，此指日月。
无一字：杳无音讯。字，这里指书信。
戎（róng）马关山北：北方边关战事又起。
凭轩（xuān）：倚着楼窗。轩，有窗的长廊或小屋。
涕（tì）泗（sì）流：眼泪禁不住地流淌。涕泗，眼泪和鼻涕。

地理卡片

名楼

“昔闻洞庭水，今上岳阳楼。”洞庭水和岳阳楼，它们之间是什么关系？

洞庭湖位于今湖南省北部，长江南岸，现为中国第二大淡水湖，为构造断陷而成。面积2740平方千米。湖面海拔33米，最深处23.5米，贮水量155.44亿立方米。洞庭湖北衔长江，南及西接纳湘江、资水、沅江、澧水等长江支流。湖面因季节变化伸缩性很大。洞庭湖昔日号称“八百里洞庭”，现已被分割为许多湖泊。湖中君山独秀，东岸有著名的岳阳楼。

岳阳楼是江南三大名楼（岳阳楼、黄鹤楼、滕王阁）之一，在今湖南省岳阳市，是岳阳古城的西门城楼，下临洞庭湖。岳阳楼始建于唐朝，北宋滕子京重修，为纯木结构，重檐盔顶，主楼三层，黄色琉璃瓦顶，气势雄伟，巍峨壮观。

大诗兄说

长江中游，荆楚之间，上古时期有云梦泽，大泽无边，云蒸霞蔚。云梦泽消退后，又有“八百里洞庭”，吐纳四水，衔接长江。洞庭湖畔有岳阳城，岳阳城头是岳阳楼。

岳阳楼天下闻名，人们都以登临岳阳楼为荣。不同诗人的眼里，有不同的洞庭湖和岳阳楼。孟浩然说：“气蒸云梦泽，波撼岳阳城。”李白说：“刬却君山好，平铺湘水流。巴陵无限酒，醉杀洞庭秋。”刘禹锡说：“遥望洞庭山水色，白银盘里一青螺。”

唐大历三年（公元768年），57岁的杜甫离开夔州（今重庆市奉节县），沿长江一路漂泊，拖家带口来到岳阳。“昔闻洞庭水，今上岳阳楼。”他看到了什么？

“吴楚东南坼，乾坤日夜浮。”大泽大到什么程度？让人感觉长江中游的楚地和下游的吴地，就是靠着这片水域来划分疆界；天地和日月，就漂浮在云梦泽、洞庭水上。

此时的杜甫，是“亲朋无一字，老病有孤舟”。自从离开成都草堂，他人生的最后那些年，无所从事，居无定所，常年漂泊于江湖之上。“戎马关山北，凭轩涕泗流。”然而，即便潦倒到这般境地，他仍心系国家安危，拳拳之心真挚感人。

两年后，杜甫在由潭州（今湖南省长沙市）往岳阳的一条小船上去世。“亲朋无一字，老病有孤舟。”在岳阳楼上的感慨，不料一语成谶。

许多年后，北宋年间，贬谪岳阳的地方官滕子京重修岳阳楼，请一代名臣范仲淹撰写《岳阳楼记》。范仲淹写道：“先天下之忧而忧，后天下之乐而乐。”这种胸怀苍生社稷的情怀和境界，正与杜甫一脉相承。

黄鹤楼

唐　崔颢

昔人已乘黄鹤去，
此地空余黄鹤楼。
黄鹤一去不复返，
白云千载空悠悠。
晴川历历汉阳树，
芳草萋萋鹦鹉洲。
日暮乡关何处是？
烟波江上使人愁。

注释

历历：清楚可数。
汉阳：地名，现湖北省武汉市汉阳区，与黄鹤楼隔江相望。
萋萋（qī）：形容草木长得茂盛。
乡关：故乡。

地理卡片　名楼

“晴川历历汉阳树，芳草萋萋鹦鹉洲。”这些景观都位于今湖北省武汉市。那么，黄鹤楼跟武汉之间是什么关系呢？

黄鹤楼是中国古代名楼，故址在今湖北省武汉市武昌区蛇山的黄鹄矶头，地处长江南岸。《太平寰宇记》记载：“昔费祎登仙，每乘黄鹤于此憩驾，故号为黄鹤楼。”相传始建于三国吴黄武二年（公元 223 年），历代屡毁屡建，雄伟壮丽。唐崔颢、李白及宋陆游等均有题诗。1985 年在今址（蛇山西端高观山西坡）重建，共五层，高 50.4 米。

黄鹤楼是武汉的标志性建筑。不过，在黄鹤楼始建和出名的时候，还没有“武汉”这座城市。黄鹤楼所在的武汉市武昌区一带，唐朝时称作鄂州。黄鹤楼的对岸，“晴川历历汉阳树”，那时的汉阳还是一片原生态景观。后来，武昌、汉阳、汉口三镇依托长江和汉江，不断发展壮大和融合，最终形成了九省通衢的“大武汉”。

大诗兄说

如果说黄河的“代言”建筑是鹳雀楼，那么长江的“代言”建筑就是黄鹤楼。这两座名楼，各用一种水鸟来命名，既是一种巧合，也是中国人亲近自然、崇尚天人合一的一种体现。

“昔人已乘黄鹤去，此地空余黄鹤楼。黄鹤一去不复返，白云千载空悠悠。”前三句反复提到“黄鹤”，堪称一唱三叹：黄鹤呀黄鹤，仙人呀仙人，你们真是可望而不可即！事实上，格律诗十分“忌讳”重字重词，《黄鹤楼》这首诗却成功突破了律诗格律的忌讳。前四句看似信口随意，实则一气呵成，毫无滞涩之感。

“晴川历历汉阳树，芳草萋萋鹦鹉洲。”这是初夏的感觉，这是阳光的味道。芳草萋萋，万物疯长，日光明媚，通照万物；晴川历历，白云悠悠，绿树芳草，色彩缤纷。

“黄鹤一去不复返”，黄鹤与仙人，谁人能得一见？“白云千载空悠悠”，千年的云，你知道答案吗？“日暮乡关何处是？烟波江上使人愁。”暮色降临，夕阳洒满江面。烟波浩渺，船只来往穿梭。天地苍茫，旷古的孤独感蓦然袭上诗人心头：昔人何在，乡关何处？

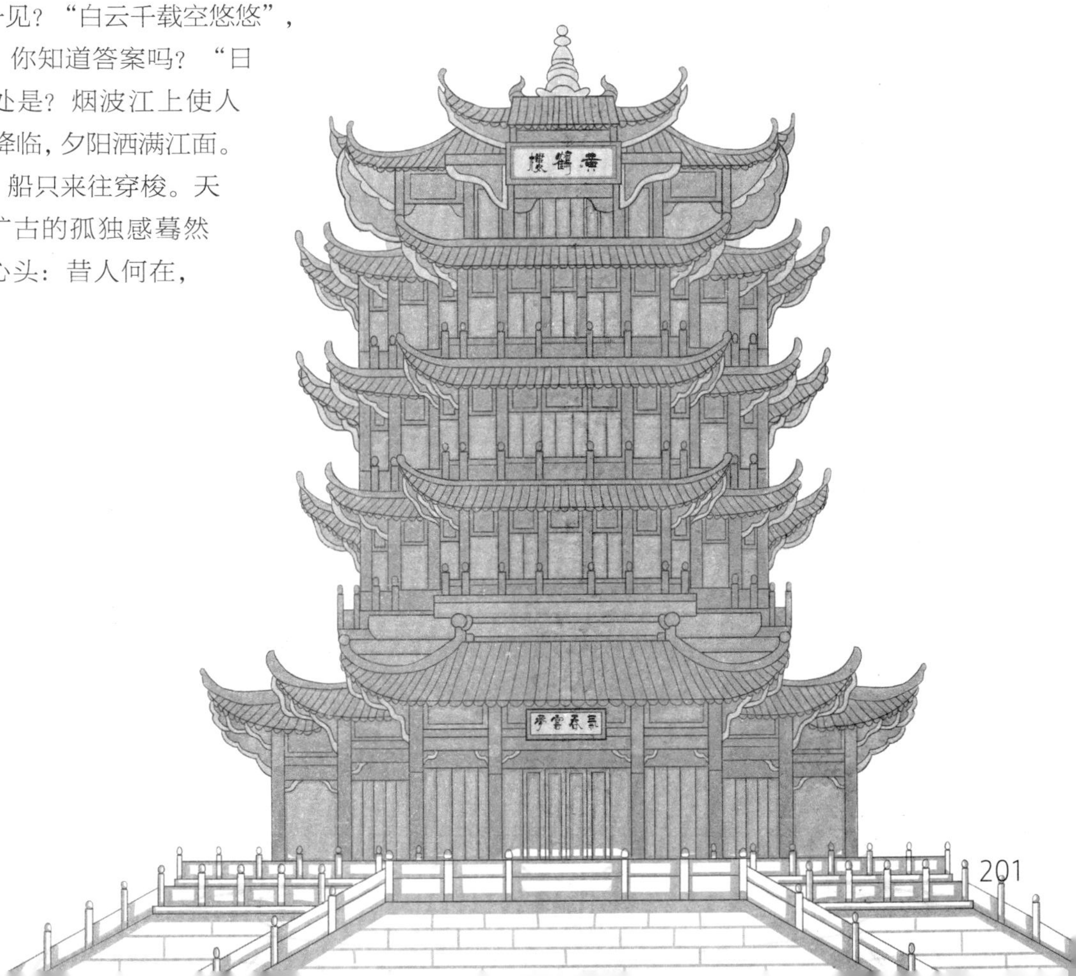

黄鹤楼送孟浩然之广陵

唐　李白

故人西辞黄鹤楼，
烟花三月下扬州。
孤帆远影碧空尽，
唯见长江天际流。

注释

之：去。
广陵：即扬州，今江苏省扬州市，位于长江下游。
故人：老朋友，这里指孟浩然。
烟花：形容柳絮飘飞，繁花似锦的春天景物。

地理卡片

名楼

“孤帆远影碧空尽，唯见长江天际流。”这是李白在黄鹤楼上观赏到的风景。如果在今天，你登临黄鹤楼，会看到怎样的景象呢？

黄鹤楼在历史上曾屡毁屡建。如果你登临今日的黄鹤楼，不仅可以眺望长江上来往穿梭的船只，寻找李白当年的感觉，还可以看到中华人民共和国修建的第一座长江大桥——武汉长江大桥的雄姿。大桥连接大江南北，串起京广铁路线，火车在黄鹤楼脚下呼啸而来、呼啸而过。

大诗兄说

传说李白青年之时爱好游山玩水，各地名山盛景均留下了他的诗作。当他登上黄鹤楼之时，本也想赋诗一首，突然看到楼上崔颢的《黄鹤楼》，于是辍笔不作，大发感慨：“眼前有景道不得，崔颢题诗在上头。”李白的这首《黄鹤楼送孟浩然之广陵》，重点也并非写景，而是表达一种诗意的离别。

烟花三月，春意正浓。李白在黄鹤楼送别友人孟浩然。孟浩然年长李白十多岁，李白对这位兄长非常敬重，他曾说：“吾爱孟夫子，风流天下闻。”李白的故乡，在长江上游蜀地；孟浩然的故乡，在汉江上游的襄阳。他们在黄鹤楼流连聚会，就像长江与汉江在这里汇流，浩浩汤汤，蔚为壮观。

“故人西辞黄鹤楼，烟花三月下扬州。”孟浩然要远行，目的地是长江下游的广陵（扬州）。从黄鹤楼到扬州，顺江而下，东向而行，走水路要一千多里。这一路不会孤单寂寞，也不会枯燥单调，因为这是烟花三月，可以尽赏春日的长江景象：烟波浩渺，烟雨蒙蒙；江花胜火，桃红柳绿。

黄鹤楼宴饮罢，孟浩然登舟，李白踏歌，目送帆船远去。“孤帆远影碧空尽，唯见长江天际流。”这是长江中下游典型的景致。大江东去，碧空如洗，江面宽广壮阔。孤帆一片，在江面上愈来愈小，渐渐地只剩下桅杆的尖尖；一江春水，滚滚东去，流向水天相接的远方。

滕王阁诗

唐　王勃

滕王高阁临江渚，
佩玉鸣鸾罢歌舞。
画栋朝飞南浦云，
珠帘暮卷西山雨。
闲云潭影日悠悠，
物换星移几度秋。
阁中帝子今何在？
槛外长江空自流。

注释

渚：江中小洲。

佩玉鸣鸾（luán）：身上佩戴的玉饰、响铃。鸾，传说中凤凰一类的鸟。

南浦：地名，在今江西省南昌市西南。浦：水边或河流入海的地方。

西山：南昌名胜，一名南昌山、厌原山、洪崖山。

帝子：指滕王李元婴，唐高祖李渊的儿子，滕王阁的修建者。

槛：栏杆。

长江：这里指赣江。

地理卡片

名楼

“滕王高阁临江渚”，滕王阁在什么地方？它临的江是哪条江呢？

滕王阁是江南三大名楼之一，在今江西省南昌市赣江之滨。唐永徽四年（公元 653 年），唐高祖李渊的儿子李元婴（滕王）任洪州（今江西省南昌市）都督时所建，以封号为名。与其他名楼类似，滕王阁也经历了屡毁屡建。现滕王阁于1983年重建，1989 年建成，共九层，碧瓦重檐，气势雄伟。

滕王阁下临赣江。赣江是长江支流，江西省内最大的河流。它的东源贡水出武夷山，西源章水出大庾岭，在赣州汇合后称赣江。“赣”字即由“章”“贡”两字合而为一。赣江曲折北流，在南昌以下分为十数支，主流在庐山市注入鄱阳湖。赣江长 744 千米，流域面积为 8 万余平方千米。

诗人卡片

姓　名：王勃

生卒年：650—676 年

字号：字子安

代表作：

《滕王阁序》《滕王阁诗》《送杜少府之任蜀州》等

主要成就：

唐朝文学家，与杨炯、卢照邻、骆宾王共称“初唐四杰”。

大诗兄说

长江中游支流众多，其中汉江、湘江和赣江为其大者，它们分别流经今湖北省、湖南省和江西省。三江之上，或者它们与长江汇流之处，亦分别有黄鹤楼、岳阳楼和滕王阁，合称“江南三大名楼”。其中，滕王阁位于今江西省南昌市（古称豫章、洪州）的赣江之滨。

唐高宗上元二年（公元 675 年），洪州主官阎伯屿大宴群僚于滕王阁。当时，年轻的王勃前往交趾（今越南）探望父亲，路过此地，受邀赴宴。古人雅集，都要撰写序文。传说，阎伯屿让其女婿预先备好序文，假意请众宾客作序。大家都谦逊推辞，唯有王勃欣然命笔。阎伯屿开始很不高兴，假意离开，让其下人观看，写一句报一句。不料，他越听越惊喜，当听到“落霞与孤鹜齐飞，秋水共长天一色”这句，大呼王勃为“天才”。

王勃所作，就是名传千古的《滕王阁序》。《滕王阁诗》是《滕王阁序》的一部分，位于全文的结尾处，是对文章内容的总结概括。

“滕王高阁临江渚，佩玉鸣鸾罢歌舞。画栋朝飞南浦云，珠帘暮卷西山雨。”滕王阁雕梁画栋、朝云暮雨，少长咸集，歌舞升平。高阁下临赣江，可观江流汤汤北去。遥想大江汇入鄱阳湖，秋水长天，大泽浩荡，落霞斜阳，孤鹜高飞。鄱阳湖又吐纳长江，湖口有江州城（今江西省九江市）与匡庐山。

“闲云潭影日悠悠，物换星移几度秋。阁中帝子今何在？槛外长江空自流。”滕王阁建于公元653年，几乎与王勃同龄。王勃登临此阁，俯瞰大江，观览日月，虽不过二十多岁，但也不禁感慨物换星移、人事无常。当年修建阁楼的帝子（滕王李元婴），如今又在何方？

作《滕王阁序》和《滕王阁诗》后不久，王勃就在探父归途中落海溺水，惊吓而亡。他的英年早逝，也令后人感慨唏嘘——“物换星移几度秋”？但是，少年天才已然是文学史上闪亮的一颗星。“不废江河万古流”，以王勃为首的“初唐四杰”，对唐诗的发展影响深远，备受杜甫等一大批后世诗人的敬佩和推崇。

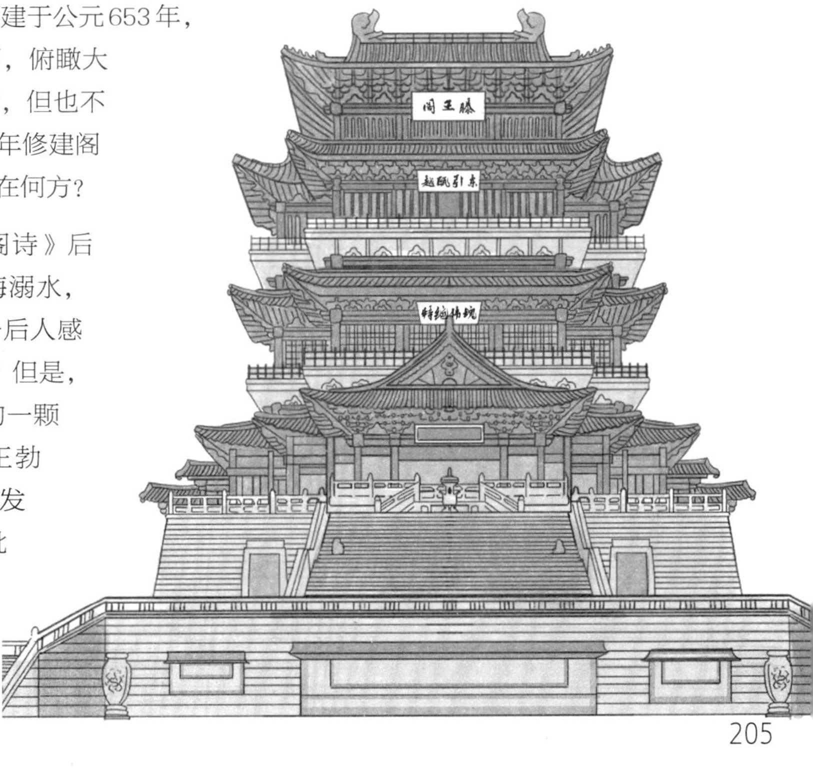

秋登宣城谢脁北楼

唐　李白

江城如画里，
山晚望晴空。
两水夹明镜，
双桥落彩虹。
人烟寒橘柚，
秋色老梧桐。
谁念北楼上，
临风怀谢公。

注释

宣城：即今安徽省宣城市，位于皖南地区。

两水、双桥：两水指宛溪、句溪。宛溪上有凤凰桥，句溪上有济川桥。

谢公：即谢脁。南朝萧齐诗人，出身陈郡谢氏，与“大谢”谢灵运同族，世称“小谢”。

地理卡片　名楼

宣城谢脁北楼位于今安徽省宣城市，它同南朝诗人谢脁有什么关系呢?

南朝萧齐时期，谢脁担任宣城太守，在郡城之北的陵阳山修建一楼，称“高斋”。唐代时，为纪念谢脁，人们重建此楼，以其在郡署之北，称北望楼或北楼，又称谢脁楼、谢公楼。大诗人李白曾登临谢脁楼，作有《宣州谢脁楼饯别校书叔云》《秋登宣城谢脁北楼》等诗歌。从此谢脁楼更加闻名天下。

此后，谢脁楼又经过多次改建重建，有叠嶂楼、高斋楼、谢脁楼等称谓。

大诗兄说

南朝著名诗人谢朓，是中国山水诗的开创者之一，与同族诗人谢灵运并称“大谢”“小谢”。谢朓曾出任宣城太守，在那里留下不少诗篇与遗迹，其中就有位于城北的谢朓楼。

谢朓的诗风清新自然，对唐诗发展影响很大，李白尤其欣赏谢朓的风格，对他推崇备至。李白曾在泾县一带游历，留下了《赠汪伦》等著名诗篇。而在登临宣城谢朓楼、与友人畅饮之后，李白难抑满怀诗情，在《宣州谢朓楼饯别校书叔云》一诗中直抒胸臆：“长风万里送秋雁，对此可以酣高楼。蓬莱文章建安骨，中间小谢又清发。”

《秋登宣城谢朓北楼》是李白登临谢朓楼的另一篇诗作。这一次，他努力让自己平静下来，试着用当年谢朓的眼睛，来细细观察宣城的山山水水、一草一木，体味“江城如画里，山晚望晴空”的意境。

宣城地处江南，地貌兼有山地、丘陵、河谷与平原。源自天目山、黄山等周边山地的多股溪水流向宣城。两条主要的溪水宛溪、句溪绕城而过，溪水清冽，汇聚成湖。溪上各有一座虹桥，虹桥的影子倒映在水中。这便是“两水夹明镜，双桥落彩虹”。溪水在宣城汇聚后称水阳江，水阳江汇入青弋江，青弋江汇入长江。故此，从宣城乘舟而下，可以直抵长江。

秋日的宣城，城内炊烟袅袅，百姓安居乐业；城外山峦起伏，风景如诗如画。“人烟寒橘柚，秋色老梧桐。”城郊的敬亭山上，有常绿阔叶乔木，譬如橘树和柚树，它们的叶子依旧油绿，累累果实挂满枝头；有落叶阔叶乔木，譬如梧桐与栾树，它们的叶子依次变成金色、黄色与红色。秋草漫山，修竹青翠，众鸟归巢，余霞如绮，一派深秋气象。

“谁念北楼上，临风怀谢公。”起风了。谢朓北楼上，李白又端起了酒杯，隔空数百年，遥敬谢公前辈。他们是一样的满腹才华，一样的满腔抱负，但也一样的壮志难酬，虽然相隔数百年，却如推心置腹的知己。

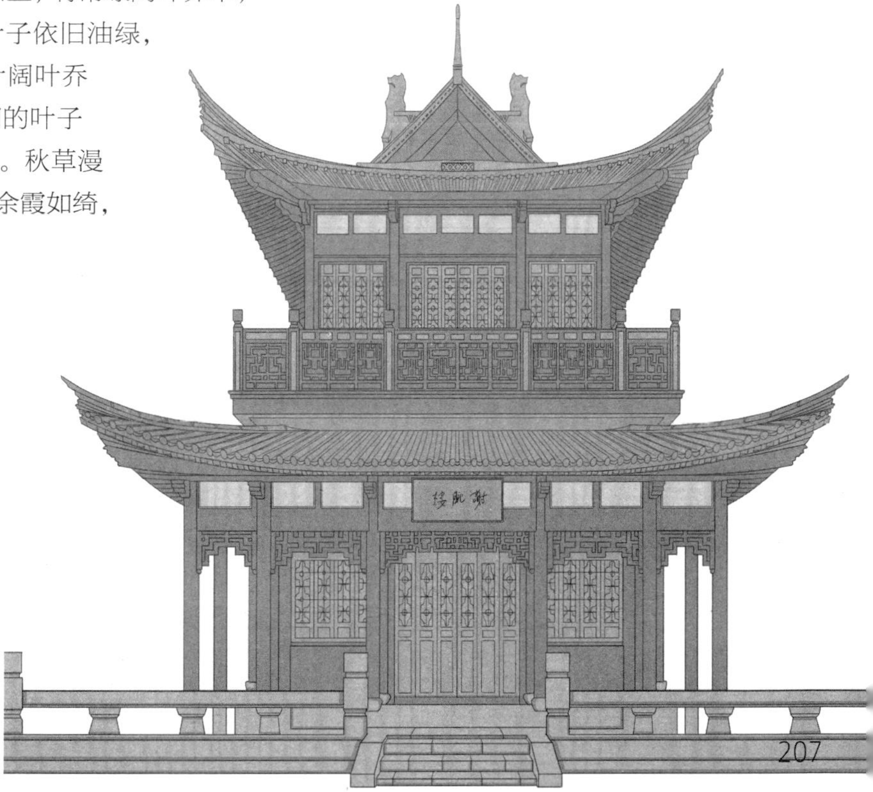

登金陵凤凰台

唐　李白

凤凰台上凤凰游，
凤去台空江自流。
吴宫花草埋幽径，
晋代衣冠成古丘。
三山半落青天外，
二水中分白鹭洲。
总为浮云能蔽日，
长安不见使人愁。

注释

江：长江。

吴宫：三国时孙吴曾于金陵建都筑宫。

衣冠：士大夫的穿戴，借指士大夫、官绅。

浮云蔽日：比喻谗臣当道障蔽贤良。浮云，比喻奸邪小人。日，指代皇帝，古代把太阳看作是帝王的象征。

长安：这里用都城长安指代朝廷和皇帝。

地理卡片　名楼

“凤凰台上凤凰游”，有着神话色彩的凤凰台在金陵的什么地方？今天我们如果去金陵，还能找到这座高台吗？

凤凰台是一座古亭台，晋时在秣陵的三井里有一座白塔寺，秣陵位于南京市江宁区中部，东与秦淮河相隔。东晋升平年间（公元357—361年）有凤凰集于此地，于是筑台名凤凰台。南朝宋时这座凤凰台被毁，在其故址修建了保宁寺，凤凰台基就位于寺后。遗迹今天已经找不到了。

大诗兄说

金陵是一座繁华都会，更是闻名天下的六朝古都。在金陵旅行，李白惯于交游和宴饮。他曾在《金陵酒肆留别》中写道：“风吹柳花满店香，吴姬压酒劝客尝。金陵子弟来相送，欲行不行各尽觞。”

在金陵旅行，李白更常常穿行于悠长的历史隧道。这里有太多的古迹值得人们去凭吊。位于金陵城南、秦淮河畔的凤凰台，是一处六朝遗迹。古人认为，只有国家治理清明，天下晏安，神鸟瑞兽才会现世。而如今，江山易主，人事代谢，不见凤凰，只有台下江水依旧滚滚东流。李白将眼中所见和心中感慨用诗歌进行表达，正是第一联的意蕴所在。

“凤凰台上凤凰游，凤去台空江自流。”两句诗中三次出现“凤”字，第一句中更是两次出现“凤凰”。七言律诗对于格律和平仄的要求极其严苛，也许，只有李白这样的天才才能做到“随心所欲不逾矩”。能与此相提并论的，恐怕只有崔颢在《黄鹤楼》中连用的三个“黄鹤”。

金陵城内的六朝遗迹，岂止一个凤凰台。“吴宫花草埋幽径，晋代衣冠成古丘。”遥想当年，吴国建都金陵，一派繁华兴盛景象。东晋时的簪缨世族，煊赫一时，如今也已成为一堆荒冢。人生短暂，世事无常，如今的故地只剩下寂寥的荒冢幽径。

“三山半落青天外，二水中分白鹭洲。”三山是金陵城南的一座山，白鹭洲是古代秦淮河中的沙洲。在李白眼中笔下，三山和青天连在一起，白鹭洲又将长江劈为两半，这是何等的壮阔！

“总为浮云能蔽日，长安不见使人愁。”显然，李白是在借古讽今，抒发怀才不遇、报国无门的苦闷。当时，唐玄宗已经殆于朝政，奸臣当道，边将蠢蠢欲动。浮云蔽日，隐喻朝政腐败、奸佞蔽贤；长安不见，则是李白对于朝廷社稷、黎民百姓的担忧。

凤凰台上，不见凤凰。六朝如梦，大江空流。凤兮凤兮，何时再现？

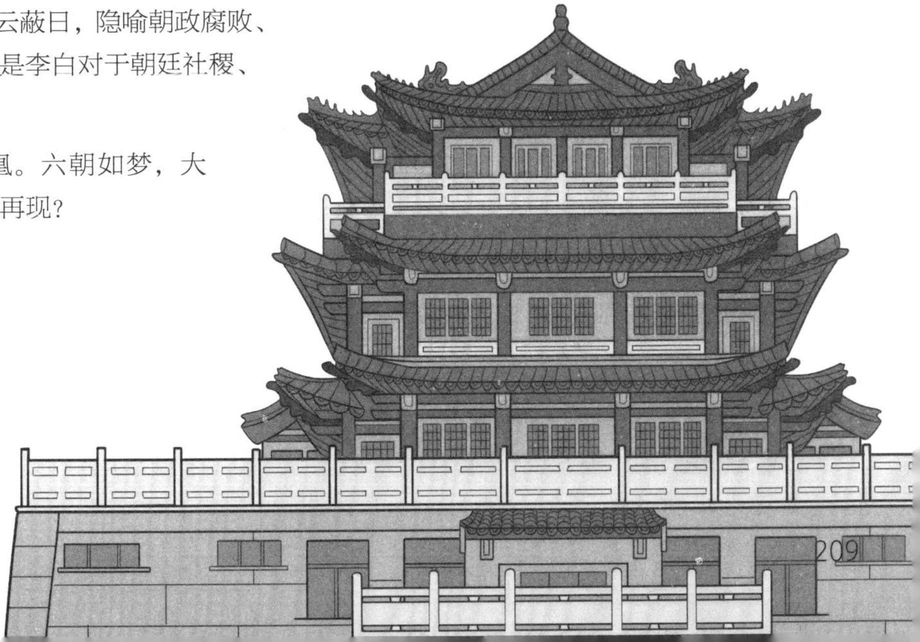

水龙吟·登建康赏心亭

宋　辛弃疾

楚天千里清秋，水随天去秋无际。
遥岑远目，献愁供恨，玉簪螺髻。
落日楼头，断鸿声里，江南游子。
把吴钩看了，栏杆拍遍，无人会，登临意。

休说鲈鱼堪脍，尽西风，季鹰归未？
求田问舍，怕应羞见，刘郎才气。
可惜流年，忧愁风雨，树犹如此！
倩何人唤取，红巾翠袖，揾英雄泪！

注释

建康：今江苏省南京市。

遥岑（cén）：远山。

玉簪（zān）螺髻（jì）：玉做的簪子，像海螺形状的发髻，这里比喻高矮和形状各不相同的山岭。

断鸿：失群的孤雁。

吴钩：古代吴地制造的一种宝刀。

倩（qìng）：请托。

红巾翠袖：女子装饰，代指女子。

揾（wèn）：擦拭。

地理卡片　名楼

这首词是辛弃疾登建康（今南京市）赏心亭而作，那么赏心亭建于何时，又位于建康的什么方位呢？

赏心亭，位于今南京市朝天宫西南水西门。一种说法认为，赏心亭是南朝梁代徐陵始建，北宋丁谓任知州时重修。此亭位置绝佳，金陵城西美景全可观，秦淮河上的曲歌尽可闻，悦目赏心。据传，亭内曾悬挂宋真宗赐丁谓的唐代名画《袁安卧雪图》，后亭毁于火。南宋《景定建康志》载："赏心亭在下水门城上。下临秦淮，尽观赏之胜。"王安石、苏轼、范成大、张孝祥、陆游、辛弃疾等都曾登临赏心亭并赋诗作词。

赏心亭历经多次毁坏与重建，至近代时已损毁殆尽。新世纪初，南京市在水西门外、秦淮河畔重修了赏心亭。

诗人卡片

姓　名：辛弃疾

生卒年：1140—1207 年

字号：原字坦夫，后改字幼安，号稼轩

代表作：

《青玉案·元夕》《菩萨蛮·书江西造口壁》《清平乐·村居》《永遇乐·京口北固亭怀古》《西江月·夜行黄沙道中》等

主要成就：

豪放派词人，有"词中之龙"之称。与苏轼合称"苏辛"，与李清照并称"济南二安"。

大诗兄说

中国古代的文学家中，文武双全的人物凤毛麟角，辛弃疾就是其中一位。“壮岁旌旗拥万夫，锦襜突骑渡江初”，他早年参加抗金义军，曾冒死冲入敌营擒拿叛徒，后率众渡江投奔南宋。然而，南宋朝廷并无抗金北伐斗志，辛弃疾壮志难酬。

南渡之后，辛弃疾曾任建康通判。在此期间，他多次登临赏心亭。赏心亭本是为“赏心悦目”而建，然而，辛弃疾的内心却是五味杂陈。

“楚天千里清秋，水随天去秋无际。遥岑远目，献愁供恨，玉簪螺髻。”建康地处吴头楚尾，清秋时节，天高云淡，天空与江水似乎融为一体；山峦起伏，如同虎踞龙盘，又如少女发髻，青葱妩媚。

“落日楼头，断鸿声里，江南游子。”南宋朝廷不思进取，国势危殆。断鸿之声，凄惨哀切，更添烦忧。“把吴钩看了，栏杆拍遍，无人会，登临意。”辛弃疾本就不是普通的文弱书生，他的理想是沙场杀敌，马革裹尸。然而，有志难酬，英雄无用武之地，怎能不令人感到苦闷呢！

下半阕词中，辛弃疾连用三个典故，气势如虹，毫不滞涩。“休说鲈鱼堪脍，尽西风，季鹰归未？”西晋年间，张翰（字季鹰）在洛阳为官，见西风起，不禁思念起家乡的莼菜羹和鲈鱼脍来，于是辞官归乡。“求田问舍，怕应羞见，刘郎才气。”三国时期，许汜言谈庸碌，只有买田买房这些话题，被刘备（刘郎）当面鄙视。“可惜流年，忧愁风雨，树犹如此！”东晋大将桓温北伐，见当年手植树木已粗壮合围，不禁感慨流年飞逝。辛弃疾借用这三个典故，表达自己不学张翰、许汜般贪图安逸而忘怀国事，渴望收复河山、建功立业的急切心情。

是坚持理想还是消极避世？从辛弃疾对历史人物的评判看，他已经做出了抉择。但是，他也深知，走上这条路，就意味着孤独寂寞、艰辛坎坷。赏心亭上，吴钩看了，栏杆拍遍，且掬一捧英雄泪！

芙蓉楼送辛渐（二首）

唐　王昌龄

寒雨连江夜入吴，
平明送客楚山孤。
洛阳亲友如相问，
一片冰心在玉壶。

丹阳城南秋海阴，
丹阳城北楚云深。
高楼送客不能醉，
寂寂寒江明月心。

注释

辛渐：诗人的一位朋友。
平明：天亮的时候。
冰心：比喻纯洁的心。
玉壶：道教概念，专指自然无为虚无之心。
丹阳：古郡名，镇江（润州）曾属丹阳郡。
楚云：指楚天之云。

地理卡片　名楼

“寒雨连江夜入吴，平明送客楚山孤。”吴和楚都是古国，芙蓉楼与它们之间是什么关系呢？

芙蓉楼是一座古楼台，故址位于润州（又称京口，今江苏省镇江市）。登楼可以俯瞰长江，遥望江北。润州城在东吴初期开始修筑，东晋时期刺史王恭将此地的西南楼更名为万岁楼，西北楼更名为芙蓉楼，均为当时的登临名胜。

润州，地处长江下游的江南地区。春秋战国时期，这一带先后属于吴国和楚国。“丹阳城南秋海阴，丹阳城北楚云深。”一种说法认为，润州在历史上曾属丹阳郡管辖，故诗中以丹阳指代润州。另一种说法认为，当时润州下辖有丹阳县，以丹阳指代润州。

大诗兄说

这组诗大约创作于唐天宝元年(公元742年),王昌龄被朝廷贬谪为江宁(今江苏省南京市)县丞。当时,他的朋友辛渐要从江宁前往洛阳,王昌龄为他送行。唐宋时期,人们由江宁去中原,经典线路是先从江宁顺江而下,抵达不远处的润州(镇江);在润州金陵渡横渡长江,抵达对岸的扬州瓜洲渡;再驶入大运河,前往汴梁(开封)、洛阳等地。这条线路,宋代的王安石在《泊船瓜洲》中也有过细致的描述。

王昌龄送别辛渐,一直从江宁送到润州,在当地名楼芙蓉楼摆酒送别。这几年间,王昌龄屡次被朝廷贬谪,此前甚至被贬到岭南地区,又因为性格疏狂遭人非议,所以心情相当灰暗。他很需要有一位知心朋友来吐露心声、排遣忧愁。这两首《芙蓉楼送辛渐》其实是“倒叙”:第二首描述的是昨晚夜宴,第一首描写的则是天明送别。

“寒雨连江夜入吴,平明送客楚山孤。”秋冬季节,江南地区天气阴冷刺骨,十分难熬。这一次的冬雨,连日连夜,丝毫没有停歇之意。天色微亮,从芙蓉楼望出去,大江之上一片水雾茫茫。润州江边有焦山、金山、北固山等山峰,都是孤峰突兀、形单影只。“丹阳城南秋海阴,丹阳城北楚云深。”芙蓉楼地处城北,此时的天空彤云密布,仿佛王昌龄沉闷压抑的心情。

“洛阳亲友如相问,一片冰心在玉壶。”当时的政治、经济、文化中心在长安、洛阳,王昌龄曾长期在那里生活,有很多知交故旧。临别之前,依依话别:“辛渐兄,请一定告诉洛阳的亲友们,我还是那个一尘不染、冰清玉洁的王昌龄啊!”这是诗人在对世俗的污蔑之词进行坚决的回击,也是对亲友的深情告慰。

南乡子·登京口北固亭有怀

宋　辛弃疾

何处望神州？满眼风光北固楼。
千古兴亡多少事？悠悠。
不尽长江滚滚流。

年少万兜鍪，坐断东南战未休。
天下英雄谁敌手？曹刘。
生子当如孙仲谋。

注释

南乡子：词牌名。
京口：今江苏省镇江市。
神州：这里指中原地区。
年少：年轻。指孙权十九岁继父兄之业统治江东。
兜鍪（dōu móu）：原指古代作战时兵士所带的头盔，这里代指士兵。
坐断：坐镇，占据。
东南：三国时期吴国地处东南方。
曹刘：指三国时期的曹操与刘备。
孙仲谋：孙权，字仲谋，三国时期东吴国主。

地理卡片

名楼

“何处望神州？满眼风光北固楼。”北固楼在什么地方？为什么可以在这里望神州？

北固楼，又称北固亭，在今江苏省镇江市北固山上，下临长江，三面环水。据地方史志记载，东晋刺史蔡谟最早建楼于北固山上，用于贮存军备物资。后来东晋名臣谢安又对楼宇进行修葺。南朝梁大同十年（公元 544 年），梁武帝登临北固楼后称：“此岭不足固守，然京口实乃壮观。”此后，楼名定为“北固楼”或“北顾楼”。

北固山位于镇江市东北的江滨，有南、中、北三峰。其中北峰三面临江，凌空而立，形势险固。北固山素有“京口（镇江）第一山”之称，山上除北固楼外，还有甘露寺、凌云亭、多景楼等景观，多与三国故事有关。

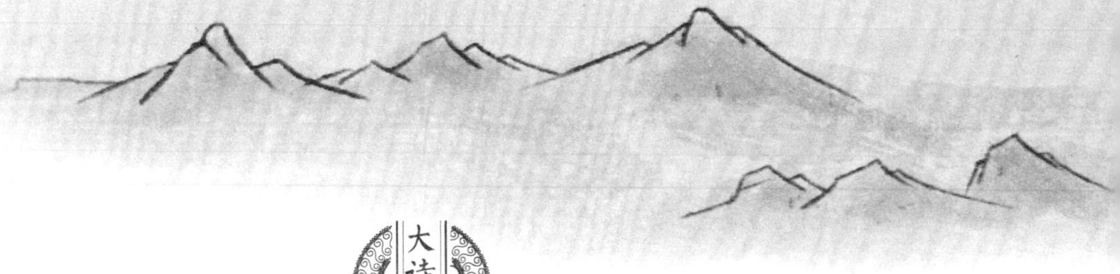

大诗兄说

在诸多江南名城中，镇江（古称京口、润州）的气质是相当独特的。它没有那么温润委婉，反倒颇多刚硬之气。这是因为，镇江地处长江南岸向北方的最突出位置，在历史上的南北对峙时期，这里往往是南方朝廷的江防前线。镇江江滨的北固山，直面大江；登上北固楼，长江对岸的兵马动静都能看得十分清楚。事实上，东晋时期地方官最早修建北固楼，就是出于军事目的。

这首词约作于宋宁宗嘉泰四年（公元 1204 年）。当时辛弃疾已经六十多岁，南渡也已四十多年，期间屡受朝廷冷遇，抗金壮志未酬。此时，他被短暂起用为镇江知府，到任后便积极准备北伐。

公务之余，辛弃疾登临北固楼，一股豪气涌上心头。北固楼上风云激荡，北固山下江涛拍岸。北望神州，那里是辛弃疾出生的故乡，是他想要恢复的国土。千百年来，这里上演过多少兴亡故事？是非成败转头空。大江东去，不为任何人事停留。

辛弃疾作词善用典故。这一次，他想到了三国时期东吴国主孙权。三国时期，孙权曾亲自镇守京口。“年少万兜鍪，坐断东南战未休。”孙权十九岁即接掌父兄留下的江东基业，与堪称父辈的曹操、刘备等从容周旋。据史书记载，曹操见孙权的军队雄壮威武，喟然而叹：“生子当如孙仲谋，刘景升儿子若豚犬耳。”壮士暮年的辛弃疾，想起少年英雄的孙权，怎能没有感慨？南宋朝廷的版图，跟东吴版图大致相当，而环顾朝廷上下，谁又具备孙郎这般胆略与气度？

主政镇江期间，辛弃疾不止一次来到北固楼。除了这首《南乡子·登京口北固亭有怀》，他还作有同样著名的《永遇乐·京口北固亭怀古》。“千古江山，英雄无觅，孙仲谋处”，他执着地追慕着孙权的英雄气概，并渴望像年少有为的孙权一样，金戈铁马，建功立业。然而，时移世易，南宋朝廷苟且偷安，辛弃疾空有一身抱负却无法施展，眼见山河破碎，只能感慨万千！

六月二十七日望湖楼醉书

宋　苏轼

黑云翻墨未遮山，
白雨跳珠乱入船。
卷地风来忽吹散，
望湖楼下水如天。

注释

六月二十七日：指宋神宗熙宁五年（公元 1072 年）六月二十七日。
醉书：饮酒醉时写下的作品。
翻墨：打翻的黑墨水，形容云层很黑。
跳珠：跳动的水珠。用“跳珠”形容雨点，说明雨点大，杂乱无序。

地理卡片　名楼

苏轼在望湖楼上眺望的是哪一个湖泊呢?

望湖楼是一座古建筑，位于杭州西湖畔。这座楼始建于北宋乾德五年（公元 967 年），为吴越王钱俶所建。初名为看经楼，后易名为望湖楼。登楼眺望，一湖胜景皆收眼底。宋代王安石、苏轼等人都曾登楼作诗。现杭州西湖边的望湖楼，为二十世纪八十年代重建，两层木结构建筑，是一处绿树掩映、岩峦烘托、飞檐凌空、典雅古朴的楼阁。

大诗兄说

苏轼曾经两次在杭州为官，这首诗是他第一次在杭州任职通判时，于宋熙宁五年（公元1072年）所作。当时正值盛暑，人们酷热难耐。何以消夏？唯有泛舟西湖。苏轼喜欢热闹和欢饮，农历六月二十七日那天，他在西湖上雇得一条乌篷船，邀来三五好友，船舱中摆出好酒和果蔬，谈笑风生、悠然自得。

船到湖心，突然风起云涌，白云秒变苍狗，空中传来“咔咔”两声，就像老天爷在干咳。天色急遽变暗，天空仿佛是打翻了的巨大砚台，乌云像墨汁一样翻滚流淌，很快铺满天际。西湖边上有保俶山，山顶有保俶塔，一道闪电在塔顶划过，倾盆大雨“哗哗”而下。

雨点砸在船顶的乌篷上，乒乓作响，好像不是在下雨，而是下了一场冰雹。雨点落在船头和船尾，溅起无数水花，眼前就像织起了一道白色幕帐。急雨不长。一声炸雷响，平地起大风，风卷残云去，水面复平静。

苏轼让船工摇船到岸边，与友人一起登上望湖楼，饮茶谈笑。望湖楼始建于北宋初年，当时已是一座有着百年历史的名楼。从楼上探头张望，只见水漫西湖堤岸，湖水满满当当。杭州城内，青石板的道路上，出现一股股的“小溪”，孩子们赤脚玩耍，笑语喧哗。

不过片刻工夫，云收雨霁。水天相映，碧波如镜。盛夏酷暑里，这是难得酣畅淋漓的一天。苏轼诗兴大发，一口气写下《六月二十七日望湖楼醉书》组诗五篇。而这一首，是组诗的开篇之作。

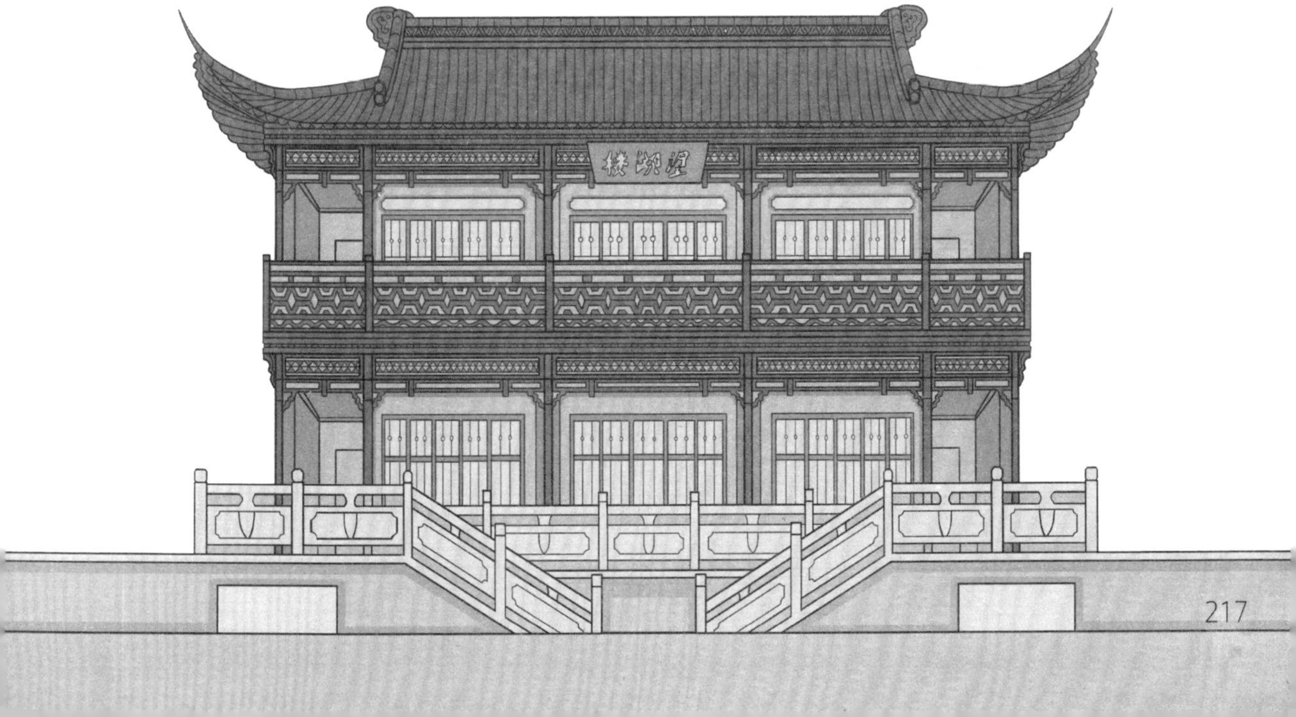

读行与思考

结合诗人云游的足迹，看看诗中的这些名楼的分布区域有什么特征，思考为什么这些名楼留下了千古传诵的动人诗篇。

读书笔记

读书笔记

读书笔记

读书笔记

读书笔记

读书笔记